Carla C

Carla Cassidy est née dans une petite ville du Kansas, dont elle a conservé un merveilleux souvenir. C'est pourquoi elle aime y situer ses récits.

Depuis de nombreuses années, elle se consacre entièrement à sa passion : l'écriture. Carla a écrit plus de cinquante ouvrages, et a remporté de très nombreux prix aux Etats-Unis.

Sa devise : « Prenez le temps de rire, le rire est la musique de l'âme ».

Le 15 février

Découvrez le 1er volet de la captivante minisérie
de **Carla Cassidy,**

Ils sont flics et forment la plus unie des
familles... jusqu'au jour où la passion
s'en mêle.

Breanna James vit heureuse avec sa fille à Cherokee Corners,
une petite ville de l'Oklahoma qui a vu naître toute sa
famille – une famille chaleureuse et unie, dont tous les
membres appartiennent aux forces de la police locale. Un
soir, Breanna fait la connaissance de son nouveau voisin,
le très séduisant Adam Spencer, qui s'attache très vite à
l'enfant. Et alors que Breanna est, elle aussi, sur le point de
tomber elle sous le charme d'Adam, quelqu'un s'acharne à
la menacer de coups de fils anonymes...

Innocente victime (Intrigue n°51)
le 15 févier.

Ne manquez pas vos prochains rendez-vous
les 15 avril, 15 juin et 15 août.

Innocente victime

Innocents Virtue

CARLA CASSIDY

Innocente victime

INTRIGUE

_____

*éditions*Harlequin

*Cet ouvrage a été publié en langue anglaise
sous le titre :*
LAST SEEN...

Traduction française de
ELISABETH BENARBANE

HARLEQUIN®

est une marque déposée du Groupe Harlequin
et Intrigue® est une marque déposée d'Harlequin S.A.

Originally published by Sɪʟʜᴏᴜᴇᴛᴛᴇ Bᴏᴏᴋs,
division of Harlequin Enterprises Ltd.
Toronto, Canada

Photos de couverture
Mère et enfant :© RICK GOMEZ / MASTERFILE
Paysage : © PHOTODISC / GETTY IMAGES

1.

Cela faisait un moment qu'elle observait son petit manège. Ce type-là allait l'aborder, c'était certain.

— Salut, ma belle ! Tu sais que j'ai toujours eu un faible pour Pocahontas, dit-il, mi-lubrique, mi-narquois.

Le visage adipeux, les dents jaunies par le tabac, des tatouages sur les avant-bras… Le client classique, en somme. Breanna James, jouant avec le bout de sa tresse, lui rendit son sourire, malgré le profond dégoût qu'il lui inspirait.

— Alors c'est ton jour de chance, cow-boy, répondit-elle en battant des paupières.

Le coup de Pocahontas, on lui faisait régulièrement. A commencer par son partenaire, qui ne se gênait pas pour la taquiner sur ses origines indiennes.

— Bon, c'est pas tout ça, reprit-elle, pressée d'en venir au fait. Qu'est-ce qui t'amène dans ce coin paumé ?

— Oh, je vais, je viens… Disons que je cherche un peu de distraction.

— Ah oui ? Et quel genre de distraction ?

— Ben, je me disais que peut-être, pour vingt-cinq dollars, tu pourrais…

— Te donner un peu de bon temps ? Peut-être bien que c'est dans mes cordes. Précise tes exigences, et je verrai ce que je peux faire.

C'était le jeu, un rituel en quelque sorte. Chacun des interlocuteurs savait parfaitement à quoi s'en tenir, mais s'efforçait d'engager un semblant de conversation. Histoire de donner à ces fastidieux préliminaires l'apparence d'une vraie rencontre. Les clients étaient en général de pauvres types qui n'avaient d'autres projets que d'écumer les bars ou d'emballer des filles pour quelques billets. Breanna, maintenant, les repérait avant même qu'ils ne l'abordent. Elle connaissait par cœur leur baratin et pourtant, elle continuait à poser les questions convenues, juste pour que les types explicitent leur demande. Question de procédure.

— OK, cow-boy, fit-elle quand son client eut formulé sa requête. Si on s'éloignait un peu ?

Le gars s'engagea sans attendre dans la ruelle étroite et sombre qu'elle lui désignait tandis qu'elle marquait un temps avant de le suivre, histoire de s'assurer que la voie était libre. Il dut sentir qu'elle n'avait pas bougé : il se retourna brusquement et la dévisagea d'un air interrogateur. Puis, comme elle faisait un pas vers lui, il se frappa le front et sortit de sa poche une liasse de billets d'un dollar.

— Ouais, je préfère, fit Breanna en fourrant l'argent dans son sac. Je n'aime pas les mauvais payeurs.

On y était, maintenant. Plus moyen de reculer. C'était plus fort qu'elle ; chaque fois qu'elle emboîtait le pas à un de ces hommes, son estomac se nouait. Montée d'adrénaline, à l'évidence. Elle avait beau savoir que ses deux collègues étaient tapis dans l'ombre et se tenaient prêts à intervenir, quelque chose en elle résistait. La pudeur, sans doute. La répugnance à jouer un rôle aussi avilissant. Enfin… c'était pour la bonne cause !

— Eh, cow-boy ! lança-t-elle lorsqu'elle jugea que son client était suffisamment avancé dans l'impasse. Tu fantasmes sur les Indiennes, pas vrai ? Mais les femmes flics, ça t'émoustille pas un peu, aussi ?

— J'y avais jamais pensé, mais maintenant que tu le dis, répondit-il en se grattant le crâne. Les menottes, l'uniforme, ouais, ça doit pas être mal.

Quel abruti, celui-là ! Breanna prit sur elle pour ne pas éclater de rire. C'était rare de tomber sur des mecs aussi niais, dans ce milieu. Les types flairaient l'embrouille avec la vivacité d'une bête de proie et il fallait faire vite si on voulait les coincer. Mais ce client-là manquait cruellement d'à-propos. Il ne comprit qu'il s'était fait avoir que lorsque les deux policiers sortirent du fond de l'impasse. Avant même qu'il ait pu réagir, il était cerné et menotté ; c'est seulement alors que son sourire goguenard s'évanouit. Il marmonna deux ou trois jurons tandis qu'on l'embarquait dans un véhicule banalisé garé à deux pas. Une vraie flèche, songea Breanna en souriant. La loi de l'Oklahoma, pour endiguer la prostitution, punissait les clients autant que les filles. Et même si ce genre de situation ne plaisait guère à la jeune femme, elle se sentait plutôt fière de lutter pour la dignité de son sexe.

— C'est tout pour cette nuit, déclara Abe Salomon, son équipier. Bon boulot, *Pocahontas*.

Elle considéra un instant l'homme aux cheveux grisonnants, hésitant quant à l'attitude à adopter. En d'autres circonstances, elle eût relevé la blague, par jeu plus que par dépit, d'ailleurs ; la référence à l'Indienne de Disney était devenue entre eux une taquinerie usuelle : Abe faisait mine de se moquer d'elle et elle, de s'offenser. Mais ce soir, elle était vraiment trop lasse.

— Merci, vieux, se contenta-t-elle d'acquiescer en soupirant. Ça fait du bien de se sentir soutenue. Je n'en peux plus de ces horribles nippes ! Je donnerais n'importe quoi pour ne plus avoir à les porter. Pourquoi faut-il en passer par là pour aguicher les hommes ? Vous manquez d'imagination ou quoi ?

— Te gêne pas ! s'insurgea Salomon. Mets-moi dans le même panier que tes clients, pendant que tu y es ! Moi, je te trouve très bien au naturel ; un T-shirt, un jean, je n'en demande pas plus, je te jure. Encore que les talons aiguilles t'aillent à merveille, ajouta-t-il avec malice avant d'éclater de rire.

— Parfois, tu me désespères, Abe, avoua Breanna en secouant la tête. Je dois manquer d'humour, je ne sais pas... Ou bien c'est l'épuisement. Je suis vidée. Dieu merci, c'est fini pour cette semaine !

Depuis près de trois mois, tous les samedis soir, elle jouait les prostituées. Elle s'efforçait de paraître crédible malgré le dégoût que lui inspirait sa mission. Elle avait connu plus dangereux, pourtant. Plus sportif, aussi. Mais se transformer en objet de convoitise, sentir sur soi le regard concupiscent des hommes, provoquer ce regard, c'était moralement insupportable. Jamais, avant d'en endosser le costume, elle n'aurait imaginé ce que ces femmes enduraient, quelle force intérieure il leur fallait pour se ménager un reste de dignité.

— Tu as des projets pour le week-end ? lui demanda Abe tandis qu'ils prenaient place dans leur voiture de patrouille.

— Tu peux le dire ! soupira Breanna. Demain, ma mère a organisé une de ces fêtes de famille dont elle a le secret. On ne sera pas moins d'une cinquantaine ! Que veux-tu, c'est comme ça. Elle adore sentir tout son monde autour d'elle...

— Tu ne connais pas ta chance, déclara son partenaire. Quand on n'a pas de famille, on donnerait n'importe quoi pour pouvoir goûter à ça.

La jeune femme se mordit la lèvre. Quelle idiote elle faisait, avec sa complainte sur les familles nombreuses ! Abe n'avait pas eu d'enfants et venait de perdre sa femme ; ses propres parents étaient morts depuis longtemps et il n'avait ni frère ni sœur. Autant dire qu'à près de cinquante-cinq ans, le pauvre homme se retrouvait complètement seul.

— Pourquoi ne viendrais-tu pas ? proposa-t-elle en posant une main amicale sur son avant-bras. Je suis sûre que mes parents seraient ravis que tu te joignes à nous.

— Merci, ma vieille, mais j'ai rendez-vous avec mon garagiste. Vidange, graissage, bref, révision complète du véhicule !

— Pas folichon comme programme, insista Breanna.

— Ça, je te l'accorde. Pourtant, il faut que je m'y tienne. Tu sais comme je déteste m'occuper des bagnoles ; j'ai déjà eu assez de mal à me convaincre d'appeler le garage, je ne vais pas annuler maintenant. Ne t'inquiète pas pour moi. Quand j'en aurai fini avec ça, j'irai pêcher.

Ils arrivaient au poste de police de Cherokee Corners. Salomon gara la voiture sur le parking, devant le haut mur de briques rouges qu'éclairait chichement un vieux réverbère.

— Comme tu voudras, Abe. Mais si tu changes d'avis, sache que tu es le bienvenu, déclara la policière en sortant du véhicule.

Ça faisait cinq ans qu'ils travaillaient ensemble, Salomon et elle, et une véritable complicité était née entre eux, dès le début. Aujourd'hui, Breanna le considérait un peu comme son oncle préféré, un homme d'âge mûr, un rien protecteur, qui jamais, cependant, ne s'avisait de lui faire la morale. Chaque fois que son équipier lui parlait de retraite, ce qu'il faisait de plus en plus souvent, elle en ressentait comme un pincement au cœur. Elle ne s'imaginait pas patrouiller sans lui ; il connaissait si bien le terrain. En fait, il lui avait tout appris du métier.

Ils se séparèrent dans le hall, la jeune femme désirant boucler son rapport avant de rentrer chez elle. Elle quitta le commissariat une demi-heure plus tard, littéralement éreintée. Pressée aussi de se débarrasser de la minijupe, du cache-cœur, des bas résille et des talons hauts dont elle avait dû s'affubler. Impatiente surtout de retrouver sa fille, son intérieur, le havre de paix qu'elle s'était aménagé à l'est de la ville depuis trois ans maintenant. Après quatre heures passées à arpenter les rues sous les regards lubriques des hommes, elle se sentait sale, flétrie, et rêvait d'une bonne douche.

En apercevant sa maison, un sentiment de bien-être l'enveloppa. Enfin chez soi… Il était un peu plus de 2 heures du matin, elle était debout depuis près de vingt heures, elle avait besoin de souffler. Comme à l'habitude, Rachel avait laissé la lumière du porche allumée, ce qui achevait de rendre le lieu accueillant. Alentour, le quartier tout entier dormait paisiblement. Des maisons victoriennes, plus ou moins restaurées, bordées d'arbres et de larges pelouses. Rien à voir avec l'ambiance délétère des boulevards où junkies et alcooliques, échoués sous les néons criards des enseignes, menaçaient à tout instant de sortir de leur léthargie et d'agresser un passant pour quelques dollars. Si Breanna avait été séduite par cette maison, c'était surtout pour la paix cotonneuse qui l'environnait. Et jamais elle ne s'était autant félicitée de son choix que depuis que la brigade des mœurs l'avait chargée d'infiltrer le milieu de la prostitution. Elle gara sa voiture devant le garage, coupa le contact et sortit.

Elle allait atteindre la porte d'entrée lorsqu'une impression désagréable l'incita à s'arrêter. La sensation vague d'une présence, là, dans l'ombre, derrière elle. Comme tout bon flic, elle avait appris à compter sur ce genre d'intuitions qui, dans bien des cas, pouvaient même vous sauver la vie. Lentement, elle ouvrit son sac et posa la main sur la crosse de son revolver avant de se retourner pour observer les alentours. Tout semblait calme, endormi… Pourtant, elle ne pouvait s'être trompée. Un bruit infime, celui de l'herbe qu'on foule, se rapprochait. On ne la laisserait donc pas tranquille ! Elle crispait le poing sur son arme quand elle vit se découper dans la pénombre la silhouette d'un homme. Il venait vers elle, pas de doute. Elle dégaina son revolver et prit la pose réglementaire : jambes écartées, bras tendus devant elle, l'arme serrée entre ses deux mains.

— Waouh !

La voix grave rompit le silence et l'individu leva instinctivement les bras.

— J'espère que vous n'êtes pas du genre à tirer d'abord et à poser les questions ensuite, lança-t-il, d'un ton amusé.

L'homme se trouvait à quelques pas du porche, si bien qu'elle ne distinguait pas ses traits. Seule sa carrure avantageuse se découpait sur le ciel nocturne. Même s'il ne semblait pas vouloir jouer les fortes têtes, mieux valait rester sur ses gardes. Ce n'était pas une demi-portion !

— Qui êtes-vous et que venez-vous faire devant chez moi ? interrogea-t-elle avec fermeté.

— Je peux baisser les bras ? hasarda l'inconnu. Vous n'avez pas l'intention de me tirer dessus, je présume ?

— Répondez d'abord à ma question.

— Comme vous voudrez. Eh bien, voilà. Je m'appelle Adam Spencer, je viens d'emménager ici, dans la maison voisine de la vôtre, et je prenais le frais sur ma pelouse avant d'aller me coucher.

— Vous êtes locataire, je suppose ?

— Tout à fait. J'ai loué à Herman DeMoser. Vous le connaissez ? Le portrait craché de Jerry Lewis, le nez de Burt Reynolds en prime.

Breanna n'avait jamais fait le rapprochement jusque-là, mais c'était plutôt bien observé. La description collait tout à fait avec son propriétaire. Le vieil Herman possédait plusieurs bâtisses dans le quartier, dans un état de vétusté avancé. Comme il n'avait pas l'argent pour les entretenir et qu'il ne voulait par ailleurs pas s'en séparer, il s'arrangeait avec ses locataires pour qu'ils les retapent, moyennant un loyer modéré. C'était du moins l'arrangement qu'il avait conclu avec Breanna. Apparemment, il venait de trouver un nouveau preneur. La maison d'à côté était restée vide plusieurs mois ; il y avait fort à parier qu'elle avait besoin d'un bon rafraîchissement. Enfin, peu importait. L'inconnu semblait avoir dit la vérité, c'était le principal pour le moment.

— OK, vous pouvez baisser les bras, dit-elle sans pour autant quitter sa position.

— Je m'étais imaginé un accueil chaleureux, des voisins sympathiques m'invitant à un barbecue de bienvenue, ironisa Adam, mais j'étais loin du compte ! Remarquez, être tenu en joue par une jolie femme n'est pas mal non plus. Disons que c'est plus… pittoresque !

Breanna réalisa combien la situation était absurde. Elle était en train de braquer son propre voisin, un type tout à fait inoffensif, qui prenait le frais devant chez lui et n'avait d'autre intention que de la saluer ! Un effet du surmenage, pas de doute… Elle filait un mauvais coton. S'il y avait une chose qu'un agent devait éviter, c'était bien de laisser ses nerfs prendre le dessus. Dans certains cas, il suffisait de perdre son sang-froid pour que la situation dérape. On avait déjà vu des flics disjoncter complètement juste parce qu'ils n'avaient pas dormi pendant trois jours et qu'ils étaient à cran. En l'occurrence, les choses n'étaient pas si graves. Au pire, elle passerait pour une angoissée de première ! Elle baissa son revolver mais ne le rangea pas pour autant. Après tout, au vu de la tenue qu'elle arborait, le type, tout débonnaire qu'il paraisse, pouvait très bien tenter d'abuser d'elle. Autant rester sur ses gardes.

— Veuillez m'excuser, dit-elle en soupirant. J'ai entendu un bruit suspect et… enfin, vous comprenez, une femme n'est jamais trop prudente.

— C'est moi qui suis désolé de vous avoir effrayée. J'aurais dû me douter qu'à une heure pareille, vous seriez surprise de rencontrer quelqu'un devant votre porte. D'autant que la maison est restée inhabitée un moment, d'après ce que m'a dit Herman.

Adam s'approcha d'elle et l'éclairage du porche révéla son visage. Des yeux d'un bleu intense, des traits fins, bien dessinés, une chevelure de jais, épaisse et légèrement ondulée, une beauté à couper le souffle ! Il la regardait avec un mélange d'assurance et de perplexité qui dénotait chez lui une sensibilité certaine, le désir de se montrer rassurant sans pour autant chercher à en imposer. Après les types salaces qu'elle avait subis toute la soirée, Breanna respirait. Il était donc possible d'avoir affaire à un homme respectueux et prévenant ? Elle baissa un instant les paupières. Il fallait qu'elle arrête de le dévisager comme ça, ou il risquait de la prendre pour une ado attardée ! D'autant plus qu'il la fixait aussi, avec une intensité palpable. Une seconde auparavant, elle le considérait comme un vulgaire rôdeur et voilà qu'elle se sentait prête à fondre devant lui ! Il y avait longtemps qu'un homme ne l'avait pas ainsi déstabilisée. Décidément, elle était fatiguée… Mieux valait écourter les présentations.

— Ravie d'avoir fait votre connaissance, bredouilla-t-elle en rangeant son arme. Mais il est tard et j'ai eu une dure journée. A l'avenir, je ne saurai trop vous recommander de ne pas jouer les voleurs, comme ça, dans le noir. Je vous assure que ça peut porter sur les nerfs.

— Merci du conseil, répondit-il avec un sourire amusé. Bonne nuit.

Elle le regarda s'éloigner et, quelques secondes plus tard, entendit la porte de la maison voisine s'ouvrir et se refermer. Elle poussa un soupir et entra chez elle. A peine eut-elle tiré le verrou qu'elle s'empressa d'enlever ses chaussures et de jeter son sac sur un des fauteuils du salon. Enfin débarrassée. Elle n'y croyait plus. Dire que des femmes passaient leurs journées perchées sur des talons pareils ! Il fallait être complètement maso, songea Breanna en traversant la pièce. Le parquet, chaud et souple sous ses pieds, acheva de la détendre. Elle se sentait bien, chez elle. En sécurité, aussi. Etrangement, cette sensation de bien-être s'était imposée d'emblée, la première fois qu'elle était entrée dans la maison. Elle cherchait une location modeste et s'était faite à l'idée d'emménager dans un pavillon banal de banlieue. Et puis elle avait trouvé dans les petites annonces les coordonnées de DeMoser, il l'avait emmenée dans ce vieux quartier, elle avait été conquise. Les demeures ici dataient toutes du siècle précédent et avaient été édifiées par les notables de Cherokee en manière de villégiatures, quand le périmètre de la ville s'arrêtait aux boulevards intérieurs. Leurs propriétaires successifs, au gré des crises économiques ou d'héritages peu équitables, s'étaient peu à peu trouvés dans l'impossibilité de les entretenir et elles s'étaient progressivement dégradées. Herman DeMoser, dernier représentant d'une famille de banquiers, était de ceux-là. Il avait trouvé dans la location le moyen de restaurer ses biens à moindre frais. Le locataire prenait en charge les travaux contre un loyer modique. Breanna avait sauté sur l'occasion.

Elle se souvenait encore de sa première impression. Dans le grand salon, une lumière douce filtrait à travers les stores jaunis, conférant à la pièce une atmosphère feutrée. A en croire les papiers peints tachés, les enduits effondrés par endroits, on pouvait penser que la maison avait été abandonnée depuis des siècles. Mais les volumes, cette lumière particulière, les restes d'anciens fastes, bref le cachet unique de la demeure, lui avaient sauté aux yeux. Aussi s'était-elle lancée dans les travaux avec enthousiasme, certaine de savoir faire renaître de ses cendres tout le potentiel de la bâtisse. Et elle n'était pas peu fière du résultat qu'elle avait obtenu. Clay, son frère aîné, l'avait aidée pour le gros œuvre, tandis que sa mère et sa grande sœur, Savannah, s'occupaient des papiers peints. Son père avait aussi mis la main à la pâte, retapant le porche qui menaçait de s'écrouler. En trois ans, la maison avait retrouvé tout son lustre, toute sa chaleur, si bien que la jeune enquêtrice ne s'imaginait pas vivre ailleurs, aujourd'hui.

En revenant vers le hall, elle fut surprise de constater que la lumière de la cuisine était allumée. La télévision était en marche, le volume au minimum. Rachel Davis ne dormait pas. Elle découvrit en effet la baby-sitter accoudée sur la table, visiblement absorbée devant un film de Buster Keaton. Ce n'était guère dans ses habitudes, pourtant. En général, quand elle rentrait au milieu de la nuit, Breanna trouvait la maison endormie. Rachel avait couché Maggie depuis longtemps, et avait elle-même rejoint ses appartements. Après tout, puisqu'elle était employée à plein temps, elle était chez elle ici et n'avait donc pas à attendre le retour de la maîtresse de maison.

— Encore debout ? s'étonna-t-elle.

La jeune femme fit un bond et se retourna brusquement, la main sur le cœur.

— Tu m'as fait peur ! s'exclama-t-elle, les yeux écarquillés.

— Désolée, j'ai cru que tu m'avais entendue rentrer. Tu m'as l'air nerveuse, dis-moi, allégua Breanna en venant s'asseoir près d'elle. C'est ton rendez-vous de demain qui t'angoisse ?

— Je le crains, en effet, admit Rachel en glissant une mèche blonde derrière son oreille. Je n'aurais pourtant pas cru que ça me mettrait dans un état pareil.

Evidemment, c'était un grand jour pour elle : son premier rendez-vous galant depuis deux ans.

— C'est juste un pique-nique, Rachel, fit Breanna en souriant. Et puis David est charmant, non ?

— Je sais bien… Mais il y a des trucs que je n'arrive pas à m'enlever de la tête. Tu sais, au début, je trouvais Michael très sympa, lui aussi.

— C'est du passé, tout ça, répondit Breanna en posant sa main sur celle de son amie. Il est plus que temps que tu regardes vers l'avenir. Tu as le droit d'être heureuse, de profiter de la vie, d'y croire quoi !

Rachel poussa un soupir.

— Je ne sais pas ce que j'aurais fait sans toi.

— Laisse tomber, tu veux ? Je crois que, de ce point de vue, on est quittes. Moi non plus, je ne sais pas ce que je ferais sans toi. A ce propos, comment ça s'est passé aujourd'hui avec mon bout de chou ?

— Comme d'habitude. Maggie est un amour. C'est certainement la fillette la plus intelligente et la plus douce que je connaisse. Une vraie merveille !

Breanna sourit. C'était bien son avis, à elle aussi.

— C'est qu'elle a une baby-sitter en or ! Tu sais que tout le quartier m'envie ?

— Arrête, Brea… A propos de quartier, il y a du changement : nous avons un nouveau voisin. Il a emménagé cet après-midi. Je l'ai observé, l'air de rien ; c'est un vrai canon ! Et encore, le mot est faible.

— Oui, je l'ai croisé.

— Ah bon ? Quand ça ?

— A l'instant. Là, devant la maison. Et figure-toi que je n'ai rien trouvé de mieux que de le menacer de mon arme !

— Pardon ?

— Comme je te le dis ! J'ai vu un type arriver de nulle part, j'ai été surprise. Je ne savais ni qui il était, ni ce qu'il me voulait.

— Et qu'est-ce qu'il voulait ?

— Se présenter, j'imagine, répondit Breanna en haussant les épaules.

— Hum… J'avoue que la perspective de le tenir en joue pour

l'obliger à assouvir toutes mes fantaisies ne serait pas pour me déplaire, émit Rachel avec un sourire gourmand.

Breanna éclata de rire.

— Tu plaisantes ? L'idée de sortir avec un pasteur te file des insomnies et tu ferais ça, toi ?

— Pourquoi pas ? Et puis, tu sais, il ne faut pas se fier aux apparences. Il y a de tout chez les pasteurs, comme dans le reste de l'humanité. Ce n'est pas une garantie de bonne conduite.

— David Mandell est un type bien, crois-moi, déclara la policière en se levant.

Elle était vannée et mourait d'envie d'aller embrasser sa fille.

— Je vais me coucher, reprit-elle en se massant la nuque. Si tu avais deux sous de sagesse, tu m'imiterais. A moins que David ait un goût prononcé pour les cernes…

— Je monte dans une minute, promit Rachel en souriant.

Elles se souhaitèrent bonne nuit et Breanna gravit l'imposant escalier qui menait à l'étage. Elle jeta un œil dans la chambre de sa fille pour s'assurer que tout allait bien et rejoignit ses appartements. D'abord, une douche. Elle n'imaginait pas embrasser son enfant tant qu'elle avait encore sur elle l'odeur de la rue et des paroles salaces qu'on lui avait murmurées à l'oreille. Elle traversa donc la pièce et fila directement dans sa salle de bains. L'eau brûlante sur sa peau lui fit un bien fou. Elle sentait ses muscles se détendre, un à un, son corps recouvrer son élasticité naturelle. Plus encore, elle reprenait possession d'elle-même. Après s'être séché les cheveux, elle enfila un T-shirt extra-large en guise de nuisette, puis se glissa sans bruit dans la chambre de Maggie.

La petite lampe de chevet projetait sur les murs des étoiles bleutées et une lumière feutrée en émanait, éclairant doucement le visage de la fillette endormie, ses boucles brunes éparses sur l'oreiller. Breanna s'accroupit près du lit et prit une profonde inspiration. Elle aimait l'odeur de cette chambre, un parfum sucré, mélange de printemps et d'enfance.

Son mariage avec Kurt Randolf avait été un vrai fiasco. La pire erreur de sa vie, sans aucun doute. A une exception près néanmoins, et elle était de taille : de leur relation était née Maggie, un petit être jovial, une merveille, comme le disait si bien Rachel. Quand on y songeait, c'était un véritable miracle qu'une union aussi hasardeuse ait produit un tel concentré d'énergie et d'insouciance. Breanna s'était bien des fois mordu les doigts d'être tombée dans le piège de ce don juan de Kurt ; mais au fond, elle ne regrettait rien. D'ailleurs, si ça avait été à refaire, elle aurait agi exactement de la même façon. Pour Maggie, pour tout l'amour qu'elle recevait d'elle et qui avait donné à son existence un sens supérieur. Elle posa tendrement ses lèvres sur la joue de l'enfant, éteignit la lumière et sortit à pas feutrés pour rejoindre sa chambre.

Elle se glissait sous les draps lorsque le téléphone sonna. Qui cela pouvait-il bien être ? A cette heure de la nuit, en général, coup de fil rimait avec mauvaise nouvelle. Le cœur battant, elle tendit précipitamment le bras pour décrocher le combiné sur sa table de chevet.

— Allô ? prononça-t-elle d'une voix mal assurée.

Silence.

— Allô ! répéta-t-elle.

Elle entendit un léger déclic puis une voix de femme qui chantait une berceuse. « *Dodo l'enfant do...* » Un disque. Breanna retint sa respiration et attendit la fin de la chanson. Elle perçut un nouveau déclic, puis plus rien, sinon un souffle ténu, la respiration de son correspondant, à n'en pas douter.

— Qui est à l'appareil ? Que voulez-vous ?

Après un court silence, elle crut distinguer comme un sanglot étouffé, juste avant que la ligne soit coupée.

Etrange, pour le moins. Que signifiait cette mascarade ? Perplexe, elle regarda le combiné quelques instants avant de le reposer. Un faux numéro, sûrement. C'était tellement absurde. Elle se leva pour vérifier que Maggie dormait toujours paisiblement. La sonnerie avait très bien pu la réveiller. Et puis, cette chanson... Il y avait quelque chose de malsain dans le fait d'utiliser ainsi une berceuse enfantine. Quelque chose qui réveillait des peurs inconscientes. Comme une menace. Le souffle régulier de la fillette la rassura. C'était une erreur, se répéta Breanna pour chasser le semblant d'inquiétude qui s'était emparé d'elle. Ou bien une blague de très mauvais goût. Elle s'allongea de nouveau dans son lit et, épuisée, s'endormit bientôt.

Adam Spencer était assis, songeur, sur le canapé miteux de son meublé. Il avait vraiment eu de la veine de dégoter cette bicoque. Evidemment, s'il avait projeté de s'installer dans le coin, il aurait certainement choisi une maison moins délabrée, mais pour ce qu'il avait à y faire, ça irait largement. D'autant que sa situation était idéale. Inespérée, même. A deux pas de celle de Breanna James ! Il ne pouvait rêver mieux.

Il poussa un profond soupir et décapsula sa bière. Il était crevé, complètement à plat. A dire vrai, la journée avait été rude. D'abord, il avait fait le trajet depuis Kansas City. Une sacrée trotte. Dès son arrivée dans l'Oklahoma, il avait emménagé. Même s'il n'avait pas l'intention de rester très longtemps à Cherokee Corners, il lui fallait tout de même s'entourer du minimum. Et puis, s'il ne voulait pas trop attirer l'attention des voisins, il devait donner l'image du type qui s'installe et non d'un voyageur en transit. Il avait passé la fin de l'après-midi à mettre un peu d'ordre dans la maison et à ranger ses affaires. Bref, il était claqué. Et pourtant, il ne parvenait pas à trouver le sommeil. L'excitation de la nouveauté, sans doute. Jamais, jusqu'à présent, il n'avait interrompu le cours de son existence pour se lancer comme ça dans l'inconnu. Et puis il y avait Breanna James… Il avait tenté de l'imaginer, ces jours derniers, sans succès. Tout au plus se figurait-il une silhouette mince et élancée, un sourire de top-modèle, enfin tous les clichés relatifs à la plastique féminine. Mais il était loin du compte ! La jeune femme l'avait littéralement bluffé. Il émanait d'elle un tel sex-appeal… une sensualité féline, insoumise. Kurt avait toujours aimé les belles femmes mais, en l'occurrence, il était tombé sur la perle rare !

Adam fronça les sourcils et avala une gorgée de bière fraîche en pensant à son cousin. Un flibustier, celui-là. Il avait brûlé sa vie sans discernement, ne se fiant qu'à ses instincts, se laissant conduire par ses désirs. Il faut dire qu'il n'avait jamais manqué de rien. Ses parents, de riches industriels de Kansas City, n'avaient que lui et, dès son plus jeune âge, lui avaient passé tous ses caprices. Aussi n'était-il jamais parvenu à se fixer de limites. Tout petit déjà, il suffisait qu'il possède un jouet pour s'en désintéresser aussitôt au profit d'un autre. En grandissant, les choses ne s'étaient pas arrangées, bien au contraire. En matière de sentiments, même topo. Il donnait l'impression de ne pas savoir où il allait. Pire, il semblait se refuser systématiquement à tout ce qui pouvait l'engager, le retenir. Il voulait toujours plus, de sensations, de vitesse, d'émotions. Jusqu'à ce qu'un accident de moto lui coûte la vie. Il était mort comme il avait vécu, par imprudence. Il conduisait trop vite, sans casque. Il avait, une fois encore, provoqué le destin. Une fois de trop.

Pendant les six heures qu'avait duré son agonie à l'hôpital, Kurt avait paru s'accrocher à la vie. C'était comme s'il prenait enfin la mesure de ses inconséquences, comme si, au moment de mourir, le moindre événement lui revenait en tête avec une gravité inédite. Comme si, enfin, tout faisait sens. C'est sans doute pourquoi il avait évoqué son mariage. Il n'en avait jamais parlé jusque-là. Pourquoi ? Mystère. Probablement parce que cette union ne tenait pas la route. Quoi qu'il en soit, il avait confié à Adam qu'il avait, six ans plus tôt, épousé une femme du nom de Breanna James, qu'elle habitait Cherokee Corners et avait une fille. Leur fille.

Mais il ne s'était pas arrêté là. Il avait tenu à ce que son cousin, celui qu'il considérait comme un frère, s'assure que les deux femmes ne manquaient de rien. Comment Adam aurait-il pu refuser ? La mort lui arrachait l'être qu'il chérissait le plus au monde, le condamnant dans le même temps à la plus intolérable impuissance. Il avait promis, même s'il n'était pas certain d'être à la hauteur. Il avait promis par égard pour Kurt, en sa mémoire aussi.

Il y avait à peine quinze jours que son cousin s'était éteint et Adam avait en partie rempli son contrat. Il se trouvait là, dans ce quartier désuet de Cherokee Corners, à deux pas à peine de Breanna James. Il était 3 heures du matin et il venait de lui parler, pour la première fois. Bien sûr, il n'avait pas encore vu la fillette, il ne connaissait même pas son nom. Mais il espérait beaucoup de cette rencontre. D'abord parce qu'il appréciait la compagnie des enfants et qu'en général, ceux-ci le lui rendaient bien ; ensuite parce qu'il comptait séduire la fillette pour amadouer la mère. Enfin, il pensait à son oncle et à sa tante. La disparition de leur fils les avait plongés dans le plus profond désespoir. Depuis deux semaines, ils ne sortaient plus, ils ne parlaient pas, dévorés de chagrin, rongés par la colère. Aussi la découverte de leur petite-fille les aiderait-elle peut-être à traverser cette rude épreuve. Elle n'effacerait pas leur douleur, bien entendu, mais tout du moins l'atténuerait-elle un peu en les forçant à se tourner de nouveau vers l'avenir. Adam adorait les parents de Kurt. C'étaient eux qui l'avaient élevé quand ses propres parents avaient perdu la vie dans un accident d'avion.

Il avait onze ans alors, et sans les Randolf, il ne savait pas ce qu'il serait devenu. S'il pouvait alléger un peu leur souffrance, il n'hésiterait pas une minute. Encore fallait-il que Breanna accepte la chose, ce qui n'avait rien d'évident. Mieux valait prendre quelques garanties avant d'avertir les parents de Kurt. Un nouveau choc pouvait leur être fatal.

Breanna James… Adam termina sa bière en songeant aux nombreuses conquêtes de Kurt. On ne pouvait pas dire qu'il avait été gâté. Evidemment, en apparence, il passait pour un homme verni, un tombeur qui s'attachait les faveurs des filles les mieux roulées de la planète. Mais la réalité était loin d'être aussi reluisante. Quand elles n'en voulaient pas à son argent, ses maîtresses s'avéraient complètement déséquilibrées, voire accros à la came. Beau tableau de chasse ! Adam se demandait dans quelle catégorie il lui faudrait classer Mlle James. Physiquement, elle ne détonnait pas du tout avec ses rivales. Une longue chevelure brune, des cils immenses, un corps svelte, tonique, des jambes d'une longueur impressionnante, tout, en elle, était promesse de sensualité, son type indien ajoutant à l'ensemble un exotisme tout à fait piquant. Mais là encore, il convenait d'être prudent. Si la demoiselle était indéniablement séduisante, elle n'était sans doute pas dénuée de tares… Adam poussa un juron en posant sa bouteille de bière par terre. Il avait passé sa vie à essayer de rattraper les erreurs de Kurt et se demandait ce qui l'attendait, cette fois. Peut-être avait-il présumé de ses capacités en acceptant la mission que lui avait confiée son cousin. Sans doute cette Breanna avait-elle d'autres chats à fouetter que de s'occuper de deux vieillards désespérés… Selon toute apparence, elle n'avait plus de nouvelles de son ex-mari depuis longtemps et ne cherchait pas à en avoir. Comment réagirait-elle en apprenant sa mort ? Autant de questions sans réponse, qu'Adam retournait dans son esprit depuis des jours et des jours. Il avait résolu de ne pas brusquer les choses. En fait,

24

il s'était donné une semaine ou deux pour faire la connaissance de sa voisine. Pour l'attendrir aussi. Ensuite, si tout se passait bien, il annoncerait à ses parents adoptifs qu'ils avaient une petite-fille.

Il ne lui resterait qu'à trouver la force de leur apprendre que la mère de la fillette, leur belle-fille en somme, était une prostituée.

2.

Il était à peine 10 heures lorsque Breanna entendit une voiture se garer devant chez elle. La voix de sa mère lui parvint bientôt par la fenêtre ouverte du salon. A en croire les éclats de rire qui émaillaient ses propos, elle était en grande conversation. Avec qui pouvait-elle bien parler ? Curieuse, la jeune femme tira discrètement le rideau et aperçut Adam Spencer.

Décidément, il était partout, celui-là. En se levant déjà, quand elle avait ouvert les volets de sa chambre, elle l'avait vu dans le jardin, qui désherbait un parterre. Il avait à cœur d'arranger un peu sa nouvelle demeure, rien d'étonnant à cela. Cependant, elle était restée quelque temps à l'épier, comme si son attitude avait eu quelque chose de suspect. Déformation profession-nelle, avait-elle d'abord pensé. Mais il lui avait bien vite fallu se rendre à l'évidence ; si cet homme la captivait, c'était pour un motif beaucoup moins avouable. Son dos puissant, ses bras musculeux, l'agilité de ses gestes, voilà ce qui la fascinait ! Les réflexes policiers n'avaient rien à voir là-dedans. Et elle n'était pas loin de céder de nouveau au charme. Aussi incongru que cela puisse paraître, ce type l'envoûtait ! Il ne manquait plus que ça. Après avoir passé sa soirée à jouer les prostituées, voilà qu'elle se transformait en midinette ! Un rien irritée, elle s'arracha à sa contemplation et quitta le salon pour aller se servir une tasse de café dans la cuisine. Inutile qu'elle aille à sa rencontre ; sa mère connaissait le chemin, et la rejoindrait lorsqu'elle en aurait fini avec le voisin.

Et de fait, dix minutes plus tard, Rita Birdsong James faisait irruption dans la pièce. Pétulante, comme à son habitude. A cinquante-huit ans, elle n'avait rien perdu de sa vitalité. De sa beauté, non plus. C'était comme si les vicissitudes de l'existence n'avaient aucune prise sur elle ; son visage sans rides, ses cheveux bruns, coupés court et d'un noir bleuté, sa prestance faisaient d'elle une femme rayonnante, un modèle de longévité.

— Alors ? fit Breanna après l'avoir embrassée. Tu as déballé tous les secrets de la famille James à mon nouveau voisin ?

Elle n'avait pu s'empêcher de faire allusion à Adam. A croire qu'il l'obsédait ! De fait, l'attitude avenante de sa mère à l'égard du jeune homme l'avait quelque peu surprise. Même si Rita était de nature affable, elle se montrait rarement aussi familière avec un étranger.

Cette dernière éclata de rire et se servit un café.

— Quels secrets ? s'exclama-t-elle en s'installant à table. Remarque, j'aimerais bien en avoir à raconter. Rien de tel pour pimenter une conversation ! Enfin, trêve de plaisanterie. J'ai été d'une parfaite discrétion, rassure-toi. Ma petite-fille n'est donc pas là, ce matin ?

— Rachel avait deux ou trois courses à faire pour son pique-nique de tout à l'heure. Elle a emmené Maggie à l'épicerie.

Rita hocha la tête.

— Tu as une baby-sitter hors pair. Je suis tellement heureuse qu'elle ait un peu retrouvé le moral. Si seulement elle pouvait de nouveau faire confiance à quelqu'un ! Une rencontre, c'est tellement romantique ! Ça vous change une vie.

Breanna saisit immédiatement l'allusion. D'autant que sa mère l'observait en douce, elle le sentait. Mieux valait ne pas répliquer. Rita, de toute façon, n'avait pas besoin d'encouragement, elle savait parfaitement se faire comprendre.

— Tu devrais y penser, toi aussi, continua en effet cette dernière en tournant ostensiblement les yeux vers la maison d'à côté.

— Maman !

— Ce jeune homme est charmant, tu ne me contrediras pas ! Et en plus, il est célibataire, insista Rita.

— Arrête !

— Il est peintre, continua sa mère comme si de rien n'était. Je lui ai parlé du centre culturel de Cherokee Corners et il m'a paru très intéressé. Je crois qu'il fait des recherches sur l'art amérindien. Quoi qu'il en soit, je l'ai invité à venir manger à la maison, pour discuter de tout ça sereinement. Ce soir.

Quoi ? Breanna ouvrit la bouche pour protester, mais aucun son n'en sortit. En fait, elle était estomaquée. Cet Adam n'était pas là depuis deux jours qu'il semblait déjà incontournable, au point de prendre part à une réunion familiale ! Un sentiment étrange l'envahit, l'impression confuse que ce nouveau voisin pouvait comploter quelque chose. En tout cas, il ne manquait pas d'opportunisme. Il n'avait pas tardé à tisser des liens avec sa famille. Et si sa présence devant sa maison, la nuit précédente, n'avait pas été fortuite ? Et s'il l'attendait ?

Elle détourna les yeux, agacée. Voilà qu'elle devenait parano, maintenant ! La situation, pourtant, n'avait rien de si préoccupant. Le charme naturel de ce type lui attirait toutes les sympathies, on ne pouvait pas lui en faire le reproche… Sa mère l'avait trouvé agréable, elle l'avait invité à se joindre à eux, voilà tout. Pas de quoi se monter un film. De toute façon, il était vain d'espérer la faire revenir sur sa décision. En cela, son père avait raison : personne n'était plus têtu qu'une Birdsong !

Et même si Breanna avait eu l'intention de riposter, elle n'en eut pas le loisir. Le bruit de la porte d'entrée éluda instantanément le sujet.

— Mamie ! s'exclama Maggie en se précipitant dans les bras de sa grand-mère.

— Bonjour, mon lapin, répondit Rita en l'embrassant.

— Regarde ce que Rachel m'a acheté !

L'enfant montra fièrement son cou, où pendait un petit cheval en plastique bleu azur.

— Elle l'a déjà baptisé Tonnerre, expliqua Rachel en entrant à son tour, les bras chargés de paquets. Et décrété qu'elle ne s'en séparerait jamais.

— Ah oui ? s'étonna Breanna, les sourcils froncés.

— Parfaitement, affirma l'enfant. Même pas pour prendre mon bain. Bon, reprit-elle en sautant des genoux de sa grand-mère. Il faut que j'aille voir mon ours brun. Il va être très content quand il verra notre nouveau copain !

Maggie sortit en trombe de la cuisine et monta l'escalier quatre à quatre.

— Quelle énergie ! s'émerveilla Rita. Cette petite ne tient pas en place.

— Elle a de qui tenir, je crois, plaisanta Breanna en regardant sa mère. Dans le genre dynamique, tu n'es pas mal non plus.

— Je croirais entendre ton père ! gémit Rita. Il me reproche toujours d'avoir la bougeotte ! Au fait, je t'ai raconté sa dernière fantaisie ? Je suis vraiment folle de rage contre lui !

La jeune femme sourit en écoutant sa mère maugréer contre son diable d'époux, comme elle l'appelait. Ses parents formaient un couple incroyable ! Ils étaient mariés depuis trente-huit ans, trente-huit ans d'une relation passionnelle, intense, fougueuse. Ils se disputaient sans cesse et ne pouvaient cependant se passer l'un de l'autre. Comme si leurs dissensions permanentes, loin de les opposer, alimentaient l'amour qu'ils se portaient, le rendaient plus fort. Leurs caractères bien trempés trouvaient là à s'exprimer, dans ce jeu dont ils avaient ensemble fixé les règles. D'ailleurs, il suffisait de les côtoyer quelques heures pour comprendre qu'ils étaient faits l'un pour l'autre.

Breanna avait un temps rêvé de connaître le même bonheur. Un amour qui gagne en profondeur avec le temps. Un engagement total qui se passe de mots. Quelque chose comme une évidence. Mais son mariage avec Kurt avait détruit toutes ses illusions. En quelques mois, leur relation s'était flétrie, pour laisser place à une totale incompréhension. Depuis, elle n'avait pas eu envie de retenter l'aventure. Pour elle, l'entente entre deux êtres tenait du miracle ; dans la plupart des cas, le quotidien se résumait à une suite de compromis et de malentendus, qui finissaient par tourner à l'aigre. Résultat : dépense d'énergie, déprime, tout cela en pure perte. Malgré l'insistance de sa mère, elle n'avait pas cherché à retrouver quelqu'un. En fait, le petit univers qu'elle s'était construit avec Maggie satisfaisait pleinement son besoin de quiétude ; elle n'imaginait pas qu'un homme pût trouver sa place là-dedans, sinon à tout bouleverser, ce qu'elle ne souhaitait pas. Sans doute, en se préservant ainsi, passait-elle à côté de quelque chose ; mais elle se sentait incapable d'envisager une autre formule, pour le moment du moins.

— Bien, je file ! annonça tout à coup Rita en se levant. Il nous reste encore quelques préparatifs pour ce soir. Ton père a tenu à vous concocter à chacun votre plat préféré : côte de bœuf pour Clay, brochettes de poisson pour Savannah et boulettes d'agneau pour toi.

— Génial ! s'exclama Breanna en raccompagnant sa mère. Tu veux que j'apporte quelque chose ?

— Ton nouveau voisin. Je lui ai dit que tu passerais le prendre à 17 heures.

— Maman ! Tu exagères !

— Le pauvre, il ne connaît personne, ici. Nous autres Cherokee sommes réputés pour notre sens de l'hospitalité, ne l'oublie pas, fit Rita en embrassant sa fille. Tu te dois de faire honneur à tes ancêtres.

Breanna soupira en regardant la voiture s'éloigner puis rejoignit Rachel dans la cuisine. Celle-ci finissait de remplir son panier à pique-nique.

— C'est la journée des rendez-vous, on dirait ! s'exclama cette dernière avec malice.

— De quoi parles-tu ? D'Adam ? s'étonna Breanna en se servant une nouvelle tasse de café. Je t'arrête tout de suite. Je le transporte d'ici jusque chez mes parents, basta !

— J'avais pourtant l'impression que ta mère avait une autre idée derrière la tête…

— Ça, c'est fort possible. Si tu savais le nombre de fois où elle a essayé de me marier ! Il faut dire qu'en la matière, aucun de ses enfants ne l'a vraiment gâtée, jusqu'à présent. Mon frère et ma sœur n'ont pas fait mieux que moi, hélas.

— Je suis étonnée que Clay n'ait pas trouvé l'âme sœur, avança Rachel. Ce ne sont sans doute pas les opportunités qui lui manquent.

— Il n'est plutôt pas mal, en effet. Du moins à en croire le nombre de femmes qui se jettent à ses pieds. Mais je ne lui ai jamais connu de relation stable. Quand il n'est pas à collecter des indices sur une scène de crime, il passe son temps enfermé dans son labo. Un vrai obsédé du boulot, si tu vois ce que je veux dire !

— Quel gâchis…

On pouvait voir ça ainsi, en effet. En même temps, Clay n'était pas un cas d'espèce. Bon nombre de flics sacrifiaient leur vie personnelle à leur job. D'abord parce que le terrain réclamait d'eux un investissement constant. Peu de couples résistaient aux réveils en pleine nuit ou aux journées de planque. Surtout parce que le danger faisant partie intégrante du métier, la plupart des agents préféraient vivre seuls plutôt que d'impliquer un conjoint, voire des enfants, dans leur quotidien. Disons simplement que Clay, en plus de ces considérations, était un vrai mordu. Il avait bossé d'arrache-pied pour décrocher ce poste à la police scientifique de Cherokee et passait pour un des analystes les plus brillants de tout l'Oklahoma.

— Si ton frère a choisi le célibat, continua la baby-sitter, Savannah, elle, n'est pas responsable de sa situation. Elle avait trouvé le mari idéal et il a fallu qu'il se tue sur la route. La pauvre… Je comprends qu'elle ait du mal à s'en remettre et n'ait guère envie de refaire sa vie.

Breanna hocha la tête, plongée dans ses pensées.

— Non, vraiment, ta mère ne peut rien vous reprocher. Regarde, toi, ajouta Rachel, apparemment décidée à faire le tour des catastrophes. Ce n'est pas ta faute si Kurt s'est comporté en enfant gâté et n'a pas assumé sa paternité. J'imagine que tu ne pouvais pas savoir qu'il réagirait ainsi avant de l'avoir épousé.

— J'ai sans doute ma part de responsabilité dans notre échec, avoua Breanna. J'aurais pu voir venir les choses, ne pas me précipiter. Tu comprends, mes parents m'ont donné une image tellement idéale de la vie de couple que j'étais impatiente de faire comme eux. Malheureusement, les choses ne sont pas si simples. Il ne suffit pas de désirer le bonheur pour l'obtenir. Vivre à deux est une alchimie complexe et aléatoire…

— A qui le dis-tu ! J'ai été aveugle, moi aussi. Et sans doute pour la même raison que toi : par impatience. Je voulais tellement être indépendante, fonder un foyer, avoir des enfants. J'aurais dû voir tout de suite que Michael était violent, possessif jusqu'à l'obsession. Mais quand je m'en suis rendu compte, il était trop tard, ajouta Rachel en passant la main sur la cicatrice qui marquait sa joue. Je m'étais si bien persuadée que nous étions faits l'un pour l'autre et que nous étions heureux tous les deux, que je lui passais ses moindres caprices. Pire, je faisais comme si tout était normal, alors qu'il me harcelait sans cesse. Bref, je m'obstinais à nier la réalité. Pas étonnant que j'aie été si longue à réagir quand il s'est mis à me frapper...

— Il est derrière les barreaux, à l'heure qu'il est. Hors d'état de nuire. Par contre, les hommes immatures ou irresponsables peuvent sévir à n'importe quel moment. On les laisse en liberté, eux !

— Heureusement ! Tu imagines le nombre de types qu'il faudrait enfermer ? Les prisons du pays n'y suffiraient pas !

Les deux femmes se regardèrent et éclatèrent de rire.

Il était 16 heures quand Breanna monta dans sa chambre pour se changer. Rachel était partie depuis longtemps à son pique-nique, mais leur conversation de la matinée la hantait encore. Etait-il possible qu'une malédiction se soit abattue sur la fratrie James ? Ces dernières années, tout s'était passé comme si l'amour se refusait aux trois frères et sœurs. Savannah, surtout, en avait bavé. Elle était mariée depuis à peine plus d'un an avec Jimmy Tallfeather quand ce dernier avait péri dans un stupide accident de voiture. Cette tragédie avait tout détruit : son bonheur, ses projets d'avenir. Et depuis, Savannah avait toutes les peines du monde à remonter la pente. Après un an, la douleur était intacte. Comme si rien ni personne ne devait jamais la ramener à la vie.

Soudain, Breanna eut comme un flash. Et si Adam était le sauveur ? Après tout, tout le monde en convenait, il était avenant. Affriolant, même. Peut-être saurait-il séduire Savannah et la détourner de ses idées noires ? Subitement, la perspective d'accompagner son voisin chez ses parents lui parut moins pesante. Engageante, même. Le trajet serait vite bouclé. Et, dès qu'ils seraient arrivés, elle s'empresserait de le présenter à sa sœur en priant pour qu'un coup de foudre se produise.

A 16 h 45 tapantes, Adam Spencer sortit de chez lui et se tourna vers la maison voisine. Mlle James était agent de police, se répéta-t-il avec soulagement, et non prostituée. Voilà qui s'avérerait diablement plus commode à annoncer aux Randolf ! En fait, quelques minutes à discuter avec la mère de Breanna lui avaient permis d'apprendre que les trois enfants James travaillaient dans la police de Cherokee. Des gens fréquentables, donc. Kurt, pour une fois dans sa vie, n'était pas tombé sur une junkie à la dérive. Parfait.

En fait, Adam commençait à prendre goût à sa mission. Maintenant qu'il en connaissait deux représentantes, il avait hâte de faire la connaissance de la belle-famille de son cousin. Et avant toute chose, de sa fille. Selon toute apparence, la petite vivait dans un cadre équilibré. Elle était choyée, ne manquait de rien. Il n'aurait donc qu'à lui ouvrir un compte en banque comme le défunt le lui avait demandé, simple formalité en somme, avant de retourner à sa vie avec le sentiment du devoir accompli.

Il s'assit sur le perron et jeta un œil à sa montre. Il fallait espérer que l'ex de Kurt était du genre ponctuel… Le rendez-vous avait été fixé à 17 heures, il avait un petit quart d'heure à poireauter. Levant le nez, il huma l'air doux du printemps, savourant la senteur poivrée des frênes qui balançaient mollement leurs branches au-dessus de lui. Quand il avait quitté Kansas City, il ne savait pas où il allait atterrir. Il s'était imaginé Cherokee Corners comme une petite ville morne, un peu crasseuse, perdue au bord d'une rivière à demi asséchée. Aussi avait-il été agréablement surpris en découvrant son erreur. Non seulement l'agglomération était importante et dénotait un dynamisme économique certain, mais le centre-ville présentait une architecture des plus modernes, des buildings imposants déversant dans les rues leur flot d'employés pressés, qui se mêlaient aux skaters et autres étudiants branchés. Pas de morosité en vue, donc. Et puis, passé les boulevards de ceinture, on trouvait des zones résidentielles tout à fait agréables, dont l'urbanisme raisonné avait su préserver l'environnement naturel. Breanna devait bien connaître la ville. Car elle avait merveilleusement choisi son lieu de résidence.

Peut-être ses origines indiennes l'avaient-elles encouragée à élire ce quartier : il avoisinait le centre culturel cherokee. D'après Rita Birdsong James, qui y encadrait des visites, on trouvait là-bas une parfaite reconstitution d'un village indien, dans lequel de véritables indigènes vivaient selon leurs coutumes ancestrales. C'était pour les touristes l'occasion de découvrir les mœurs de cette tribu tout en offrant la possibilité aux ethnologues de mieux comprendre certains aspects de ces modes de vie perdus et d'en fixer la mémoire. Sans aucun doute, l'endroit devait valoir le détour. En tout cas, Adam avait écouté avec intérêt la mère de Breanna lui en vanter les mérites.

Il passa une main nerveuse dans ses cheveux. Dire qu'il lui avait fait croire qu'il était artiste ! Peintre, qui plus est ! Lui qui avait toujours été d'une nullité crasse en dessin ! Une idée de génie, vraiment ! Il avait regretté ses paroles à la seconde même où elles étaient sorties de sa bouche. Sans doute avait-il voulu rester dans le ton, pour s'assurer la sympathie de la bonne dame. Culture, peinture, même combat. Il faut dire qu'elle lui avait demandé si abruptement les raisons de son installation à Cherokee Corners qu'il s'était senti totalement pris de cours. En fait, il avait réagi par simple association d'idées. Dans la cuisine de son nouveau logis était accroché un tableau, médiocre au demeurant, représentant un Indien à cheval. Rita James lui avait parlé des Cherokee, il avait répondu peinture.

Tout bien réfléchi, cette invention pouvait jouer en sa faveur. Après tout, le métier d'artiste avait quelque chose d'excitant. En général, les gens étaient curieux de pouvoir s'entretenir avec un créateur. Sans doute parce que ce dernier incarnait à leurs yeux un style de vie un peu bohème, une existence libre, hors du commun. Il sourit en songeant à la tête que ne manquerait pas de faire Mme James si elle découvrait sa véritable profession. L'expertise comptable, il fallait l'avouer, manquait passablement d'exotisme ! Même si diriger un cabinet demandait parfois de l'inventivité et un certain sens des initiatives, ça ne faisait rêver personne !

OK, il avait menti. Mais le péché était véniel, au fond, puisqu'il n'avait nullement l'intention de se lier durablement avec les James. Sa duplicité et l'intérêt qu'il avait porté au centre culturel lui avaient sans doute permis d'accéder plus vite à la famille de Breanna, et c'est bien tout ce qui comptait. Il n'en tirait aucune fierté, au contraire. Mais enfin, dans certains cas, la fin justifiait les moyens…

Il entendit soudain la porte voisine s'ouvrir et aperçut une fillette qui sortait de la maison en gambadant. Derrière elle, Breanna James. On y était. Comme l'enfant approchait, il sentit son cœur s'emballer. Ces longs cheveux bouclés, l'ovale du visage, ses expressions… c'était le portrait craché de Kurt ! La ressemblance était proprement saisissante. La petite se tourna pour sourire à sa mère et Adam reconnut la fossette de son cousin. Sur la joue gauche, elle aussi. Il avait accepté d'accomplir les dernières volontés du défunt dans l'espoir de trouver dans l'enfant un prolongement à l'existence du père, mais jamais il n'aurait cru que cette idée, somme toute idéaliste, prendrait une forme aussi concrète. Il y avait quelque chose de troublant dans cette apparition. De presque surnaturel…

Bon, c'était bien le moment de se monter la tête, se dit-il tandis que Breanna lui faisait signe de les rejoindre. Il avait intérêt à prendre sur lui s'il ne voulait pas passer pour un illuminé !

— Bonjour ! lança-t-elle en ouvrant sa portière. Vous êtes prêt, à ce que je vois ? Je vous présente Maggie, ma fille.

Maggie, voici M. Spencer, qui va venir dîner avec nous chez mamie Rita.

— Bonjour, Maggie ! fit ce dernier en luttant contre son envie de prendre l'enfant dans ses bras. Tu peux m'appeler Adam, tu sais.

Il avait beaucoup réfléchi avant de se lancer dans l'aventure, mais s'il y avait une chose qu'il n'avait pas prévue, c'était bien l'émotion qui le saisirait en découvrant la fille de Kurt. Elle avait ses yeux : d'un gris sombre, pétillants de vie. L'espace d'un instant, il se demanda s'il était tellement judicieux de présenter l'enfant aux Randolf. Comment réagiraient-ils face à un tel mimétisme ? Cela ne raviverait-il pas leur douleur ?

— D'accord, Adam, acquiesça-t-elle en le gratifiant d'un sourire charmant. Tu veux voir mon cheval ? Il est très rapide et il s'appelle Tonnerre.

La fillette exhiba fièrement le pendentif qu'elle avait au cou.

— C'est toi qui as choisi le nom ? demanda Adam en lui rendant son sourire. C'est drôlement bien, pour un cheval.

— Maggie, monte dans la voiture, intervint Breanna en ouvrant la portière arrière. On y va.

L'enfant s'exécuta, tandis que sa mère s'installait au volant et vérifiait dans son rétroviseur que la petite bouclait bien sa ceinture. Adam prit place dans le fauteuil passager et ferma la porte, tout en évitant soigneusement de croiser le regard de la conductrice. Cette dernière portait un parfum vanillé, mâtiné de floraisons subtiles, d'une sensualité à damner un saint ! L'effluve avait envahi l'habitacle, éveillant en lui les fantasmes les plus inavouables. L'heure n'était pourtant pas à la bagatelle ! Comble du supplice, la jeune femme portait un débardeur parfaitement décolleté et un short blanc qui mettait superbement en valeur ses jambes fines et ambrées. Rien à voir avec sa tenue tape-à-l'œil de la veille ! Surtout, ne pas craquer… Adam jeta un coup d'œil furtif vers Breanna, assez pour apprécier le grain impeccable de sa peau. Sans maquillage, elle lui faisait l'effet d'un fruit mûr, gorgé de soleil. A croquer, en somme. Soudain, il se souvint de ce que lui avait dit Kurt, autrefois : « Tu sais quoi, Adam ? Tu as toujours été jaloux de la vie que je mène. Tu ne veux pas le reconnaître, mais tu as toujours désiré les mêmes femmes que moi. » A l'époque, il avait pris ces mots pour une provocation, mais aujourd'hui, ils résonnaient en lui avec un étrange accent de vérité…

— C'est gentil de m'accompagner, dit-il en s'efforçant d'écarter ces troublantes réminiscences. Votre mère a vraiment été attentionnée en m'invitant, comme ça. Quand on arrive dans une ville, ça fait chaud au cœur de se sentir accueilli.

La jeune femme sourit tout en opérant une marche arrière.

— Si on la laissait faire, ma mère convierait toute la ville à ses barbecues, déclara-t-elle. Elle adore les gens !

— C'est l'impression qu'elle m'a donnée, en effet.

— Elle m'a dit que vous étiez peintre. Vous avez déjà exposé ? Peut-être ai-je eu l'occasion de voir une de vos œuvres…

— A moins que vous ne fassiez régulièrement les poubelles, ça m'étonnerait, répondit Adam, se maudissant d'avoir choisi un faux métier aussi peu en rapport avec ses compétences.

Elle se mit à rire. Un rire chaleureux, avenant.

— J'espère que vous ne vivez pas de votre art !

— Non, rassurez-vous, je suis comptable. Disons que je peins en dilettante.

Il ressentit un léger soulagement d'avoir pu émailler son discours d'une once de vérité. Breanna James était si naturelle, si spontanée avec lui, qu'il éprouvait une sorte de honte à jouer ce jeu de dupe. Il aurait voulu accélérer les choses, lui avouer le motif de sa présence à Cherokee Corners, lui parler de Kurt, ne rien lui cacher, en somme. Mais c'était pour le moins prématuré.

— Et qu'est-ce qui vous amène dans notre bonne ville ? Les affaires ne sont guère florissantes, en ce moment, et les entreprises n'embauchent pas.

— Je travaille à Kansas City et ne suis ici que de passage. En fait, je souhaitais depuis longtemps prendre des vacances prolongées. Je me suis organisé, au cabinet, de manière à m'octroyer quelques semaines de farniente. En fait, je suis passionné par la culture indienne depuis longtemps et je suis venu dans l'Oklahoma pour m'initier un peu à l'art cherokee.

— Tu as des enfants, monsieur Adam ? demanda soudain Maggie.

— Non, hélas, répondit-il en se retournant vers la petite. Je ne suis pas marié, non plus.

La fille de Kurt le fixait de ses grands yeux scintillants de curiosité. Indéniablement, cette enfant était vive. Adam se sentit fondre. C'était pourtant bien la dernière chose à faire ! S'impliquer émotionnellement dans cette affaire risquait de tout compliquer. Il n'était que le messager de son cousin, rien de plus. La vie de Mlle James et de sa fille ne le regardait en somme que de très loin. Enfin... entre la pétulance de Maggie et le charme troublant de sa mère, il n'était pas au bout de ses peines...

— Ah bon ? Et pourquoi ? questionna l'enfant.

— Voyons, ma puce, intervint Breanna, c'est personnel. M. Spencer n'a sûrement pas envie de te répondre.

— C'est dommage. Pour une fois qu'on a un nouveau voisin... Peut-être qu'Adam connaît des enfants qui pourraient jouer avec moi ? C'est personnel, si je lui demande ?

— Maggie est la seule petite fille de son âge dans le quartier, expliqua la jeune femme avec un regard navré. Dès qu'une nouvelle famille s'installe, ce qui n'est pas si fréquent, elle espère se trouver des camarades.

39

— J'ai peur de ne pas pouvoir t'aider, Maggie, avoua Adam. Désolé.

Il détourna les yeux et s'abîma un instant dans la contemplation du paysage qui défilait derrière la vitre. Ils traversaient une forêt de hêtres assez épaisse et s'apprêtaient à bifurquer vers l'ouest de la ville.

— Votre mère m'a dit que tous ses enfants travaillaient dans les forces de l'ordre ? risqua-t-il après un temps.

— Nous avons pris la relève de notre père, acquiesça la jeune femme. Il est à la retraite depuis un an maintenant, mais il a été chef de la police pendant des années. Mon frère, Clay, est au service scientifique, Savannah, ma sœur aînée, aux homicides, et moi, aux mœurs.

— Pas banal d'avoir tous choisi le même corps de métier.

— Sans doute… En fait, je n'ai pas l'impression de m'être tellement questionnée sur la voie à suivre. Mon père adorait son boulot, il nous en parlait toujours avec ferveur. Aussi loin que je me souvienne, j'ai toujours su que je serais flic.

— Et pourquoi les mœurs ?

— Pourquoi pas ? Je voulais travailler sur le terrain. On m'a nommée dans ce service et j'ai accepté le job. Je peux vous dire qu'on ne s'y ennuie pas !

— Hier soir, quand on s'est croisés, vous terminiez votre journée ?

La jeune femme se contenta d'acquiescer d'un signe de tête.

— Vous faisiez une… euh,., une dame de la nuit très convaincante, risqua-t-il.

— Et vous, vous avez failli vous faire descendre, répliqua-t-elle sèchement avant de détourner la tête.

Quel idiot il faisait ! Dire à une femme qu'elle faisait une parfaite prostituée était du dernier tact ! Oui, vraiment, on ne pouvait rêver plus beau compliment ! Il se mordit la lèvre et regarda de nouveau par la fenêtre. Pourquoi fallait-il qu'il soit aussi maladroit ? Ce qu'il avait voulu lui signifier, c'était juste que son personnage était crédible, qu'elle lui donnait l'impression d'être un bon flic. Eh bien, c'était raté ! Mieux valait qu'il se taise s'il ne voulait pas s'enfoncer davantage. Ils approchaient d'un grand bâtiment à côté duquel il aperçut un village indien.

— Si vous vous intéressez aux mœurs indigènes, suggéra Breanna en lui indiquant l'édifice, je ne saurais trop vous conseiller notre centre culturel.

Sa voix avait repris une tonalité amicale. Elle n'était pas du genre rancunière. Un bon point pour elle.

— C'est le travail de mamie ! s'exclama Maggie en battant des mains. On vient souvent ici et on chante. On fait des rondes, on danse, on s'amuse bien.

— Pendant les mois d'été, notre association organise des manifestations quasi quotidiennes, compléta Breanna. Ma mère tient beaucoup à ce que les touristes découvrent, en venant en Oklahoma, la manière dont vivaient les premiers habitants de l'Etat. Pour elle, la connaissance est le premier pas vers la tolérance.

— Je suis tout à fait de son avis. Je pense qu'il est essentiel de préserver les cultures menacées parce qu'on a beaucoup à apprendre d'elles. Tant d'hommes, plus brutaux les uns que les autres, ont voulu les éradiquer… C'est un miracle qu'elles ne se soient pas éteintes. Vous me pardonnerez cette indiscrétion, mais votre père est-il d'origine indienne, lui aussi ? Votre famille semble très impliquée dans la préservation de l'identité cherokee…

— Ah que non ! s'exclama Breanna. C'est un Irlandais pur cru ! Et aussi fier de ses origines que ma mère des siennes !

— Sacré mélange ! plaisanta Adam, heureux d'avoir trouvé là un sujet qui agrée à son interlocutrice. Les dîners de famille doivent valoir leur pesant d'or !

— Vous n'imaginez même pas ! En plus du gouffre culturel qui les sépare, mes parents ont tous deux un caractère plus que trempé. Autant que vous soyez prévenu, il ne se passe pas une fête familiale sans que ça n'explose à un moment ou à un autre. Mais je vous rassure ; en général, le soufflet retombe aussi vite qu'il est monté.

La jeune femme avait quitté la route principale et s'engageait à présent sur un sentier menant à un vieux ranch. La ville était à une quinzaine de kilomètres derrière eux. Alentour, pas une construction. Les James habitaient en rase campagne, parmi les bois et les champs de blé. Des voitures de toutes marques, garées sans ordre aucun, encombraient déjà l'allée centrale.

— Vous êtes issu d'une famille nombreuse, vous aussi ? demanda Breanna dès qu'elle eut coupé le moteur.

— Pas vraiment, non. Mes parents sont décédés lorsque j'avais onze ans et j'ai été élevé par mon oncle et ma tante. Ma famille se résume à eux, en fait.

— Je suis désolée, dit-elle, visiblement touchée.

— Pas de quoi, assura-t-il. Ce sont des gens adorables, ils m'ont donné beaucoup d'amour.

— Si je vous ai posé la question, c'est seulement pour que vous ne soyez pas surpris. Quand on n'a pas l'habitude des grands rassemblements, ça peut faire un choc. Non seulement j'ai une grande famille, mais nous sommes plutôt bruyants. Exubérants, si vous préférez. Préparez-vous à une soirée animée…

— Maman, je peux descendre ? s'impatienta Maggie.

— On y va ! répondit Breanna en ouvrant sa portière. J'ai comme l'impression que le gros de la bande est déjà arrivé. Tes cousins doivent t'attendre, ma chérie.

Elle libéra sa fille et invita Adam à les suivre à l'intérieur de la maison. Ils pénétrèrent dans un vaste salon, au centre de la demeure, agrémenté d'antiquités et de peintures traditionnelles indiennes. La pièce était lumineuse, on s'y sentait immédiatement le bienvenu. Adam s'arrêta devant un des tableaux et le détailla un instant. Après tout, compte tenu de la panoplie qu'il avait endossée, il était normal qu'il s'intéresse aux œuvres d'art !

— C'est une artiste locale, Tamara Greystone, expliqua Breanna. Je vous la présenterai, si vous voulez. Vous pourrez échanger vos points de vue, comparer vos techniques...

— C'est très gentil, merci, répondit Adam en priant pour que l'artiste en question ne soit pas dans l'assemblée.

Face à une spécialiste, il ne tiendrait pas une minute ! Elle aurait tôt fait de comprendre qu'il n'avait jamais touché un pinceau de sa vie.

Maggie se mit à courir droit devant elle, vers la baie vitrée ouvrant sur un large patio où, selon toute apparence, convergeaient toutes les pièces du rez-de-chaussée. Adam suivit sa voisine qui, déjà, saluait des connaissances. Bientôt, ils furent entourés d'une foule remuante et hétéroclite, à vous donner le vertige. Breanna l'avait mis en garde, mais jamais il ne se serait attendu à pareille cacophonie. Il comprit immédiatement que chez les James, le mot *famille* avait un sens très large. Il incluait les amis, les voisins et Dieu sait qui d'autre ! Les gens, un verre à la main, se déversaient dans le jardin en un flot continu et bavard, les hommes se hélant ou se donnant l'accolade, les femmes lançant autour d'elles des regards nerveux ou rappelant à l'ordre leur progéniture qui s'ébattait parmi les végétations. Près du barbecue, Adam reconnut Rita James, en grande conversation avec un groupe de jeunes femmes, vêtues du costume traditionnel, l'allure militante. Elle s'excusa dès qu'elle aperçut sa fille et quitta ses amies pour venir à leur rencontre.

— Adam ! Je suis si contente que vous soyez venu ! s'exclama-t-elle en prenant sa main dans les siennes.

— C'est moi qui vous remercie de m'avoir convié, répondit-il avec un sourire. C'est vraiment très généreux de votre part.

— Brea, que dirais-tu de présenter M. Spencer à nos amis ? suggéra-t-elle à sa fille.

— Pas de problème, répondit celle-ci de bonne grâce.

Un quart d'heure plus tard, le jeune homme avait serré tant de mains qu'il ne savait plus du tout où il en était ! Très vite d'ailleurs, il avait renoncé à retenir les noms et les visages, de peur que son crâne n'explose.

A l'exception bien sûr des proches de Breanna, Thomas James en tête. Cet homme aux cheveux gris et au regard bleu l'accueillit d'une poignée de main énergique, sans quitter son poste de préposé à la rôtisserie. Pour tout dire, le grand-père de Maggie en imposait, par sa carrure d'abord, et par son charisme évident. Son meilleur ami, Jacob Kincaid, directeur de la plus grosse banque de la ville, l'assistait en entretenant les braises.

— Jacob est un collectionneur émérite, expliqua Breanna. Sa maison regorge d'objets incroyables. Antiquités, œuvres d'art… une vraie caverne d'Ali Baba !

— Il ne me reste plus qu'à espérer que M. Spencer n'est pas un cambrioleur professionnel, émit le vieil homme en souriant avec affection à la fille de son ami. Dans le cas contraire, il peut se féliciter d'être tombé sur toi, ma chère. Tu viens de lui refiler le tuyau du siècle !

— Oh, toutes mes excuses, Jacob, se reprit la jeune femme. Me pardonnerez-vous si je rajoute que votre système de sécurité est digne du Louvre ?

Le banquier éclata de rire, imité par les quelques invités qui se trouvaient à proximité. Quand le calme fut revenu, Breanna s'excusa et conduisit Adam vers une jeune femme assise un peu à l'écart de la foule. Savannah. Les deux sœurs se ressemblaient étonnamment, exception faite des cheveux, que l'aînée portait courts. A mieux y regarder, ce n'était pas leur seule dissemblance. Autant Breanna débordait de vie, autant sa sœur paraissait sombre, vulnérable, éprouvée par l'existence. Sa beauté était

44

indéniable pourtant, et s'imposait malgré ce voile de tristesse qui semblait vouloir la dissimuler. Adam se sentit touché par la fragilité de cette femme, même si sa préférence restait à la cadette. Il ne savait pas trop, d'ailleurs, ce qui lui plaisait le plus chez l'ex de Kurt. Sans doute le fait que leurs sorts soient liés, d'une certaine manière. N'élevait-elle pas l'enfant de son cousin ? De son frère…

Adam fit enfin la connaissance de Clay, un homme d'une grande prestance, au regard vif, incisif même. Le frère de Breanna était aussi peu loquace qu'il était fin observateur. En fait, il paraissait totalement absorbé dans ses pensées, à mille lieues de ses contemporains. Le type même du savant fou, le charme en plus !

Quant au reste des invités, Adam ne retint d'eux qu'une masse indifférenciée d'amis, de cousins, d'oncles et de tantes aux degrés obscurs de parenté. A l'évidence, la famille James était aimée à Cherokee Corners. Plus encore, on la respectait.

— Il ne me reste plus qu'une personne à vous présenter, déclara enfin sa voisine en prenant son bras. Après quoi vous serez libéré ! Vous pourrez profiter du buffet et discuter avec qui vous voudrez.

Assise sur un banc, devant un parterre de fleurs, une jeune femme au visage doux et serein paraissait plongée dans un rêve délicieux.

— Voici ma cousine, Alyssa Whitefeather. Alyssa, je te présente mon nouveau voisin, Adam Spencer.

— Enchantée, monsieur Spencer, prononça la jeune femme en se levant pour lui serrer la main.

Mais Adam n'eut pas le loisir de lui rendre la politesse. A peine l'eut-elle touché qu'elle tombait évanouie dans ses bras !

3

Breanna, assise sur le rebord du lit, dans la chambre de ses parents, observait le visage de sa cousine, y guettant le premier signe de réveil. Pour l'instant, la jeune femme demeurait pâle et sans expression. Adam l'avait portée jusque-là et étendue sur le couvre-pieds turquoise avant de quitter la pièce, circonspect. La policière avait préféré le congédier et interdire l'accès de la chambre aux éventuels curieux. De toute façon, la fête reprendrait vite son cours ; les intimes de la famille étaient habitués aux crises d'Alyssa et ne s'en inquiétaient pas le moins du monde. En fait, la jeune fille avait hérité de son arrière-grand-mère maternelle un don de divination qui se manifestait chez elle par des visions aussi foudroyantes que fugitives. En général, elle perdait connaissance quelques minutes puis revenait à elle comme si de rien n'était. Les Cherokee croyaient à la métempsycose, à l'immortalité des âmes et regardaient le monde sensible comme l'émanation incessante du divin. Aussi, dans les tribus traditionnelles, protégeait-on ceux qui avaient le pouvoir de communiquer avec les forces mystérieuses de l'au-delà ; on écoutait leurs prophéties, on craignait leurs admonestations.

C'est pourquoi Breanna était pressée de savoir ce qui avait bien pu provoquer la vision de sa cousine. D'autant que la crise s'était produite au moment même où cette dernière entrait en contact avec Adam. Voilà qui relançait ses interrogations de la matinée. Peut-être ce voisin n'était-il pas si débonnaire qu'il voulait le laisser paraître… En tout cas, la policière brûlait d'apprendre ce qu'Alyssa avait entrevu. Comme il était inutile d'essayer de la ranimer, Breanna tâcha de tempérer son impatience, se laissant bercer par le tic-tac régulier du réveil, posé sur la table de chevet. Il y avait bien longtemps qu'elle n'était pas entrée dans cette chambre. Combien de fois, lorsqu'ils étaient enfants, Clay, Savannah et elle avaient-ils sauté sur ce grand lit, obligeant leurs parents à leur faire une place entre eux ? Ils s'inventaient alors des histoires, transformant le lit en radeau de fortune, s'imaginant qu'ils étaient les seuls survivants d'un horrible naufrage. Ils se serraient les uns contre les autres et se sentaient invulnérables. La vie était simple, alors ; leur innocence les protégeait de tout…

Un léger soupir la détourna de ses réflexions. Alyssa ouvrait les yeux.

— Salut, ma vieille !

La jeune fille regarda autour d'elle, hagarde, fermant et rouvrant les paupières comme pour s'assurer qu'elle ne rêvait plus. Enfin, lentement, elle s'assit en tailleur et sourit à Breanna.

— Salut, répondit-elle.

— Tu te sens bien ?

D'habitude, lorsqu'elle avait une crise, sa cousine se réveillait en pleine forme, comme rassérénée. Mais cette fois, son visage restait tendu, crispé. Sa main droite, même, tremblait légèrement.

— Ça va…, murmura-t-elle après un temps, comme absente. Il y a longtemps que ça ne m'était pas arrivé…

— C'est mon voisin qui t'a fait cet effet ? plaisanta Breanna, cachant tant bien que mal sa curiosité. Tu as eu une vision ?

— Je ne crois pas que M. Spencer ait quoi que ce soit à voir là-dedans, répondit-elle, profondément remuée. En fait, dès que j'ai pénétré dans la maison, j'ai senti quelque chose de sombre, de mauvais. J'ai eu beau lutter contre ce pressentiment, il n'y a rien eu à faire. Le pire, vois-tu, c'est qu'il ne m'a toujours pas quittée.

— Tu as vu quelque chose ? insista Breanna qui savait qu'en général, les choses se dessinaient nettement.

— Tout était noir, uniformément noir. C'est la première fois que ça m'arrive… D'habitude, je vois une scène, un lieu, des personnages qui défilent. Un peu comme dans un film. Mais là, rien. A part un sentiment d'horreur, un truc à vous glacer les sangs.

Breanna frissonna. Ces paroles lapidaires portaient étrangement en elle. Comme si, personnellement, elle avait quelque chose à voir avec cette funeste prémonition.

— Tu crois que ça va aller ? s'enquit-elle tout de même, refusant d'accorder trop d'importance à cette désagréable impression.

— Ne t'en fais pas, déclara Alyssa, un sourire aux lèvres. Tout va finir par s'estomper, je suppose. Ce qui m'embarrasse maintenant, c'est de devoir reparaître devant ton voisin. Le pauvre doit être complètement retourné. Qu'est-ce que je vais bien pouvoir lui dire ? J'imagine qu'il ne connaît rien de notre tribu et qu'il est exclu de lui parler de mes visions. Il me prendrait pour une folle !

— Ne t'inquiète pas pour ça, j'y ai déjà pensé. Je lui dirai que tu es sujette à l'hypoglycémie. Je suis certaine qu'il ne posera pas de questions.

Alyssa avait repris quelques couleurs. Elle se leva lentement et se massa la nuque.

— Peut-être ne faut-il pas se monter la tête, dit-elle en soupirant. Parfois, mes pressentiments ne veulent rien dire. Il suffit que je sois un peu sur les nerfs pour faire une crise. D'autant que je n'ai rien vu de précis. Et le boulot me fatigue probablement.

48

Sa cousine était à la tête d'un hôtel très bien situé du centre-ville et gérait, en plus, un commerce de glaces. Les premières chaleurs arrivant, la fréquentation avait dû croître ces derniers jours. D'autant que son établissement plaisait aux jeunes.

— Allons-y, reprit-elle avec énergie. Si on veut manger quelque chose...

Breanna lui ouvrit la porte et se heurta presque à Adam, qui semblait n'avoir pas bougé depuis tout à l'heure. A en croire sa nervosité manifeste, il était inquiet.

— Vous vous sentez mieux ?

— Oui, je vous remercie, répondit Alyssa en sortant à son tour. Mais je vous dois des excuses. J'ai dû vous faire une sacrée frayeur. Je n'ai pas l'habitude de m'évanouir lorsqu'on me présente quelqu'un mais j'avais faim et...

— Tout est arrangé, intervint Breanna pour la tirer d'embarras. Allons rejoindre les autres. Les grillades sentent diablement bon.

Non seulement elle préférait éluder le sujet, de peur que son voisin en vînt à poser quelque question compromettante, mais elle avait de plus en plus de mal à rester sereine en sa présence. La fragrance boisée de sa peau, les mouvements déliés de son corps d'athlète, tout chez cet homme provoquait ses sens. Il réveillait même en elle des sensations primaires, violentes, dont elle se serait bien passée.

Elle avait accompli son devoir en le présentant à tout le monde, il était rassuré sur le sort d'Alyssa, elle n'avait plus à s'occuper de lui. Mieux valait garder ses distances. Et puis, si elle voulait qu'Adam s'intéresse à Savannah, il était préférable de le laisser seul. Encore qu'elle doutait, maintenant, des suites de cette affaire. Visiblement, le coup de foudre escompté ne s'était pas produit.

On servait les grillades et elle se mit en quête de Maggie, histoire de s'assurer que la petite avale quelque chose entre deux parties de cache-cache. En fait, cette dernière ne jouait plus avec ses cousins. Elle avait rejoint Savannah et était assise sur ses genoux.

— Ça va, ma puce ? Va donc voir grand-père et demande-lui qu'il te prépare un hot dog.

— D'accord, acquiesça la fillette en s'élançant vers le buffet.

— Comment ça va, Savannah ? demanda Breanna en prenant place près de sa sœur.

— Très bien, répondit cette dernière en baissant les paupières.

Il ne fallait pas être grand clerc pour deviner qu'elle mentait. Son affliction était presque palpable. Elle pensait à Jimmy, c'était évident. Il faut dire que la dernière fois qu'une telle fête de famille avait eu lieu, son mari était là. Et bien vivant.

— Tu m'as l'air crevée, risqua la cadette. Tu travailles trop, j'en suis certaine !

Toute la famille avait insisté pour qu'elle prenne un peu de repos, qu'elle se change les idées, mais il n'y avait rien eu à faire. Le quotidien de la Criminelle, avec son lot de meurtres et d'agressions en tous genres, n'était pas fait pour lui remonter le moral. Mais Savannah prétendait le contraire, affirmant qu'elle préférait s'absorber dans le travail plutôt que de rester chez elle à ruminer.

— La semaine a été rude, c'est vrai, soupira cette dernière.

— Toujours rien sur l'affaire Maxwell ?

— Non, on piétine. Son assassinat n'est pas banal. Tu sais qu'il n'avait plus de vêtements sur lui quand on l'a retrouvé sur le parvis de la bibliothèque ? Le problème, d'après Clay, c'est que la scène du crime est totalement inexploitable. Les badauds qui se sont attroupés autour du corps ont bousillé tous les indices. Quant à l'enquête de routine, elle n'a rien donné non plus pour le moment. Apparemment, Maxwell n'avait pas d'ennemi. C'était un type bien, que tout le monde appréciait.

— C'est souvent comme ça, au début. Mais ne t'inquiète pas. Quelque chose finira par émerger, c'est fatal. Un criminel commet toujours une erreur.

Savannah hocha la tête. Selon toute apparence, elle n'avait guère envie de parler boulot.

— Ton nouveau voisin a l'air charmant, fit-elle après un temps.

— C'est l'impression qu'il donne, en effet, répondit Breanna en avisant le jeune homme qui discutait avec son père. Mais je ne le connais pas vraiment. C'est maman qui l'a invité.

— Elle ne peut pas s'en empêcher, remarqua sa sœur en souriant. Il faut toujours qu'elle ramasse les brebis égarées.

Adam n'avait rien d'un type à la dérive, songea Breanna en repensant à leur première et brève entrevue. Il lui avait plutôt donné l'impression de savoir exactement ce qu'il voulait. Une étonnante sérénité émanait de lui, qui avait même quelque chose de communicatif. Enfin, peut-être sa sœur avait-elle raison, après tout. Elle ne s'était pas vraiment penchée sur la question. De toute façon, elle n'avait aucunement l'intention de nouer avec lui le moindre rapport. A part des relations de bon voisinage, bien sûr. Aussi ne saurait-elle sans doute jamais ce que cet homme avait en tête et cela n'avait aucune importance.

— Viens, on va manger un bout, proposa-t-elle en se levant.

Les deux jeunes femmes allèrent se servir au buffet puis Breanna rejoignit Maggie qui, assise à l'une des tables dressées dans le jardin, mordait à pleines dents dans un énorme sandwich.

— Tante Savannah m'a dit qu'elle m'emmènerait au cinéma la semaine prochaine, s'exclama la fillette, en voyant arriver sa mère.

— Tu es contente, alors ?

— Oh oui ! J'adore les dessins animés et j'aimerais bien montrer ça à Tonnerre.

— Vous permettez que je me joigne à vous ?

Adam se tenait au bout de la table, immobile, son assiette en main.

— Je vous en prie, répondit Breanna en masquant son embarras du mieux qu'elle put.

Sans la politesse élémentaire qu'on lui avait inculquée et à laquelle elle n'imaginait pas de faire une entorse, elle aurait fui à l'autre bout du jardin. Cet homme la troublait tellement qu'elle n'était pas loin de prendre sa présence pour du harcèlement ! Evidemment, il ne connaissait personne, ici. Il n'y avait rien d'étonnant à ce qu'il se rabatte sur elle. Mais la jeune femme n'avait cure de ses motivations. C'était contre ses propres pulsions qu'elle se débattait ! Elle le regarda s'installer sur le banc, à côté d'elle, et soudain, tout lui parut clair. Si elle tremblait autant à voir Adam s'approcher, c'est qu'il lui rappelait Kurt. Non qu'il lui ressemblât physiquement. Encore que... peut-être y avait-il un vague air, la stature sans doute. Mais il provoquait en elle des fantasmes violents, qu'aucun homme, à part son ex, n'avait su susciter. Pas étonnant, donc, qu'elle voie en son voisin un risque majeur de perturbation ! Non seulement elle tenait à préserver la tranquillité de sa petite vie, mais elle redoutait par-dessus tout de commettre une deuxième erreur en s'entichant de nouveau d'un homme en transit. Il lui fallait rester vigilante et ce, malgré l'aménité évidente d'Adam. A cause d'elle, plus exactement.

— Vous avez une famille extraordinaire, déclara-t-il en souriant.

— C'est vrai. Ces cinq dernières années, je ne sais pas ce que j'aurais fait sans eux. Elever seule un enfant n'est pas facile tous les jours.

— J'imagine, répondit-il en fixant son assiette, l'air étonnamment sombre.

C'était plus fort qu'elle. Breanna avait envie de savoir. Cet homme, malgré sa résolution de ne pas s'attacher à lui, éveillait sa curiosité. Comme s'il était porteur d'un mystère particulier qu'elle aurait eu à cœur de percer.

— Vous ne m'avez pas beaucoup parlé de vous, remarqua-t-elle prudemment. Vous êtes célibataire, c'est ça ? Vous n'avez donc pas le désir de fonder une famille ?

Adam devait avoir une trentaine d'années, peut-être un peu moins. A cet âge, la plupart des gens commençaient à songer à ce genre de choses.

— Non, répliqua-t-il avec une fermeté inattendue. Je tiens trop à ma liberté.

Breanna sentit qu'il valait mieux en rester là. Après tout, les projets de son voisin ne la regardaient nullement. Elle se tut, si bien que Maggie, profitant du silence, entreprit le jeune homme sur le sujet qui la passionnait le plus en ce moment : les animaux. Adam ne parut pas s'en offusquer, bien au contraire. Il écoutait attentivement la petite, plaisantait avec elle, lui faisait partager quelques-unes de ses connaissances. A le voir converser ainsi, on avait du mal à croire qu'il ne voulait pas d'enfants. Il savait vraiment bien s'y prendre avec eux. Si on pouvait imaginer que son affabilité générale tenait pour beaucoup à sa politesse, la manière dont il prenait plaisir à bavarder avec l'enfant était sans équivoque : il ne se forçait pas.

Breanna se sentit cependant soulagée lorsque Savannah et Jacob Kincaid prirent place à leur table. La diversion était parfaite. Au moins cesserait-elle de s'interroger sur son charmant voisin !

*
* *

Il n'était pas loin de 10 heures lorsque la réception, qui battait son plein depuis près de cinq heures, se termina. Les invités prirent congé les uns après les autres en se donnant rendez-vous pour une prochaine fois, remerciant leurs hôtes de l'accueil qu'ils leur avaient réservé. Maggie, à part le temps du repas, n'avait guère arrêté ; aussi plongea-t-elle dans un profond sommeil sitôt installée à l'arrière de la voiture.

— J'ai passé une excellente soirée, déclara Adam alors qu'ils approchaient de chez eux. Merci encore pour le transport.

— Je vous en prie.

— J'ai dégoté un vieux barbecue dans la remise, au fond du jardin. Je me disais que je pourrais lui redonner une seconde jeunesse et vous inviter avec Maggie, un soir de la semaine prochaine ?

C'était le moment ou jamais de poser des limites à leur relation. Une fois pour toutes. Les deux maisons étaient mitoyennes, ce qui impliquait nécessairement qu'ils partagent le bout de jardin, à l'arrière. Mais Breanna avait bien l'intention de s'en tenir aux strictes relations de voisinage. Un bonjour-bonsoir lorsqu'ils se croiseraient, basta.

— Merci, mais entre mon emploi du temps et celui de Rachel, je n'ai pas beaucoup de temps libre.

— Rachel ? interrogea-t-il.

— C'est la baby-sitter de Maggie, expliqua Breanna. Je l'emploie à plein temps depuis deux ans, si bien qu'elle partage la maison avec nous. Je lui dois une fière chandelle ; sans elle, je ne sais pas comment j'aurais pu continuer à exercer dans la police.

— Pas facile de trouver quelqu'un de confiance, dans ce domaine… On raconte les pires horreurs sur les nourrices.

— Dès que j'ai vu Rachel, j'ai compris que c'était quelqu'un de bien. Elle a débarqué au commissariat pour porter plainte contre son petit ami qui la harcelait. C'est moi qui ai pris sa déposition. Ce n'était pas la première femme battue que j'entendais, mais, je ne sais pas… quand elle m'a raconté son histoire, j'ai su que nos destins seraient liés. C'est étrange, non ? De fait, on se ressemble, toutes les deux. Disons qu'on a commis une erreur semblable, ou plutôt qu'on est tombées sur la mauvaise personne.

— Que lui est-il arrivé exactement ?

— Un soir, son mec est rentré chez elle complètement soûl et lui a fait une scène. Jusque-là, rien de très original. La pauvre connaissait le scénario par cœur. Mais cette fois, il a dépassé les bornes. Après lui avoir asséné deux ou trois coups de poing dans les côtes, il a sorti un couteau et lui a entaillé le visage. Heureusement, Rachel a trouvé la force de gagner le bureau de police le plus proche. A l'heure qu'il est, le type est en prison. Quant à sa victime, elle est devenue ma meilleure amie.

Breanna parqua la voiture devant son garage et coupa le moteur. C'est alors que, frissonnante, elle sentit la main d'Adam se poser sur son avant-bras. Que lui voulait-il ? Il faisait nuit noire maintenant ; tout, autour d'eux, était silencieux.

— Pardonnez-moi si je suis indiscret, avança-t-il en la fixant avec une étrange intensité, mais vous avez prétendu avoir commis la même erreur que Rachel. Vous voulez dire que votre mari était violent avec vous, lui aussi ?

Sa main dégageait une chaleur incroyable, presque vibrante. Breanna ne parvenait pas à s'abstraire de cette sensation, au point d'en éprouver un léger malaise. Son interlocuteur dut percevoir la tension dont elle était la proie parce qu'il s'éloigna brusquement, paraissant seulement réaliser qu'il la touchait.

— Si vous voulez savoir s'il me battait, la réponse est non. Pour le reste… Il m'a juré un amour éternel, il m'a fait miroiter un avenir délicieux. Et puis, du jour au lendemain, il a rompu ses engagements et piétiné mes rêves. Qu'en pensez-vous ? Personnellement, je trouve qu'il y a là un manque évident de respect. Une forme de violence, oui. D'autant que j'étais enceinte. Cet homme m'a blessée. Indubitablement. Et de manière irrévocable.

Elle avait prononcé ces paroles avec une amertume dont elle se serait crue débarrassée. Comme quoi, elle était loin de s'être remise de sa rupture. Même si sa vie, aujourd'hui, la rendait heureuse, elle avait gardé au fond d'elle un tel ressentiment, une blessure si profonde qu'elle était susceptible de replonger à tout moment. La seule chose, c'est qu'elle se serait bien passée de mêler son voisin à tout ça. De nouveau, la présence du jeune homme l'irritait. Surtout dans la mesure où elle semblait incapable de lui opposer la moindre résistance.

— Il est tard, dit-elle en descendant de voiture. Il faut que je couche Maggie. Je vais vous souhaiter bonne nuit.

Adam l'imita et fit le tour du véhicule pour la rejoindre.

— Je suis désolé si je vous ai contrariée, allégua-t-il prudemment. Ce n'était vraiment pas mon intention.

Breanna le considéra un instant et se sentit fondre. Adam n'était pour rien dans le fiasco de son mariage. Elle avait mauvaise grâce de s'en prendre à lui. Immédiatement, elle s'en voulut de son impatience.

— C'est à moi de m'excuser, répondit-elle d'une voix adoucie. Que voulez-vous, c'est plus fort que moi. Il suffit que j'évoque mon ex pour être de mauvaise humeur. Vous n'êtes pour rien dans tout ça.

Elle ouvrit la porte arrière, défit la ceinture de sécurité pour libérer Maggie et la souleva dans ses bras en prenant garde à ne pas la réveiller.

— Voulez-vous que je vous aide à la porter dans sa chambre ? proposa Adam.

— Non, merci. J'ai l'habitude, ne vous en faites pas. Ça fait cinq ans que je me débrouille seule, je devrais pouvoir m'en sortir encore ce soir ! Bonne nuit, Adam.

— Bonne nuit.

La jeune femme fouilla tant bien que mal dans son sac et finit par trouver ses clés, tout en maintenant fermement Maggie contre sa hanche. Elle entra enfin dans la maison et monta directement à l'étage pour coucher sa fille. Une fois l'enfant allongée sur son lit, elle lui retira simplement ses chaussures et ses chaussettes avant de l'embrasser sur la joue et de redescendre.

Dans la cuisine, elle trouva un petit mot de Rachel. Le pique-nique s'était très bien passé et David l'avait invitée au cinéma pour finir la soirée. Elle rentrerait sans doute tard. Bingo ! Breanna était sûre que ça collerait entre eux. Elle ne put réprimer un sourire de satisfaction. Si quelqu'un méritait d'être heureuse, c'était bien son amie !

Elle fit bouillir de l'eau et sortit un sachet de thé. Peu à peu, le désagrément que lui avait causé sa conversation avec Adam dans la voiture s'estompait et elle se détendait, songeant avec bonheur à sa journée du lendemain. Elle appréciait vraiment ses deux jours de repos, surtout depuis qu'elle arpentait les rues le samedi soir. Ces planques lui tapaient sur les nerfs. Heureusement qu'elle avait le dimanche et le lundi pour décompresser. Elle venait de verser l'eau chaude dans sa tasse et s'apprêtait à rejoindre le salon lorsque le téléphone sonna. Un coup d'œil à la pendule la rassura. 10 heures. C'était certainement sa mère qui voulait papoter un peu au sujet de la journée. Elle décrocha le combiné tout en priant pour que Rita ne soit pas trop bavarde. Elle avait vraiment besoin de calme.

L'enregistrement se déclencha immédiatement. « *Dodo l'enfant do…* » La même berceuse que la nuit précédente. Mais cette fois, le mystérieux correspondant ne coupa pas la communication à la fin de la chanson.

— Qui est à l'appareil ? Que voulez-vous, à la fin ? Vous faites erreur.

— Sale garce !

La voix était rauque, menaçante. A vous glacer les sangs. Breanna n'eut pas le temps de répondre. Déjà, le type avait raccroché, l'abandonnant à son angoisse. Elle reposa le combiné et s'efforça de se calmer. Deux coups de fil en deux nuits, provenant du même individu. Ce ne pouvait être une erreur. Les appels lui étaient destinés, c'était évident. De qui émanaient-ils et que cherchait-on à lui signifier ? Sans doute pas grand-chose. Ce ne pouvait qu'être l'œuvre d'un déséquilibré, ou bien d'un petit plaisantin. Elle composa un code sur son téléphone dans l'espoir d'identifier le dernier appel reçu, mais la boîte vocale l'informa qu'il s'agissait d'un numéro masqué.

D'une main tremblante, elle porta sa tasse à ses lèvres et avala quelques gorgées de thé. Il fallait absolument qu'elle se raisonne. Surtout, ne pas laisser l'émotion prendre le dessus. Tout à coup, le malaise d'Alyssa lui revint en tête. Et l'impression d'horreur que sa cousine lui avait décrite. Exactement semblable à ce qu'elle ressentait confusément en ce moment. Etait-il possible que le danger perçu par sa cousine la concerne ? Si tel était le cas, celle-ci ne lui en aurait sûrement pas parlé, de peur de l'inquiéter…

— C'était une belle réception, déclara Thomas James en aidant sa femme à ranger la vaisselle.

— Une très belle fête, en effet, acquiesça Rita, tout sourires.

C'était avec ce sourire-là qu'elle avait pris son cœur, il y avait trente-huit ans de cela, et depuis il ne cessait de se répéter qu'il était l'homme le plus heureux du monde.

— Le nouveau voisin de Brea est très sympathique.

— Et absolument célibataire ! compléta Rita, espiègle.

— Arrête de jouer les marieuses, ma chérie. Nos enfants sont assez grands à présent pour mener leur barque comme bon leur semble.

— Justement, Thomas, je n'en suis pas aussi sûre que toi. J'ai même le sentiment qu'ils ne savent pas trop où ils en sont. Brea s'accroche à Maggie et à sa colère contre Kurt. Savannah refuse de quitter le deuil. Quant à Clay, il mise tout sur son travail, comme si c'était une solution.

— OK, ils traversent peut-être une mauvaise passe, mais ce n'est pas à nous d'intervenir.

— Je sais bien, soupira Rita tandis que son mari la prenait dans ses bras, un sourire aux lèvres. Qu'est-ce qu'il y a ? J'ai dit quelque chose de drôle ?

— Je pensais juste à la chance que j'ai eue, il y a presque quarante ans, lorsque ma voiture est tombée en panne en face de chez tes parents.

— J'avais dix-neuf ans et j'étais très naïve. La première chose que je me suis dite, c'est que tu n'étais pas mal conservé, pour ton âge.

Thomas éclata de rire. Il avait huit ans de plus que son épouse et, si la différence n'avait plus aucune importance à présent, sur le moment, elle avait posé quelques problèmes.

— Tu étais déjà une femme superbe…

— M. James, j'ai comme l'impression que vous sortez le grand jeu ! Vous n'essayeriez pas de me tourner la tête, par hasard ?

— Et ça marche ?

— A fond, comme dirait Maggie !

Thomas lui prit la main et y déposa un baiser. Son épouse le rendait fou, parfois, quand elle se mettait à lui tenir tête. Mais une chose était sûre : il lui devait tout son bonheur.

*
**

Adam s'affala sur le canapé du salon, la tête pleine de visages et de voix. Les James étaient vraiment des gens formidables. Ils dégageaient une impression de sérénité, on les sentait forts, unis. L'amour, la tolérance, le respect de chacun étaient de rigueur dans la famille, ça crevait les yeux. Maggie était vraiment bien entourée. Evidemment, on ne recevait jamais trop d'affection et la découverte de deux nouveaux grands-parents serait sans doute pour elle un surcroît de bonheur. Adam fronça les sourcils. Après la conversation qu'il venait d'avoir avec Breanna, il n'était pas certain que les choses se passent si aisément. Visiblement, la jeune femme avait conservé une rancœur profonde à l'égard de Kurt, suffisamment vive pour s'opposer à ce que sa fille côtoie ses parents.

Un autre aspect du problème l'inquiétait, maintenant. Si Breanna lui avait fait des confidences, c'était sans doute parce qu'elle le considérait comme un étranger. Un type complètement anonyme, qui sortirait de sa vie aussi vite qu'il y était entré. Comment allait-elle réagir en apprenant qu'il était le cousin de Kurt ? Elle aurait l'impression d'avoir été trahie et elle ne serait pas totalement dans le faux. Et alors ? songea-t-il. Qu'importait qu'elle le méprise ? Il n'avait pas projeté de devenir son ami… Pourtant, Adam avait beau s'efforcer de prendre les choses de haut, de se rappeler ses principales motivations, cette perspective ne lui était pas indifférente, loin de là. Il n'avait aucune envie de passer pour un salaud aux yeux de sa voisine. En fait, l'opinion de la jeune femme comptait pour lui.

Il poussa un soupir. Jamais il ne parviendrait à régler cette affaire s'il s'empêtrait dans ce genre de sentimentalisme. Plus vite il en viendrait aux faits, et mieux cela vaudrait. Tant pis s'il perdait l'estime de la jeune femme. Il jeta un œil à sa montre. 10 heures. Ses parents adoptifs n'étaient pas des couche-tôt et ils seraient certainement ravis d'avoir de ses nouvelles. De plus, maintenant qu'il avait vu Maggie, il brûlait de leur apprendre la nouvelle. Il décrocha le téléphone et appela Kansas City.

— Résidence Randolf, j'écoute ?

Il reconnut avec plaisir la voix de Miriam Walder. Aussi loin que remontaient ses souvenirs, la gouvernante avait toujours été là. Une femme hors pair, honnête et généreuse, dont son oncle et sa tante n'avaient jamais pu se séparer, même après que leurs enfants eurent quitté la maison.

— Miriam, c'est Adam.

— Oh, monsieur Adam ! Comment allez-vous ?

— Bien, merci. Mon oncle et ma tante sont-ils là ?

— M. Edward est sorti mais madame est sous la véranda. Je lui apporte tout de suite le téléphone.

— Merci, Miriam. A bientôt.

Tandis qu'il patientait, Adam se ravisa. Evoquer la fille de Kurt n'était pas une bonne idée. C'était plus que prématuré. Et puis sa tante était cardiaque et même si la nouvelle avait quelque chose de positif, l'apprendre comme ça, au téléphone, risquait de lui causer une commotion.

— Adam, mon chéri ! entendit-il prononcer à l'autre bout du fil. Comment vas-tu ?

— Très bien, tante Anita. Et toi ?

— Ça va, assura-t-elle d'une voix vibrante. Autant que faire se peut. Sans doute le temps finira-t-il par faire son œuvre.

Dis-lui, parle-lui de Maggie. La tentation était forte d'apporter un peu de réconfort à sa tante. Il savait que la perspective d'accueillir un nouvel enfant dans la famille réjouirait la vieille dame. Mais quelque chose le retenait. Une appréhension, fondée en partie sur les propos de Breanna James, sur la rage à peine rentrée avec laquelle elle avait évoqué son mariage.

— Et ces vacances ? s'enquit Anita, qui prenait visiblement sur elle pour épargner à celui qu'elle considérait comme son deuxième fils la litanie du désespoir. Tu as travaillé tellement dur ces cinq dernières années, tu méritais vraiment de prendre un peu de repos. Où es-tu exactement ?

— A Cherokee Corners. C'est une ville de l'Oklahoma qui se trouve à deux cents kilomètres environ au sud de Tulsa.

— Ah ? C'est original. Et qu'est-ce qui t'a conduit là-bas ?

— Un centre culturel cherokee.

— Je ne savais pas que tu t'intéressais aux Indiens.

— C'est assez récent, allégua Adam en songeant à la sensuelle Breanna. Disons que j'ai découvert cette tribu et que mon intérêt va croissant.

— Je te comprends, mon petit. Ces gens sont porteurs d'une grande sagesse. Si seulement les premiers colons avaient pu se montrer moins barbares. Enfin, rien ne sert de se lamenter, n'est-ce pas ? Instruis-toi et profite de ton temps libre. Tu m'appelleras de temps en temps ?

— Promis. Embrasse oncle Edward pour moi.

Adam prit congé de sa tante et raccrocha, les mâchoires crispées. La pauvre femme souffrait tellement... Là encore, comme avec Kurt à l'hôpital, il enrageait d'être aussi impuissant. Si seulement il avait pu soulager sa peine... Mais il n'en était pas question pour l'heure. Rien ne serait plus dommageable en effet que ses parents adoptifs connaissent l'existence de Maggie et n'aient pas le droit de la voir.

Il n'avait aucune idée de ce que Kurt avait pu raconter à Breanna au sujet de sa famille. Connaissait-elle seulement l'existence d'Anita et d'Edward ? Et si c'était le cas, quelle idée s'était-elle faite d'eux ? Il se souvint qu'à une époque, Kurt dénigrait ses parents. Il leur reprochait entre autres de ne pas avoir su l'aimer, de l'avoir couvert de cadeaux à la place. C'était faux, évidemment, mais il n'était pas à un mensonge près. C'était une manière pour lui de se valoriser auprès des femmes, de les attendrir. Breanna avait probablement eu droit à un tableau des plus pathétiques...

Une chose était certaine : il ne dirait rien à ses parents adoptifs tant qu'il ignorerait ce que la jeune femme avait entendu sur eux. Et, si Kurt l'avait trompée, il lui incomberait de la rassurer sur le sujet. De la convaincre que ses beaux-parents valaient la peine, qu'ils sauraient être aimants et attentifs envers Maggie. Selon toute apparence, il était à Cherokee pour un bon moment. Certainement plus longtemps que prévu, en tout cas. Et cette perspective le faisait trembler. Parce que au-delà de sa mission, autre chose le retenait. Il suffisait que la belle Breanna pose sur lui ses yeux de velours pour qu'il baisse les armes et oublie ce pour quoi il était venu. Et il ne la connaissait que depuis vingt-quatre heures à peine ! Ça promettait !

Il alla chercher une bière, repensant à la question que la jeune femme lui avait posée pendant le repas. Envisageait-il de fonder un foyer ? La réponse qu'il lui avait servie, si elle pouvait paraître un peu catégorique, n'en était pas moins sincère. Non, plus il y pensait et plus la chose lui semblait claire. Il ne croyait pas aux sentiments, à leur longévité. En outre, il imaginait mal épouser une femme et ne pas avoir d'enfants d'elle. C'était un désir commun à tant de couples… Or, sur ce point, il ne transigerait pas. Jamais il ne supporterait cette responsabilité. Les enfants étaient horriblement ingrats, il était bien placé pour le savoir. Combien de fois avait-il vu sa tante se lever la nuit, les yeux rougis d'avoir trop pleuré, pendant que Kurt faisait les quatre cents coups et les accablait de reproches, elle et son mari ?

Toute sa vie, il avait essayé de compenser, d'être à la hauteur. Pour qu'au moins un de leurs enfants leur soit reconnaissant, qu'ils puissent en tirer quelque fierté. Mais ça ne comptait pas. Pas autant. Anita et Edward attendaient sans doute davantage de leur fils biologique. Kurt avait beau leur causer d'incessants tourments, ils l'aimaient et tendaient l'autre joue. C'était leur seule réponse : subir, courber l'échine, souffrir en silence. Alors merci ! Après avoir vu ça, il fallait être complètement maso pour désirer des enfants !

Adam était dans la cuisine, debout dans le noir, et regardait vaguement par la fenêtre. Il était bien trop énervé pour envisager de dormir, de toute façon. En face, chez Breanna, la lumière était allumée. Dans la cuisine, selon toute apparence. La jeune femme ne semblait pourtant pas dans la pièce. Intrigué, il observa plus attentivement les lieux, plissant les paupières pour percer l'obscurité. Rien à signaler. Peut-être avait-elle tout bonnement oublié de fermer l'interrupteur. Soudain, alors qu'il s'apprêtait à retourner vers le salon, quelque chose retint son attention. Un mouvement imperceptible, comme un glissement d'ombre. Il s'approcha du carreau et son sang se figea. Il y avait un homme, là, tapi contre le mur de la maison. Un type qui, visiblement, était en train d'épier Breanna !

Adam se précipita au-dehors et courut vers l'intrus.

— Qu'est-ce que vous… ?

Il ne vit pas avec quoi l'homme l'avait frappé mais il sentit soudain une douleur vive lui déchirer le crâne. Il tenta un instant de garder l'équilibre, mais en vain ; il se laissa tomber lourdement sur le sol. Sous sa joue, l'odeur puissante de l'herbe humide le tenait vaguement en éveil. Dans l'état de semi-conscience où il se trouvait, il entendit des pas s'éloigner en hâte puis une porte s'ouvrir. Il tenta de se mettre debout mais la tête lui tournait.

— Qu'est-ce qui se passe, ici ?

La voix de Breanna lui résonna dans la tête lorsqu'il leva les yeux vers elle. Revolver au poing, elle le tenait en joue.

— Il faudrait que vous perdiez l'habitude de me braquer à tort et à travers, protesta-t-il avec tout ce qu'il lui restait d'énergie. Un de ces jours, vous allez finir par avoir ma peau. Ce serait dommage, parce que je suis dans le camp des gentils, moi !

Il avait à peine fini sa phrase qu'une coulée d'encre épaisse lui voila la vue. Cessant de lutter, il s'effondra tout à fait.

4.

Son revolver en main, Breanna avança prudemment vers l'endroit où gisait son voisin, le front ensanglanté.

Que s'était-il passé ? En rentrant dans la cuisine, elle avait juste eu le temps d'apercevoir par la fenêtre une ombre imposante grandir puis disparaître. A la suite de quoi elle avait entendu un bruit sourd, suffisamment violent pour l'alerter tout à fait. Elle s'était précipitée sur son arme et avait bondi au-dehors.

— Adam…, murmura-t-elle en s'accroupissant près du jeune homme.

A en croire l'état de son crâne, il était évident qu'il ne s'était pas blessé tout seul. Et s'il n'avait pas trébuché, c'était donc que quelqu'un l'avait aidé à tomber. Mieux valait rester sur ses gardes. L'agresseur était sans doute encore dans les parages et pouvait surgir à n'importe quel moment.

— Adam, réveillez-vous, reprit-elle en lui tapotant la joue.

Son voisin finit par rouvrir les yeux, lentement, faisant ce qu'il pouvait pour sortir de son hébétude. Il prit appui sur ses avant-bras et parvint péniblement à s'asseoir.

— Ma tête…, gémit-il en se touchant le front.

— Il ne faut pas rester ici, déclara Breanna sans cesser de sonder l'obscurité. Vous pensez que vous pouvez vous relever ?

Comme elle n'avait pas l'intention de relâcher sa vigilance, elle ne pouvait guère l'aider. Le revolver entre les mains, les bras tendus devant elle, la policière balayait le secteur, avec le double objectif de repérer le rôdeur tout en le tenant en respect.

— Ça va aller, assura Adam en grimaçant pour se mettre sur pied.

Façon de parler ! Il était livide et menaçait de s'évanouir au premier pas.

— Venez, fit-elle en lui passant un bras autour de la taille.

Elle le maintint fermement et le guida jusque chez elle, le retenant chaque fois qu'il titubait. Dès qu'ils furent à l'intérieur, elle glissa son revolver dans sa ceinture, verrouilla la porte et conduisit le blessé dans la salle de bains.

— Asseyez-vous là, ordonna-t-elle en lui indiquant un tabouret avant d'ouvrir la boîte à pharmacie. Racontez-moi tout. Que s'est-il passé ?

— Je sirotais une bière chez moi quand j'ai aperçu quelqu'un sous votre fenêtre. Il donnait l'impression de vous épier…

Il poussa un gémissement lorsqu'elle commença à nettoyer la plaie.

— Je… j'ai couru pour surprendre le type mais… il semble que je n'aie pas été assez rapide. Il m'a frappé, je ne sais pas avec quoi.

— Sans doute avec une brique. Il y en avait deux, posées sur le rebord de la fenêtre, à côté du climatiseur.

Breanna se concentra sur la blessure avec plus de zèle que nécessaire. Histoire de se donner une contenance. Parce que l'idée qu'un homme se soit mis en tête de l'espionner et qu'il se cache peut-être encore aux abords de sa maison lui glaçait les sangs. Son métier, pourtant, l'avait accoutumée aux risques les plus divers. Mais les données, cette fois, étaient sensiblement différentes. Jamais, jusqu'à présent, elle n'avait été une cible directe. La vision d'Alyssa d'abord, les coups de fil du cinglé ensuite, et maintenant la mésaventure de son voisin, les événements se bousculaient dangereusement…

— On ferait mieux d'appeler un médecin, suggéra-t-elle. Vous êtes complètement sonné.

Adam n'était pas le seul à être sous le choc. Elle n'en menait pas large non plus. Et pas seulement à cause de l'agression. Cette mésaventure, certes, la préoccupait, mais… Se retrouver seul à seul avec cet homme, dans l'espace exigu de sa salle de bains, si près de lui qu'elle pouvait sentir son souffle sur sa peau, la mettait au supplice ! Comme si elle avait besoin de ça ! Elle ne pouvait pourtant pas abandonner le jeune homme à son triste sort. Mais elle n'aurait pas été fâchée de le remettre entre les mains d'un spécialiste, ne serait-ce que pour rétablir entre eux un périmètre de sécurité ! Décidément, ce nouvel arrivant avait le don de lui faire perdre le sens. Un individu menaçait de s'en prendre à elle et la seule chose qui l'inquiétait, c'étaient les charmes dévastateurs de ce célibataire endurci !

— Non, merci, ça va aller, l'assura-t-il. Par contre, vous devriez alerter la police. Votre voyeur, à en croire la vélocité avec laquelle il m'a réglé mon compte, n'est certainement pas un enfant de chœur !

— Adam, je *suis* flic, répliqua-t-elle en appliquant sur le front du jeune homme une pommade cicatrisante. Voilà. C'est un peu enflé mais je crois que vous survivrez, ajouta-t-elle avec un sourire.

— Votre diagnostic m'enchante, docteur. Vous n'imaginez pas à quel point !

— Il ne me reste qu'à trouver un bandage. Les blessures à la tête saignent toujours beaucoup ; il vaut mieux protéger la plaie.

Elle ouvrit un petit meuble de toilette et en sortit la trousse de secours qu'elle emportait toujours quand elle partait en vacances avec Maggie.

— Je suis désolée, fit-elle en réprimant un fou rire, mais je n'ai que des bandes *Mickey*. Ce n'est pas très neutre…

— Ne vous en faites pas, ça ira très bien, assura Adam en s'emparant du rouleau qu'elle lui tendait. J'adore Disney, je ne vous l'avais pas dit ?

— C'est parfait, alors, ajouta-t-elle en s'éloignant et en riant. Serrez assez fort. Quand vous aurez terminé, rejoignez-moi dans la cuisine.

Breanna sortit, soulagée d'échapper à la présence envoûtante du jeune homme. Même blessé et amoindri, Adam était dangereusement attirant... Et puis, il fallait qu'elle garde la tête froide. Selon toute apparence, les circonstances se liguaient contre elle. Elle n'avait pas résolu la question des mystérieux coups de téléphone, qu'un individu louche se terrait sous ses fenêtres pour la mater. Ça faisait beaucoup pour la même soirée...

Pour la première fois depuis son emménagement, elle tira les rideaux de la cuisine et baissa les stores extérieurs. Quand elle fut certaine qu'on ne pouvait plus la voir du dehors, elle s'installa à la table, la tête dans les mains. Depuis combien de temps l'épiait-on ? Des semaines, des mois peut-être ! Quand sa mère lui avait suggéré de faire installer une alarme, elle avait pris la chose à la légère. Mais aujourd'hui, l'idée ne lui paraissait pas si absurde. Heureusement que les chambres se trouvaient toutes à l'étage. A moins de grimper sur un arbre, il était impossible de voir ce qui s'y passait.

Adam apparut bientôt en souriant.

— J'ai l'air d'un pirate de carnaval, fit-il, amusé. Je n'aurai pas tout perdu dans cette affaire. Au moins ai-je pris un sacré coup de jeune !

Le fait est que les dessins naïfs de la célèbre souris, enroulés en diagonale autour de son front, lui donnaient une sacrée touche ! C'était sans doute le comptable le plus comique que Breanna ait jamais rencontré !

— Vous avez raison, nous devrions descendre au commissariat pour déposer plainte, suggéra-t-elle en l'invitant à s'asseoir.

— C'est sans doute plus sage, en effet…

— Avez-vous vu son visage ?

— Hélas non. D'abord, il faisait noir. Et puis, je vous l'ai dit : il a réagi si vite que je n'ai pas eu le temps de dire ouf. Je serais même incapable de dire qu'elle était sa couleur de cheveux. La seule chose que j'ai remarquée, c'est qu'il était un peu plus petit que moi.

Breanna se leva, alla chercher un bloc-notes et un stylo avant de revenir s'asseoir.

— Peut-être était-ce simplement un ado désœuvré, suggéra-t-elle en dépliant son carnet. Ou bien un voyeur. Rien, en tout cas, qui mérite qu'on s'inquiète. Il aura juste eu peur en vous voyant foncer sur lui. Enfin, je vais tout de même prendre quelques notes. On ne sait jamais. Vous pouvez préciser un peu votre impression ? Quelle était sa corpulence ?

Adam fronça les sourcils et tressaillit. La douleur ne semblait pas s'être atténuée, ce qui, d'ailleurs, n'avait rien de surprenant. Il poussa un juron et porta la main à sa blessure.

— On en reparlera demain, si vous préférez. En attendant, vous devriez suivre mon conseil et voir un médecin.

— J'ai juste un peu mal à la tête, rien de bien méchant, protesta Adam. Auriez-vous de la glace ?

— Oh, bien sûr, dit-elle en se levant.

Elle alla chercher une serviette dans laquelle elle serra quelques glaçons. Elle avait beau lui tourner le dos, elle sentait le regard du jeune homme fixé sur elle. Que lui voulait-il, au juste ? Etait-il possible qu'il partageât son désir ? Quoi qu'il en soit, il était exclu qu'elle le questionne sur le sujet. Elle aurait l'air de quoi, si elle se trompait ? Elle lui tendit la compresse et retourna s'asseoir.

— Sa corpulence, disiez-vous…, reprit Adam en pressant la serviette contre son front. Il n'était pas vraiment gros mais… massif. Du genre râblé, si vous voyez ce que je veux dire. En tout cas, c'est l'impression qu'il m'a donnée. Mais je le répète, je me suis évanoui presque aussitôt…

— Nous nous contenterons de ça pour le moment. Souvent, les impressions d'ensemble se révèlent les plus justes. Donc il est plus petit que vous tout en étant plutôt costaud. C'est un début…

La sonnerie du téléphone retentit. Non, pas lui ! Elle se figea et jeta un regard inquiet vers l'appareil.

— Qu'est-ce qu'il y a ? demanda Adam.

— Rien… rien du tout.

— Breanna, dit-il en se penchant vers elle par-dessus la table, je ne vous connais pas très bien mais suffisamment tout de même pour voir que vous n'êtes pas dans votre assiette. Vous attendez une mauvaise nouvelle ?

— J'ai reçu deux coups de fil bizarres, ces jours-ci, confessa la jeune femme, que les yeux clairs et pleins de sollicitude de son interlocuteur bouleversaient au moins autant que les bips insistants du téléphone.

— Qu'entendez-vous par *bizarres* ?

La sonnerie cessa et elle lui fit le récit détaillé des deux appels. La mine du jeune homme s'assombrit au fur et à mesure qu'elle lui confiait les détails de l'histoire. Aussi inattendu que cela puisse paraître, Adam semblait se soucier de sa sécurité. Pourtant, comme il l'avait lui-même remarqué, il ne la connaissait pas. Il n'avait aucune raison de se mêler d'une affaire qui ne le concernait en rien. Même si, après sa malheureuse intervention, il se trouvait en partie impliqué…

— A qui d'autre en avez-vous parlé ? interrogea-t-il lorsqu'elle eut terminé. Vos confrères de la police ? Votre famille ?

— Non, personne. La première fois, j'ai cru à un faux numéro ou à une mauvaise blague.

— Y a-t-il quelqu'un dans votre entourage immédiat qui soit susceptible de vous en vouloir ?

— A votre avis ? Vous connaissez mon métier, non ? Je passe mes journées à coffrer des gens. J'imagine que les types que j'envoie sous les verrous ne me portent pas dans leur cœur. Sans doute m'en veulent-ils, oui. Mais de là à jouer les voyeurs ou bien à me faire entendre une berceuse…

— Les deux choses sont peut-être sans rapport. Simple coïncidence, comme on dit. Seulement, les coups de fil et l'épisode de ce soir se ressemblent sur un point : ils demandent qu'on les prenne au sérieux. Votre correspondant téléphonique a particulièrement soigné sa mise en scène, même si ses intentions, pour l'instant, ne sont guère limpides. Quant à ce qui vient de se produire, si vous aviez eu affaire à un délinquant de bas étage, il aurait pris ses jambes à son cou en me voyant débarquer. La violence dont le type a fait preuve montre assez qu'il est prêt à tout.

— C'est bien aussi ce qui m'inquiète, fit-elle remarquer en se levant. Ecoutez, Adam, je suis désolée que vous soyez mêlé à tout ça. D'autant plus que vous êtes blessé. J'apprécie votre intervention, croyez-moi. Mais nous ne résoudrons pas cette affaire ce soir et je suis épuisée. Trop d'émotions, sans doute.

Adam se leva à son tour et alla déposer sa compresse dans l'évier.

— Vous savez…, émit-il prudemment tandis qu'elle le raccompagnait, si vous étiez une voisine vraiment prévenante, vous m'offririez… de dormir ici.

— Pardon ?

Elle avait dû mal entendre ! Elle rêvait ou bien Adam venait de lui faire une proposition ?

— Eh bien, oui. Vous me réveilleriez toutes les heures pour ausculter mes pupilles, prendre mon pouls, enfin, tout ce que l'on est censé faire après une commotion. Vous aviez compris autre chose ?

— Pas du tout, marmonna Breanna, priant pour ne pas avoir rougi. Mais je ne suis pas médecin. Si vous craignez pour votre santé, vous feriez mieux d'aller aux urgences.

— Peut-être… Enfin, je trouvais mon idée plus alléchante, ajouta-t-il en souriant. Bon, je n'insiste pas. Je n'ai pas envie de recevoir un deuxième coup sur la tête. Bonne nuit, Breanna. Je suis juste à côté, OK ? S'il arrive quoi que ce soit ou si vous êtes seulement inquiète, n'hésitez pas à m'appeler.

Sans lui laisser le temps de réagir, il frôla délicatement sa joue, poussa un soupir et disparut. La jeune femme était littéralement méduseé ! Elle resta un moment immobile, se demandant si elle ne rêvait pas. A quel jeu Adam jouait-il ? Elle secoua la tête. Vraiment, les événements, ce soir, la dépassaient complètement. Elle ferma enfin la porte à double tour et se planta devant le miroir de l'entrée. Elle avait une de ces mines ! Un mélange de fatigue, de dépit, d'exaspération. Mais ce n'était pas tout. Même si elle refusait de se l'avouer, le geste affectueux de son voisin l'avait profondément émue. Elle en tremblait encore. Au moins n'en avait-elle rien laissé paraître ! C'était bien tout ce à quoi elle pouvait prétendre : sauver les apparences. Parce que si Adam avait entrepris de l'embrasser, elle ne savait pas ce qu'elle aurait fait. Si ce n'est qu'elle n'aurait pas eu la force de lui résister ! Elle repensa à la manière dont il avait pris congé. Sans doute plaisantait-il. Simple provocation, histoire de dédramatiser. Mais dans le cas contraire… Non, c'est elle qui devait avoir l'esprit mal tourné. Il n'avait pas eu sérieusement l'intention de coucher avec elle.

Elle jeta un œil à sa montre. Presque minuit. Il était temps qu'elle aille dormir si elle voulait être en forme le lendemain. Maggie n'était guère adepte des grasses matinées et, en général, elle débordait d'énergie dès le réveil. Breanna monta dans sa chambre, se changea et se mit au lit. Mais rien à faire. Impossible de trouver le sommeil. Dans ces cas-là, rester sous les draps lui était presque insupportable. Elle alluma sa lampe de chevet, se leva et vint s'asseoir dans son fauteuil, près de la fenêtre. Tout semblait calme au-dehors, la nuit, profonde, opaque, avait tout recouvert. Seul l'immense chêne se découpait derrière la vitre, masquant en partie la vue. Elle distinguait au travers de ses branches un bout du jardin d'Adam, qui, dépourvu de clôture, communiquait avec le sien.

Adam... Elle ne pouvait pas s'empêcher de penser que sa boutade, tout à l'heure, en partant, n'était pas tout à fait anodine. Il avait voulu lui signifier quelque chose. Qu'il se souciait d'elle, qu'elle ne lui était pas indifférente. Ainsi était-elle encore capable de plaire ? Breanna s'était si bien faite à sa solitude qu'elle avait fini par en douter. L'espace d'un instant, elle entrevit leurs deux corps enlacés et fut aussitôt la proie d'intenses frissons. Voilà qu'elle délirait, maintenant ! Pourtant, rien n'était plus dangereux que de se monter la tête. D'abord parce que Adam n'était que de passage à Cherokee, il le lui avait dit. Ensuite parce qu'elle ne voulait pas d'homme dans sa vie. Elle ferma les paupières et prit une profonde inspiration. Kurt avait été son seul amant. Elle l'avait aimé, certes, et de tout son être, mais leurs relations physiques l'avaient toujours laissée insatisfaite. A l'époque, elle n'en avait qu'une conscience confuse et n'aurait jamais osé aborder la question avec son mari. Mais aujourd'hui, la lucidité prenait le dessus. Sans doute Adam manquait-il, lui aussi, de talent dans ce domaine. Il n'avait sans doute aucune sensualité, il était peut-être même brutal... Elle avait beau chercher mille motifs de dissuasion, rien n'y faisait. Des images voluptueuses, incessamment, refluaient en elle, diablement tentatrices...

Elle se détourna de la fenêtre, irritée contre elle-même, et revint dans son lit. Elle ne connaissait son voisin que depuis deux jours et déjà, elle fantasmait sur lui. Ça n'avait aucun sens ! Comment pouvait-elle s'enticher d'un type dont elle ignorait tout ? A vrai dire, le peu de lui qu'elle avait perçu lui plaisait.

Son allure, d'abord, ce corps athlétique, ces mouvements déliés, presque félins, la virilité qui émanait de toute sa personne. Son humour ensuite, la discrétion avec laquelle il l'avait abordée, sa sensibilité évidente. Et puis ce soir, Adam n'avait pas hésité à risquer sa vie pour elle ; peut-être avait-il agi sans réfléchir, sans doute s'attendait-il à tomber sur un petit voyeur que son intervention eût fait détaler, mais il n'avait pas reculé. Peu de gens faisaient preuve d'autant de sollicitude, elle était bien placée pour le savoir. Combien, dans la rue, assistaient à des agressions sans lever le petit doigt ? Combien même, dans de telles circonstances, alertaient la police ? La plupart du temps, chacun ne songeait qu'à sauver sa peau et préférait fuir ses responsabilités plutôt que de risquer quoi que ce soit. Breanna entendit une voiture s'arrêter devant la maison puis une portière claquer. Rachel rentrait. Elle ne tarda pas en effet à entendre son amie monter l'escalier. Celle-ci passa la tête dans l'encadrement de la porte et la regarda en souriant.

— Tu ne dors pas ? s'enquit-elle. J'ai vu de la lumière…

— Non, j'ai du mal à trouver le sommeil, confirma Breanna en lui faisant signe de venir s'asseoir sur le lit. Et toi ? Raconte !

Rachel s'exécuta, un sourire jusqu'aux oreilles. La jeune femme, ce soir, avait retrouvé sa mine d'adolescente. Sans doute un miracle de l'amour !

— J'ai passé une journée géniale ! s'exclama-t-elle avec un enthousiasme évident. Le pique-nique, d'abord. Tu sais combien je le redoutais ? Eh bien, je m'étais complètement plantée. En fait, on a beaucoup parlé et je me suis tout de suite sentie très à l'aise. En confiance.

— J'étais sûre que ça collerait entre vous !

— Tu ne crois pas si bien dire ! C'était si agréable, on était si bien tous les deux qu'on a eu du mal à se quitter. Du coup, David a proposé qu'on aille au cinéma.

— Et à quand le prochain rendez-vous ?

— Dans une semaine. Il m'a invitée à dîner dimanche.

— Génial ! s'exclama Breanna avant de retrouver son humeur sombre. Je t'avoue que de mon côté, la soirée a été un peu plus mouvementée. Et pas du genre agréable.

Elle lui raconta à grands traits les événements du soir, le rôdeur, la blessure d'Adam.

— Oh, mon Dieu ! Il va bien, au moins ? s'inquiéta Rachel.

— Je crois. Il n'a pas voulu que j'appelle un médecin et s'est contenté d'une compresse de glace. Je pense qu'il sait ce qu'il fait. Si les choses empirent, il sera toujours temps d'en référer à la faculté. Mais dis-moi, tu n'as pas reçu de coups de fil bizarres ces derniers temps ?

— Comment ça ? s'enquit la baby-sitter, étonnée.

— Ces deux dernières nuits, un type a appelé pour me faire entendre une berceuse. La deuxième fois, il m'a même insultée.

Une expression d'horreur se peignit instantanément sur le visage de Rachel et elle éclata en sanglots.

— C'est… Je suis sûre que c'est Michael ! Il s'est remis à me harceler. Oh, non…

— Ne pleure pas, supplia Breanna en la prenant dans ses bras. Autant qu'on sache, ton ex est en prison à l'heure qu'il est. Et puis, si on peut comprendre qu'il t'en veuille, je ne vois pas pourquoi il utiliserait une berceuse ?

— A cause du bébé… de notre bébé, balbutia la jeune femme en prenant un mouchoir en papier sur la table de chevet.

— Quel bébé ? Tu ne m'en avais jamais parlé !

Rachel prit une profonde inspiration et se moucha avant de trouver ses mots.

— Quand j'ai décidé la première fois de le quitter, j'étais enceinte de trois mois, expliqua-t-elle enfin. C'est d'ailleurs le bébé qui m'a décidée à partir, car si je tolérais qu'il soit violent avec moi, je n'aurais jamais supporté qu'il fasse du mal à mon enfant. Enfin bref, je ne sais pas comment il a fait, mais Michael a découvert que j'étais enceinte et c'est à ce moment-là qu'il s'est mis à me harceler. Trois semaines après, j'ai fait une fausse couche. D'après ma gynéco, c'est à cause du stress dans lequel j'étais en permanence. Quoi qu'il en soit, j'ai dit à Michael qu'il s'était trompé, que je n'avais jamais attendu d'enfant.

— Et il ne t'a pas crue, évidemment, devina Breanna.

— Non, il a pensé que j'avais avorté. C'est en rentrant, ce soir-là, qu'il m'a donné un coup de couteau. La suite, tu la connais.

Breanna serra son amie contre elle, la berçant doucement pour l'aider à retrouver son calme. Rachel pleura longtemps puis finit par se relever, les yeux gonflés, le visage défait.

— OK, voilà ce qu'on va faire, dit Breanna, retrouvant son rôle de flic. Demain, à la première heure, je me renseigne pour savoir si Michael Rivers est toujours au pénitencier de l'Oklahoma. Dans l'affirmative, je saurai s'il a eu accès à un téléphone. Si c'est le cas, il sera facile de retrouver les numéros qu'il a appelés. Tout est enregistré, de toute façon. Et si c'est bien lui qui s'amuse à ce petit jeu, je te jure que nous lui en ferons passer l'envie. Il n'y a rien de plus simple que d'interdire à un détenu d'accéder au téléphone.

— Oui, mais s'il est sorti de prison ?

— Ce type est fiché. Nous n'aurons aucun mal à le retrouver. Il y a une chose que tu ne dois pas oublier, Rachel : tu n'es plus la même qu'il y a deux ans. Tu es beaucoup plus forte aujourd'hui, assez forte pour affronter Michael et le persuader une bonne fois pour toutes de dégager de ta vie. Et puis, tu n'es plus seule. Tu vis sous le même toit qu'un flic. C'est dissuasif, crois-moi. Sans compter que la policière que je suis peut t'assurer qu'elle ne laissera rien de fâcheux arriver à sa baby-sitter préférée.

— Merci, Brea, murmura Rachel, un nouveau sanglot dans la voix.

— Pour l'instant, ne t'inquiète pas. Dors tranquille. Demain matin, nous aurons des réponses à nos questions, OK ?

Rachel se fendit d'un timide sourire et embrassa Breanna avant de rejoindre sa chambre.

De nouveau seule, Breanna s'assit sur son lit et éteignit la lumière. Elle avait besoin de réfléchir. A présent qu'elle savait que Rachel avait perdu son enfant, les deux coups de fil prenaient sens. Sans doute émanaient-ils de Michael. C'était l'interprétation la plus vraisemblable. Elle essaya de visualiser l'individu. Rivers devait être un peu plus petit qu'Adam, ça pouvait coller. A l'époque de son incarcération, il était plutôt maigrichon mais deux ans de régime pénitencier avaient pu lui faire prendre du poids. Car les détenus ne bénéficiaient pas d'une nourriture très équilibrée, loin s'en fallait… Restait à savoir si, oui ou non, Michael était encore en prison. Il avait pris trois ans mais pouvait très bien avoir obtenu une mise en liberté sous caution pour bonne conduite. Quand rien ne l'affectait particulièrement, le jeune homme pouvait se montrer doux comme un agneau. Par contre, il était suffisamment violent pour assommer froidement un type s'il s'était senti menacé.

Les pièces du puzzle paraissaient parfaitement s'agencer. Si Rivers était en liberté, il avait nécessairement obligation de se présenter à dates fixes devant un contrôleur judiciaire. Un seul faux pas et il retournait à l'ombre, avec prolongement de peine. Tant pis pour lui. S'il était assez idiot pour risquer le coup, qu'il en paie les conséquences !

5.

« *Tu sais quoi, Adam ? Tu joues les redresseurs de torts,
tu viens me faire la morale mais tu n'es pas mieux que moi.
En fait, ça te plaît bien de récupérer mes ex en pleurs ; ça te
donne l'illusion de plaire. Parce que entre nous, mon vieux,
il faut voir la vérité en face, ton indécrottable sérieux rebute
tout le monde. Tu devrais plutôt me remercier d'être frivole ;
au moins, ça t'a permis de côtoyer des filles de rêve !* »

Adam se réveilla en sursaut, le front couvert de sueur. Il resta
un instant hagard, les yeux écarquillés, rivés devant lui, le temps
que son pouls retrouve un rythme normal. Progressivement,
la réalité reprit ses droits et l'image de Kurt finit par s'estomper. C'était bien la première fois que son cousin le faisait
cauchemarder ! A croire que sa mort avait réveillé en lui des
sentiments refoulés.

Il lui fallut un certain temps pour reconnaître la petite
chambre et se rappeler qu'il habitait maintenant Cherokee
Corners, Oklahoma. Les rayons du soleil filtraient à travers
les volets, signe qu'il ne devait plus être très tôt. Visiblement,
il avait dormi plus qu'à son habitude. Un mouvement de tête
acheva de le ramener à lui. Sa nuque était raide, un bandage
ceignait son front, l'épisode de la veille lui revint à la mémoire

avec une cruelle acuité. Apparemment, la bosse s'était plutôt résorbée, constata-t-il en tâtant le pansement.

Il se leva et se dirigea vers la salle de bains d'un pas traînant, le corps endolori. Devant le miroir, il défit la bande pour observer de plus près sa blessure. Une petite entaille, un hématome qui virait au violet, rien de bien méchant. Il se brossa les dents et se rasa, s'efforçant de faire le vide en lui. Son rêve lui avait laissé un goût amer dans la bouche, un sentiment de malaise qui ne se dissipait pas. En fait, il n'arrivait pas à se sortir Kurt de la tête. Ou plus exactement, leur dernière dispute. Peut-être parce que c'était aussi la dernière fois qu'ils s'étaient vus avant l'accident…

Adam revoyait la scène comme si c'était hier. Kurt venait de larguer Renata, sa dulcinée du moment. Celle-ci, éplorée, avait appelé le gentil cousin pour lui raconter ses malheurs et lui demander d'intervenir auprès de ce *traître de Randolf*, comme elle le nommait. En fait de trahison, ce dernier s'était contenté de disparaître après une partie de jambes en l'air avec la jeune femme. Quand on le connaissait, il n'y avait vraiment pas de quoi en faire un plat ! Enfin… Adam avait eu pitié de la demoiselle et il était allé trouver son cousin pour lui servir le chapelet de reproches qu'il gardait tout prêt, chaque fois que l'occasion s'en présentait : Il était vraiment irresponsable, on ne pouvait pas traiter une femme ainsi, etc., il savait le refrain par cœur, de l'avoir si souvent répété. Seulement cette fois, Kurt n'était sans doute pas d'humeur. Il avait très mal pris la réprimande et s'était montré plutôt agressif. Acerbe, même. Adam le concevait aujourd'hui, Kurt avait tout de même vu juste sur un point : il n'était pas un homme à femmes, les aventures d'un soir ne l'intéressaient pas. C'était sûrement là « l'indécrottable sérieux » auquel son cousin avait fait allusion. Mais était-ce bien tout ? N'y avait-il pas dans les sarcasmes de ce don juan davantage de vérité qu'Adam voulait bien l'admettre ?

Aujourd'hui encore, que faisait-il à Cherokee Corners sinon réparer les pots cassés ? Et le moins qu'on puisse dire, c'est que Breanna James ne le laissait pas indifférent. Kurt aurait bien ri de le voir ainsi blêmir devant elle. Sans doute se serait-il moqué de lui et l'aurait-il accusé de ramasser les miettes… Il ne put réprimer un rictus d'agacement. Qu'est-ce qui lui avait pris, la veille, de proposer à la jeune femme de dormir à ses côtés ? Evidemment, elle l'attirait physiquement. C'était même la première fois qu'une ex de son cousin lui plaisait à ce point. Mais il n'avait rien à lui proposer, sinon une ou deux nuits de plaisir. Et cela, il s'y refusait. Par principe, d'abord ; il n'avait pas cette désinvolture. Par respect aussi. Breanna avait été claire sur le sujet : on l'avait déjà laissé tomber, elle n'était pas assez stupide pour commettre deux fois la même erreur.

Il prit une douche rapide, s'habilla et alla se faire un café dans la cuisine. 9 h 10. On ne pouvait pas dire qu'il était matinal ! Sans doute le choc qu'il avait reçu n'était pas pour rien dans sa sieste prolongée. Il prit sa tasse, traversa le salon et sortit sous le porche, un peu déboussolé. En règle générale, il se levait aux aurores, l'esprit vif, impatient d'entamer la journée. Il arrivait au bureau dès 8 heures et le travail commençait, les coups de fil incessants, les allées et venues des employés, les fax, les dossiers à éplucher. Il réalisait maintenant combien il s'était laissé happer par ce rythme infernal. Depuis combien de temps n'avait-il pas profité d'une douce matinée sans culpabiliser ? Depuis combien de mois n'avait-il pas pris le temps de s'asseoir pour siroter un café ? Il se laissa un instant bercer par le murmure chatoyant du quartier qui, peu à peu, s'éveillait. L'aboiement d'un chien au loin, le chant des oiseaux, le bruit de volets qu'on ouvre, les voix cristallines des enfants…

Un bruit de porte attira soudain son attention. Maggie sortait, les bras chargés de jouets. Il s'étonna un instant que la petite ne soit pas à l'école, avant de se souvenir de ce que lui avait dit Breanna. Dans l'Oklahoma, les enfants bénéficiaient d'une semaine de vacances au printemps, vacances qui commençaient précisément ce lundi. La petite déposa son trésor sous le grand chêne, à gauche de la maison, retourna à l'intérieur et en revint bientôt avec une nouvelle brassée, qu'elle fit tomber sur la première. Elle fit trois voyages d'affilée, empilant pêle-mêle poupées et dînettes, peluches et jeux de construction. Il ne devait plus rester grand-chose dans sa chambre ! songea Adam, un sourire aux lèvres. Il l'observa un instant encore, tandis qu'elle dépliait sur le sol un carré de tissu et commençait à y disposer ses jouets en chantonnant d'une voix claire. A l'évidence, la petite ne manquait de rien ; mieux, elle était heureuse, insouciante, pleine de vie. Kurt aurait sans doute été touché de la savoir aussi bien portante ; peut-être même aurait-il aimé la couver du regard, la regarder grandir et partager ses jeux. Malheureusement, il était parti trop tôt pour en faire l'expérience. Et à double titre, d'ailleurs. Bien qu'Adam demeurât parfaitement immobile, la petite finit par remarquer sa présence. Elle lui adressa un large sourire et lui fit un signe de la main.

— Monsieur Adam ! lui cria-t-elle. Tu viens ?

Maggie était si enthousiaste ! Un truc de famille, apparemment. Adam avait rencontré le même allant chez sa grand-mère. Il posa sa tasse vide et alla la rejoindre.

— Tu veux jouer avec moi ? proposa-t-elle dès qu'il fut devant elle.

— OK, acquiesça-t-il en s'accroupissant. A quoi veux-tu qu'on joue ?

— D'abord, il faut saluer mon ours, commença-t-elle en lui indiquant la peluche assise sur une chaise de poupée. C'est chez lui, ici.

— Mais bien sûr, où avais-je la tête ? fit Adam en serrant la patte brune. Enchanté de faire votre connaissance, monsieur l'Ours.

— Il est bien content de te connaître, lui aussi, continua Maggie. Et, pour te montrer qu'il t'aime bien, il t'invite à boire un café avec lui.

— C'est très aimable de sa part, assura Adam en s'asseyant devant le cube de plastique qui faisait office de table.

La fillette sortit d'un grand sac un service à café miniature en plastique rose, posa une tasse devant Adam et fit mine de verser le breuvage.

— C'est très chaud, prévint-elle.

Adam porta la tasse à ses lèvres et fit semblant d'avaler une gorgée. La petite ne le quittait pas des yeux, attendant fébrilement sa réaction. Il y avait bien longtemps qu'il ne s'était pas prêté à ce genre d'amusements !

— Humm, délicieux ! fit-il en plissant les yeux pour souligner les bienfaits de la boisson imaginaire.

Maggie le remercia de manière fort civile, et il se demanda où elle avait bien pu apprendre à jouer ainsi les maîtresses de maison. Les James, aussi polis soient-ils, adoptaient des manières plus informelles. Peut-être l'enfant était-elle tout simplement douée pour la comédie. Elle fronça soudain les sourcils et, pointant le doigt vers son visage, elle remarqua :

— Tu as une grosse bosse sur le front. Ça doit te faire mal, non ?

— Un petit peu.

Avant qu'il ait pu réagir, elle se leva et vint l'embrasser sur la joue.

— Maman dit toujours que les bisous soignent le mal, dit-elle avec grand sérieux.

Elle se rassit, laissant Adam pantois. En fait, son cœur battait la chamade. Il fallait qu'il se surveille s'il ne voulait pas craquer ! Lui qui se défendait de vouloir des enfants, qui aimait à se rappeler leur ingratitude, il aurait l'air de quoi s'il s'attachait à cette petite ! Encore une fois, il n'était pas son père et n'avait aucunement l'intention de jouer ce rôle. Ça dépassait largement le cadre de sa mission. L'enfant, visiblement, recherchait en lui une affection qui, sans doute, lui avait manqué jusque-là, aussi aimants qu'aient été ses proches ; mais il n'avait rien à lui offrir, sinon quelques moments agréables et badins comme celui-là. Il faudrait qu'il veille à poser des limites s'il ne voulait pas décevoir Maggie. Décidément, Kurt ne savait pas ce qu'il avait raté en refusant d'être père. Adam n'était pas loin de penser que son cousin ne serait peut-être pas mort aujourd'hui s'il avait assumé sa vie de famille. Quand on sent posé sur soi le regard aimant de son enfant, on ne peut dignement plus se conduire en égoïste ni en irresponsable. On connaît alors le prix de la souffrance qu'on peut infliger à autrui.

— Tu aimes les glaces ? demanda soudain Maggie, le tirant de ses réflexions.

— Tu veux rire ? C'est mon dessert préféré !

— C'est vrai ? Eh bien, tu sais, Alyssa, elle a un hôtel, et elle vend des glaces aussi. Elle en a même au chocolat.

— C'est ton parfum préféré ? Moi, c'est la fraise.

— Elle en a aussi, assura-t-elle, les sourcils froncés. Mes copines, leur papa les emmène manger des glaces, parfois. Mais moi, je n'ai pas de papa…

— Je pourrais t'emmener, si tu veux.

Qu'est-ce qui lui avait pris ? L'allégation de Maggie avait si bien su le toucher que les mots étaient sortis sans qu'il les contrôle et maintenant, il était trop tard. La petite avait déjà un sourire jusqu'aux oreilles ! De là à ce qu'elle l'adopte comme père de substitution, il n'y avait qu'un pas !

— C'est vrai ? Tu promets ? fit-elle en battant des mains.

— Promis, répliqua-t-il en s'efforçant de sourire.

C'est alors qu'il aperçut Breanna, assise sous l'avant-toit, qui les observait.

— Je vais aller dire bonjour à ta maman, émit Adam en se levant. Je reviens.

Tandis qu'il avançait vers la maison, son attention, malgré lui, se porta sur les formes voluptueuses de la jeune femme. Elle portait une robe légère dont les couleurs vives mettaient en valeur le velours de sa peau cuivrée. Irrésistible, songea-t-il pour lui-même. Décidément, entre la fille d'un côté qui le prenait pour son père adoptif, et la mère de l'autre dont le corps félin aiguillonnait ses désirs, on pouvait dire que son stoïcisme était mis à rude épreuve !

— Je vois avec plaisir que vous avez passé la nuit, plaisanta Breanna en l'invitant à s'asseoir à côté d'elle.

— J'ai survécu, en effet, répondit-il en souriant.

— Et à peine réveillé, voilà que vous prenez de nouveau des risques inconsidérés ?

— Comment cela ?

— C'est très simple. Maintenant que vous avez goûté au café de Maggie, vous n'allez plus pouvoir y couper ! Chaque fois qu'elle vous verra dehors, vous aurez droit à l'invitation.

— Bah, ce n'est pas si grave, rétorqua Adam, un sourire amusé au coin des lèvres. J'ai vécu pire.

— Elle n'oubliera pas non plus que vous lui avez promis une glace. Je peux même vous dire qu'elle ne vous lâchera pas tant que vous ne l'aurez pas emmenée !

— Je devrais pouvoir supporter cette pression. D'autant que je tiens toujours mes promesses.

— Ah oui ? Un homme qui tient parole, ça existe ? plaisanta Breanna.

A l'évidence, son sourire était forcé. Elle changea d'ailleurs aussitôt de sujet.

— C'est bien que vous soyez sorti, je m'apprêtais à venir vous trouver. Nous avons peut-être résolu l'énigme des coups de fil anonymes. Et du voyeur, par la même occasion.

— C'est vrai ? s'étonna Adam. Vous savez de qui il s'agit ?

Il écouta avec intérêt le récit de la jeune femme ; la conclusion à laquelle Rachel et elle en étaient arrivées paraissait plausible. Ce Michael Rivers pouvait bien être le fautif, en effet.

— Je suppose que vous vous êtes renseignée sur cet homme, suggéra-t-il dès qu'elle eut terminé.

— J'ai consulté les fichiers fédéraux, en effet. Il est sorti de prison il y a un mois. Apparemment, il habite Sycamore Ridge, une petite ville au nord de Cherokee Corners. J'attends un appel de son contrôleur judiciaire. Comme Rivers est en liberté conditionnelle, il est tenu de se présenter devant lui toutes les semaines et de lui rapporter quasiment tous ses faits et gestes.

— Vous devriez y voir plus clair, en effet. Et que ferez-vous ensuite ?

— J'ai l'intention d'avoir une petite discussion avec lui. Si Rivers s'est amusé à harceler Rachel, je m'arrangerai pour qu'il retourne au plus vite derrière les barreaux, croyez-moi. Les types comme lui sont dangereux. Ils commencent par de simples intimidations et n'hésitent pas à passer à l'acte quand l'occasion se présente.

— Vous n'avez pas l'intention de régler seule cette affaire, je suppose ?

Evidemment, en tant que lieutenant de police, Breanna devait savoir comment gérer au mieux ce genre de situation. Elle n'avait pas besoin qu'il lui fasse la morale. Mais c'était plus fort que lui. L'idée qu'elle puisse se retrouver seule face à un criminel ne lui plaisait pas du tout.

— Vous vous souvenez que je suis dans la police ? répliqua-t-elle avec ironie. Ne vous en faites pas pour moi. Mon coéquipier, Abe Salomon, est un homme en qui j'ai toute confiance.

Adam sentit sa gorge se nouer. Stupide, pensa-t-il immédiatement. Il ne manquerait plus qu'il soit jaloux !

— Dois-je comprendre que vous êtes… très liés ? ne put-il s'empêcher de demander.

— Evidemment ! s'exclama-t-elle. Dans notre métier, c'est un minimum. On fonctionne toujours en duo, quand on bosse sur le terrain. Une sorte de vie conjugale, migraines et engueulades en moins, si vous voyez ce que je veux dire !

— Vous travaillez ensemble depuis longtemps ?

— Presque cinq ans. En fait, je n'ai jamais eu d'autre partenaire. Abe parle de prendre sa retraite l'année prochaine et j'avoue que ça m'angoisse.

Malgré lui, Adam éprouva comme un soulagement en entendant son interlocutrice parler de retraite. De toute évidence, Salomon était beaucoup plus âgé qu'elle. Plus encore, si elle lui était visiblement très attachée, c'était avant tout pour des motifs professionnels. Du moins n'était-il pas question de sexe, et encore moins d'amour entre eux… Bon sang, voilà que ça le reprenait ! Il recommençait à tout mélanger. Il n'avait rien à faire dans la vie de cette femme, à part lui parler de Kurt. Toute autre perspective était à exclure. Et tout de suite, s'il ne voulait pas tout compromettre. Il se leva, pressé soudain de mettre entre eux un peu de distance.

— Et la peinture ? lui demanda la jeune femme. Vous avez des projets ?

Il mit quelques secondes à réagir, le temps de réaliser de quoi elle parlait.

— Oh… non, je ne m'y suis pas encore mis. Disons que j'attends une inspiration.

Il s'éloigna de quelques pas et se retourna.

— Tenez-moi au courant, pour Michael Rivers, OK ?

— OK.

En faisant volte-face pour regagner sa maison, il se retrouva nez à nez avec Maggie qui avait quitté son aire de jeux et les avait rejoints. Perturbé par la question de Breanna, il n'avait pas entendu la petite approcher.

— Pourquoi on n'irait pas manger des glaces ce soir ? émit-elle, les yeux pétillants d'envie.

Ce soir ? Non, ce n'était pas possible. Depuis son installation dans le quartier, il ne s'était pas passé une journée sans qu'il côtoie Breanna ou sa famille. La jeune femme risquait de trouver louche cette omniprésence. D'autant qu'elle n'attendait rien moins qu'un étranger s'incruste dans sa vie. Mais le regard de Maggie était si implorant… Il ne se sentait pas le cœur de la décevoir. Il lança à sa mère une œillade interrogatrice.

— Je pense que c'est à ta maman de décider, répondit-il en se tournant vers la jeune femme. Vous nous accompagneriez, j'espère ?

— Cela va de soi, répondit-elle en haussant les épaules. C'est même la condition *sine qua non*.

— Oh, maman ! Dis oui, s'il te plaît ! supplia la petite.

Breanna regarda sa fille, puis Adam, visiblement indécise. Il aurait parié qu'elle se tenait à peu près le même raisonnement que lui. Si elle ne voulait sans doute pas nouer avec lui des relations trop personnelles, elle n'avait pas non plus envie de décevoir la fillette.

— Après dîner, ça devrait être possible, déclara-t-elle enfin.

— Super ! s'exclama Maggie en serrant ses petits poings. Tu es géniale, maman !

— 20 h 30, ça vous irait ? proposa Adam.

— Parfait.

Il rentra chez lui en sifflotant, les mains dans les poches. Bon, il ne s'agissait que de manger une glace. Ce n'était tout de même pas comme s'il avait invité Breanna à sortir… Pourtant, jamais la perspective d'une crème glacée ne l'avait autant mis en joie !

« C'est vraiment ridicule ! » songea Breanna en se regardant dans le miroir. C'était la troisième tenue qu'elle essayait, sans parvenir à arrêter son choix. Tout ça pour aller manger une glace ! Le short qu'elle avait passé en premier lui avait paru trop court, la robe trop… bleue… Il était grand temps qu'elle retombe sur terre. Car si elle cherchait visiblement à produire un effet sur Adam, elle ignorait absolument lequel. Ou plutôt, elle refusait d'admettre ses intentions véritables. Surtout, elle ne voulait pas que son voisin pût penser, au vu de ses vêtements, qu'elle cherchait de quelque manière que ce soit à lui plaire. Le mieux, donc, était de couper court à l'essayage en adoptant une tenue simple et décontractée. Naturelle, en somme. Ce pantalon flottant et ce débardeur feraient très bien l'affaire.

— Maggie, il est bientôt l'heure, fit-elle en sortant de sa chambre.

Elle trouva la fillette dans le couloir, occupée à lacer ses chaussures.

— Je suis drôlement contente, maman ! s'enthousiasma-t-elle. Je vais pouvoir jouer à avoir un papa.

Breanna sentit son cœur se serrer. Ces derniers temps, sa fille semblait mal vivre l'absence de son père. Sans doute parce qu'elle voyait autour d'elle, à l'école par exemple, des enfants entourés de leurs deux parents et qu'elle souffrait de se sentir différente. Tout l'amour qu'elle recevait ne pouvait combler totalement ce vide, c'était évident. Rien, d'ailleurs, ne réparerait jamais ce manque.

— Adam n'est qu'un voisin, expliqua-t-elle avec douceur. Il est très gentil et il joue avec toi, mais ce n'est pas ton père.

— Je sais bien, maman. Je veux juste faire semblant. C'est parce que des fois, j'ai envie d'avoir un papa…

Breanna la serra contre elle en retenant ses larmes. Dans ces moments-là, elle maudissait Kurt. Comment avait-il pu être assez lâche pour la laisser tomber après l'avoir mise enceinte ? Elle en était à son septième mois de grossesse quand il avait pris la tangente. Il avait réfléchi, lui avait-il dit. Il n'était pas fait pour le mariage, il n'était pas prêt à être père, il ne renoncerait jamais à sa liberté. Six ans après, elle se souvenait encore de ses mots et du cynisme dont il avait fait preuve. Sa liberté ! Egoïsme, oui ! Il savait parfaitement que son enfant serait réduit à vivre sans père ; il savait qu'il le condamnait d'avance à cette souffrance-là, mais ça ne l'avait pas fait trembler. Il se moquait bien d'autrui, pourvu qu'il assouvisse ses propres envies sans rendre de compte à personne !

Et Kurt avait disparu de la circulation, sans laisser la moindre trace, sinon une adresse en poste restante à Platte, dans l'Etat du Missouri, où il lui avait demandé d'envoyer les papiers du divorce. C'est d'ailleurs ce que Breanna avait fait. Et elle y avait joint une photo de Maggie. Chaque Noël, elle avait envoyé une photo de sa fille, espérant vaguement que son ex, attendri par l'image de cette enfant qui lui ressemblait tant, se manifesterait. En vain. Elle n'avait jamais plus reçu aucune nouvelle de lui.

Elle sortit de la maison, la petite main de sa fille dans la sienne, les paupières baissées. Il fallait qu'elle chasse ces souvenirs pitoyables de sa pensée si elle ne voulait pas plomber la soirée. Elle prit une profonde inspiration avant de s'asseoir dans le fauteuil en rotin, sous le porche, tandis que Maggie gambadait dans l'herbe, en contre-bas. Elle observa avec un mélange de bonheur et d'amertume la petite qui piaffait d'impatience. Ce matin déjà, en la regardant jouer avec Adam, elle avait éprouvé ce sentiment paradoxal. L'espace d'un instant, elle avait entrevu ce qu'aurait pu être la vie de sa fille si elle avait eu un père présent et attentionné. Un père comme Adam. Il faut dire que ce dernier était parfait dans le rôle. Mais précisément, ce n'était qu'un rôle. Cet homme, aussi agréable soit-il, n'était que de passage. Il n'avait aucun intérêt à s'impliquer dans la vie d'une fillette dont il ne connaissait rien, à qui rien ne le rattachait. Il se montrait gentil, voilà tout. Sans compter qu'il avait été clair sur le sujet : l'idée même d'avoir des enfants le rebutait. Breanna soupira. De toute façon, en matière d'homme, ou bien de vie conjugale, on ne l'y reprendrait plus. Inutile de fantasmer sur le bel Adam, ni sur sa prévenance.

— Monsieur Adam ! s'écria Maggie tandis qu'il sortait de chez lui. Tu as vu ? On est prêtes !

— Parfait, répondit-il avec un sourire chaleureux. On prend la voiture ou bien on marche ?

— On marche ! s'exclama Maggie.

— Ça n'est pas tout près, je vous préviens, intervint Breanna. Mais la soirée est belle…

— C'est vrai, déclara Adam en attendant Breanna, tandis que la fillette gambadait devant eux. C'est l'heure idéale pour une promenade.

La nuit tombait, inondant la terre d'une lueur bleutée. Une brise suave, chargée des senteurs du printemps, jouait entre les chênes, faisant naître des émotions dans la paix du moment.

— Ça fait du bien, dit Breanna en levant la tête pour humer l'air. Il y a longtemps que je ne n'avais pas profité ainsi de la douceur du soir. Je cours tout le temps ! Sans compter que les étés sont torrides, à Cherokee Corners. Il n'y a vraiment qu'au printemps qu'on peut ainsi prendre l'air sans mourir de froid ni suffoquer ! Mais vous n'aurez sûrement pas l'occasion de souffrir de la chaleur. Si j'ai bien compris, vous ne resterez pas longtemps par ici…

— En effet. En juillet, je retrouverai mon bureau de Kansas City. Adieu l'Oklahoma et mes rêves d'artiste ! Pour être honnête, j'ai bien peur de n'avoir aucun talent. J'ai voulu tenter l'expérience, mais il y a de grandes chances pour que je remise définitivement mes pinceaux dès mon retour !

90

— Ça n'a pas l'air de vous traumatiser, en tout cas, s'étonna Breanna.

— De retrouver mon boulot ? Pas vraiment, non. Pour la plupart des gens, j'imagine que la comptabilité doit sembler austère. Mais personnellement, j'aime assez la rigueur qu'elle implique. Et puis, je travaille avec toute une équipe ; c'est comme un microcosme, un aperçu de l'humanité. Pas de quoi s'ennuyer, donc ! Evidemment, votre travail de flic doit être beaucoup plus excitant.

— Oh, détrompez-vous ! rétorqua-t-elle en souriant. Si vous saviez les paperasseries sous lesquelles on croule ! Je passe plus de temps à rédiger des rapports et à consulter des dossiers qu'à arpenter les rues de notre bonne ville.

— Peut-être, mais quand vous passez à l'action, ça ne doit pas manquer d'adrénaline, je me trompe ? Par exemple votre planque du moment…

— Vous voulez dire jouer les prostituées ?

Adam acquiesça d'un signe de tête.

— La plupart des types que nous coffrons ne sont pas des enfants de chœur, en effet. Mais je ne travaille pas seule. Mes équipiers veillent sur moi ; ce sont eux qui procèdent aux arrestations, d'ailleurs. Je sers d'appât, rien de plus. Ça n'est pas vraiment dangereux. Maggie ! cria-t-elle. Tu nous attends avant de traverser !

Maggie s'était arrêtée au bord du trottoir et les attendait sagement.

— Je veux donner la main à Adam, déclara-t-elle en tendant le bras au jeune homme.

Etait-ce par jeu, comme elle l'avait prétendu avant de partir, ou bien prenait-elle vraiment le jeune homme pour un père d'adoption ? L'occasion aurait été mal choisie pour la contrarier, mais Breanna ne voyait pas d'un bon œil que sa fille s'attache à ce point à Adam. Elle ne dit rien, cependant, et ils traversèrent tous les trois.

— Quand tu étais petit, tu donnais la main pour traverser la rue ? demanda la fillette.

— Toujours, répondit Adam avec le plus grand sérieux.

— Et ton papa, il t'emmenait manger des glaces ?

— Pas que je me souvienne. Tu sais, je ne l'ai pas beaucoup connu. Mon père est mort quand j'avais onze ans.

— Moi, je ne sais pas où il est, mon papa. Il est parti il y a longtemps et je ne l'ai jamais vu.

— Vous avez choisi votre parfum ? demanda Breanna en guise de diversion.

Le sujet la mettait mal à l'aise. Quant à Maggie, mieux valait qu'elle pense à autre chose, elle aussi. Au moins pour éviter de faire de fâcheux amalgames.

— Fraise, déclara Adam.

— Chocolat, avec des morceaux de noisettes dessus, enchérit Maggie sans hésiter. Et toi maman ?

— Je ne sais pas encore. Artichaut, peut-être ?

— Beurk ! dit la fillette en ouvrant de grands yeux. C'est horrible…

— Rassure-toi, fit Adam qui luttait visiblement pour garder son aplomb. Les glaces à l'artichaut, ça n'existe pas. Sauf dans les livres des sorcières.

— Alors, ce sera vanille, émit Breanna. Mais je suis déçue…

Adam éclata d'un rire communicatif, ce qui acheva de détendre la petite, qui repartit en avant, pressée de savourer son dessert. Breanna se remit elle aussi à marcher en laissant courir son regard sur le paysage alentour. Elle sentit bientôt le regard de son voisin posé sur elle de manière ostensiblement inquisitrice.

— Qu'est-ce qu'il y a ? fit-elle en se tournant vers lui.

— Rien, mais je vous pensais adepte de parfums plus…
exotiques. Vanille, c'est assez classique.

— Je ne sais pas ce que vous vous êtes imaginé sur moi,
répondit-elle en riant, mais j'ai bien peur que vous ne fassiez
fausse route. Je n'ai rien d'une aventurière, Adam !

Son voisin pinça les lèvres avec incrédulité et détourna les
yeux. C'était étrange ; il la connaissait à peine, mais semblait
s'être déjà fait son idée. Plus encore, Breanna avait le sentiment
qu'il en savait plus sur elle qu'il ne voulait bien le laisser paraître.
Encore une de ses fameuses intuitions de flic. Ou bien sa para-
noïa qui la reprenait. Elle décida de balayer cette impression
avant que ses doutes ne recommencent à la travailler. D'autant
qu'ils arrivaient chez Alyssa. Sa boutique de glaces se trouvait
au rez-de-chaussée d'un bâtiment de trois étages, à deux pas de
son hôtel, dans un des quartiers les plus branchés de la ville.

Ils entrèrent dans la boutique et Maggie sauta immédiatement
sur l'un des tabourets du comptoir, derrière lequel la cousine
de Breanna s'affairait.

— Mais que vois-je ? s'exclama cette dernière en se penchant
vers l'enfant. Ne serait-ce pas ma petite gourmande préférée qui vient me réclamer une double au chocolat recouverte
de noisettes ?

— Tu en as, dis, Alyssa ? fit Maggie en se tortillant sur son
siège. Maman, elle a choisi vanille et Adam, fraise.

— Comment allez-vous depuis hier ? s'enquit Alyssa tandis
qu'ils prenaient place à côté de la petite. Vous vous êtes bien
remis de la fête, Adam ?

Tout en échangeant les politesses d'usage, Alyssa servit les
glaces, ne lésinant pas sur les portions, comme à son habitude.
Elle tendit son cornet à Adam et Breanna eut l'impression
fugace qu'une ombre traversait le regard de sa cousine. Non,
elle n'avait pas rêvé, Alyssa venait encore d'avoir une vision, et
aussi sombre que celle de la veille, à en croire la manière dont ses

yeux ardents s'étaient brusquement voilés. Mais la jeune femme n'en laissa rien paraître, et attendit que tout le monde ait terminé sa glace. Elle pria alors Adam de veiller sur Maggie le temps qu'elle règle une affaire personnelle avec sa cousine ; celle-ci, fort heureusement, était suffisamment fine pour comprendre ses intentions. Aussi ne posa-t-elle pas de questions et feignit-elle au contraire de savoir parfaitement de quoi il s'agissait. Les deux femmes s'isolèrent dans l'arrière-boutique.

— Tu as encore ressenti quelque chose tout à l'heure, commença la policière, sans chercher à masquer sa fébrilité. N'essaie pas de nier, je l'ai vu à tes yeux. Il s'agit d'Adam, n'est-ce pas ?

— Pas du tout, protesta Alyssa. C'est si… confus. Honnêtement, Brea, je ne peux rien te dire de précis. C'est juste…

— Je t'en prie, essaie. Donne-moi au moins un visage, je ne sais pas moi, un mot…

— Je te l'ai dit hier, je ne distingue aucune forme. C'est seulement un pressentiment. Quelque chose de sombre, d'affreux même. Mais je ne sais absolument pas à qui cela s'applique. Si ça se trouve, ça n'a rien à voir avec mes visions ordinaires ; c'est juste une histoire de lune ou bien une réaction hormonale.

— Tu n'es pas enceinte, au moins ?

— De qui ? répondit Alyssa en riant. Je n'ai personne, en ce moment. Non, ce n'est pas ça. Tout ce que je peux te conseiller, Brea, à défaut de pouvoir t'en révéler davantage pour le moment, c'est d'être prudente. Si mes appréhensions ne te concernent en rien, eh bien, tu auras juste dépensé un peu de ta vigilance. Mais dans le cas contraire…

— Il faut que j'y aille, déclara Breanna en réalisant soudain qu'elle avait laissé Maggie avec un homme qu'elle connaissait à peine.

Et si les funestes prémonitions de sa cousine avaient un lien direct avec Adam ? Alyssa lui assurait le contraire, mais après tout, elle était dans le flou. C'était en lui serrant la main qu'elle s'était évanouie pour la première fois… Elle s'empressa de rejoindre la boutique et retrouva sa fille et son voisin en grande conversation, l'humeur plutôt enjouée. A l'évidence, elle s'était alarmée pour rien. Les visions de sa cousine lui portaient vraiment sur les nerfs ! Son voisin était un type inoffensif ; jamais il ne ferait de mal à Maggie, c'était évident. Il l'écoutait lui décrire tous les magasins de la ville avec une patience angélique, et semblait sincèrement s'amuser avec la fillette.

— Maman ! s'exclama cette dernière. J'ai prévenu M. Adam que Mme Clairborn était une sorcière !

— Ça n'est pas très gentil pour elle, répondit Breanna en faisant la moue.

Maggie avait pourtant raison. Katherine Clairborn était une véritable harpie ! Mais elle n'avait pas la tête à ce genre de considérations. Elle se sentait menacée, sans savoir de qui il lui fallait se méfier. Position inconfortable, s'il en était ! Alors même qu'Adam lui présentait l'image la plus rassurante, ses doutes l'envahirent de nouveau. Les coups de fil anonymes n'avaient-ils pas commencé le jour de son arrivée ? En fait, depuis qu'Adam habitait à côté de chez elle, les ennuis s'étaient accumulés. Elle réprima un frémissement. Cet homme cachait peut-être bien son jeu. Après tout, c'était peut-être un pervers de la pire espèce… Non, elle ne pouvait pas le croire. Même si elle n'avait en la matière aucune espèce de preuve, et encore moins de certitudes, elle avait envie de lui faire confiance. Et puis, il n'avait pas pu s'assommer tout seul, la veille au soir.

— Tout va bien ? s'enquit Adam tandis qu'ils se remettaient en route. Vous avez l'air… je ne sais pas, moi… préoccupée.

— Je m'inquiète au sujet d'Alyssa, avoua-t-elle. C'est un être très spécial, voyez-vous. Elle a des visions depuis qu'elle est toute jeune. Evidemment, la plupart des gens pensent que quelque chose ne tourne pas rond chez elle. Au mieux, ils la prennent pour une originale. Mais nous autres Cherokee savons qu'il faut considérer ces phénomènes avec le plus grand sérieux.

— Que voulez-vous dire par *visions* ?

— Disons qu'il s'agit en général de prémonitions qui lui apparaissent de manière figurée. C'est difficile à expliquer…

— Je crois avoir l'esprit assez ouvert pour admettre ce genre de choses, déclara Adam en souriant. Dites-moi, l'autre soir, chez vos parents, quand elle s'est évanouie, il s'agissait d'une de ses… prémonitions ? Elle venait de me serrer la main, alors j'aimerais savoir s'il faut que je m'inquiète. Qu'a-t-elle vu au juste ?

Adam s'efforçait de garder un ton désinvolte mais son trouble était notable. Evidemment, les circonstances de la veille l'autorisaient à penser qu'un malheur pesait sur lui… Mais Breanna avait l'impression que son malaise soudain avait une autre cause.

— Auriez-vous quelque chose à cacher ? demanda-t-elle en le regardant droit dans les yeux.

— Comme tout le monde, je suppose ! s'exclama-t-il en recouvrant sa bonne humeur. J'ai mes petits travers. Disons que si votre cousine me voyait mourir prématurément par exemple, j'aimerais autant le savoir. Histoire de mettre un peu d'ordre dans mes affaires.

— Je crains de n'être pas en mesure de vous rassurer totalement sur ce point. Pour être honnête, ma cousine m'a simplement prévenue d'un danger. Mais sa vision manquait apparemment de netteté.

— Vous tremblez ? s'enquit Adam. Cette menace vous concernerait-elle, vous et Maggie ?

— On ne peut pas l'écarter…

— Et Alyssa a souvent ce genre de pressentiments ? Je veux dire, ils sont fiables, en général ?

— La dernière fois que ça lui est arrivé, répondit la jeune femme en baissant les paupières, mon beau-frère s'est tué dans un accident. Sa voiture a percuté la glissière de sécurité de Sequoya Bridge et a basculé dans le fleuve.

— C'est affreux…

Ils restèrent un moment silencieux, chacun semblant apprécier la portée de ces dernières révélations. Si la soirée s'annonçait plutôt distrayante au départ, le tour qu'elle avait pris maintenant manquait pour le moins de légèreté… Breanna se sentait responsable. Son voisin ne connaissait pas la ville, il avait sans doute envie de passer quelques jours de vacances tranquilles et tout ce qu'elle lui offrait, c'étaient des histoires sinistres et des bleus sur le crâne ! Décidément, Kurt avait bien raison : elle n'était pas douée pour le bonheur !

— Pensez-vous que le pressentiment de votre cousine ait quelque chose à voir avec les coups de téléphone anonymes que vous avez reçus ? reprit Adam, les sourcils froncés. Au fait, qu'avez-vous trouvé au sujet de ce Michael Rivers ?

Ils venaient d'arriver devant leurs domiciles respectifs et ils se firent face, comme si chacun cherchait un prétexte pour prolonger un peu l'instant. Adam posa une main sur le bras de Breanna qui l'accueillit avec un réel réconfort. Aussi étrange que cela pût paraître, en présence de cet homme, elle se sentait plus forte, plus assurée. Elle allait lui répondre quand un cri aigu déchira la nuit.

— Maggie ! s'écria-t-elle en se précipitant vers le jardin.

La fillette se trouvait dans l'allée principale, la tête levée vers le grand chêne, les yeux emplis d'horreur et les lèvres tremblantes. Breanna la prit par les épaules et tourna les yeux vers l'arbre, curieuse de savoir ce qui pouvait bien l'effrayer à ce point.

Pendu à une corde passée autour de son cou, l'ours en peluche se balançait, au-dessus du petit berceau en plastique rose.

6.

Adam n'en croyait pas ses yeux. Breanna avait affaire à un pervers, ça ne faisait aucun doute. Pour s'en prendre ainsi à un enfant et tirer jouissance de la peur qu'on provoque chez lui, il fallait vraiment être tordu. Que cherchait au juste ce sadique ? Mystère… Spontanément, le jeune homme prit Maggie dans ses bras et la détourna de cette scène sinistre.

— Rachel…, murmura Breanna en courant vers le porche.

Elle sortit ses clés puis son arme de son sac. Adam la regarda s'éloigner, impuissant. Il aurait voulu prendre les choses en main, inspecter la maison, régler son compte à ce cinglé, enfin se rendre utile, la protéger ; mais c'était elle le flic. Au fond, elle avait plus que lui l'habitude des situations critiques. Il caressa les cheveux de la fillette, qui sanglotait doucement au creux de son épaule, et attendit, le cœur battant, que sa voisine ressorte. Pourvu qu'il ne lui arrive rien, c'est tout ce qu'il espérait. Si les soupçons de Breanna s'avéraient, elle devait craindre pour la vie de sa baby-sitter. Apparemment, Michael Rivers, l'ex de Rachel et le seul suspect pour le moment, n'était pas un saint, loin de là…

— Personne, déclara Brea en apparaissant dans l'encadrement de la porte. Ma baby-sitter n'est pas là. Je n'ai pas l'impression que quoi que ce soit ait été bouleversé à l'intérieur.

Adam hocha la tête. Ces informations ne l'étonnaient pas vraiment. La pendaison de la peluche sonnait seulement comme un avertissement. Tout comme la berceuse, d'ailleurs. Le petit plaisantin qui jouait ainsi avec les nerfs de Breanna ne semblait pas disposé à passer à l'acte immédiatement. Il se contentait pour l'instant de faire monter la pression.

— Maman, je voudrais qu'on détache monsieur l'Ours, gémit Maggie.

— Pas maintenant, ma chérie. Oncle Clay va venir. C'est lui qui va s'en occuper.

— Tu sais, continua Adam, qui redoutait que ces événements pénibles ne traumatisent la petite, peut-être que monsieur l'Ours est monté là-haut par gourmandise. Je suis sûr qu'il a repéré un bel essaim d'abeilles et qu'il a eu envie de goûter leur miel.

— Oui, mais maintenant, il a peur. Il veut redescendre.

Adam serra la fillette contre lui et alla s'asseoir sous le porche. Bien sûr, même si elle ne pouvait comprendre ce qui se tramait, elle sentait qu'il y avait quelque chose de grave dans tout ça. Quelque chose de dangereux, dont on avait raison de s'effrayer. On ne s'en prenait pas sans raison à un ours en peluche. Il y avait, dans cet acte, une cruauté, un sadisme perceptible, même pour un tout petit enfant. Breanna sortit elle aussi et composa un numéro sur son portable. Une main sur le front, elle faisait les cent pas, les mâchoires crispées, concentrée sur la marche à suivre.

Elle contacta d'abord Rachel sur son portable pour s'assurer au plus vite que la jeune femme était en bonne santé. Apparemment, celle-ci avait quitté la maison avec des amis peu après leur départ. Tout allait bien. Puis elle appela Clay et Savannah et leur exposa brièvement la situation avant de leur demander de rappliquer. Lorsqu'elle en eut terminé, Maggie dormait profondément.

— Voulez-vous que je la prenne ? proposa-t-elle.

— Non, ça va. Mieux vaut ne pas la réveiller. Elle est bien, là.

C'était la première fois qu'un enfant s'endormait entre ses bras et Adam en ressentait une émotion particulière, tout entière contenue. Ce qui le touchait par-dessus tout, c'était la confiance que lui témoignait la fillette. Il fallait aussi qu'elle se sente en sécurité près de lui pour s'abandonner comme ça.

— Vous avez raison, acquiesça Breanna en esquissant un sourire. D'autant que je préfère ne pas déranger sa chambre avant l'arrivée de Clay. Je serai plus tranquille quand il aura inspecté la maison. Lorsque nous sommes partis tout à l'heure, l'ourson était sur le lit de Maggie. Quelqu'un est forcément allé le chercher...

— Vous voulez dire qu'on est entré par effraction ?

— La porte de derrière a été forcée.

— Vous n'avez donc pas d'alarme ?

— Cherokee Corners est une petite ville, Adam. Le taux de criminalité n'est guère élevé et les cambriolages sont plutôt rares. Je ne pensais pas en avoir besoin.

— Vous ne m'avez pas répondu tout à l'heure, au sujet de ce Rivers, allégua Adam après un temps. Vous avez du nouveau ?

— Je me suis entretenue avec son contrôleur judiciaire, il m'a donné son adresse. D'après lui, Michael se tient à carreau. Il a un job à plein temps et se présente régulièrement aux rendez-vous qu'on lui fixe. Il a même entamé une psychanalyse comportementale pour apprendre à refréner ses pulsions.

— Ouais, tout ça ne prouve rien, fit remarquer Adam.

— C'est bien aussi ce que je pense. J'avais prévu de lui rendre une petite visite demain avec Abe, mais je ne sais pas ce que fabrique mon coéquipier, je n'arrive pas à le joindre. Apparemment, il n'est pas en ville...

100

Un bruit de moteur interrompit leur conversation. Rita sauta de voiture avant même que son mari ait coupé le contact.

— Savannah m'a appelée, expliqua-t-elle tout de suite. Nous allons garder Maggie, au moins pour cette nuit. Le temps que tu règles tout ça.

Mme James leva les yeux vers la peluche pendue sous le chêne et son regard, instantanément, s'assombrit.

— Ça ressemble à un coup de Raven Mocker…

— Je t'en prie, Rita. Epargne-nous tes histoires de revenants, intervint Thomas, les sourcils froncés.

Il prit Maggie des bras d'Adam avant d'ajouter :

— J'ai appelé Glen, il met toute l'équipe sur le coup.

— Papa… tu n'avais pas besoin d'alerter le chef, protesta Breanna tandis que deux nouvelles voitures arrivaient en trombe. L'affaire n'est sans doute pas si grave…

— Ne t'inquiète pas pour Maggie, elle sera en sécurité chez nous, trancha son père sans la laisser terminer.

Il s'éloigna, immédiatement suivi de sa femme, tandis que Clay et Savannah arrivaient l'un derrière l'autre, visiblement soucieux. Sans prononcer un mot, le frère de Breanna sortit un bloc-notes et un stylo de la poche de son veston, et entreprit d'inspecter les abords de l'arbre. Savannah, elle, vint embrasser sa sœur et sourit à Adam. A l'évidence, les James formaient un clan particulièrement soudé. On ne touchait pas impunément à l'un de ses membres ; qu'on s'en prenne à l'un d'entre eux et les autres montaient immédiatement au créneau. Ce n'était pas vraiment une découverte, d'ailleurs ; Adam en avait eu l'intuition dès leur première rencontre. Disons que, dans l'adversité, la chose se confirmait.

Une voiture de patrouille déboucha au coin de la rue et ne tarda pas à venir se garer devant la maison. Il en sortit deux officiers de police, un petit brun en uniforme et un molosse en civil qui avait plutôt l'air antipathique. Le chef, à en croire l'autorité avec laquelle il s'adressait à son acolyte.

— Glen Cleberg, confirma à voix basse Breanna avant de s'avancer vers son supérieur.

A l'évidence, la jeune femme se serait passée de cette intervention au sommet. L'arrivée du boss avait ajouté à sa tension, c'était indubitable.

— Que se passe-t-il ici ? tonna ce dernier.

Il posa les mains sur ses hanches et leva le nez vers la branche que Clay lui indiquait.

— Ouais, encore une histoire de cinglé ! fit-il sur le même ton. Qu'avez-vous fait pour vous coller un toqué pareil sur le dos ?

Apparemment, Cleberg ne s'embarrassait pas de psychologie ! On pouvait même dire qu'il manquait cruellement de finesse. Il déplut d'emblée à Adam qui, instinctivement, se rapprocha de Breanna.

— Excusez-moi, monsieur, mais j'estime ne rien avoir à me reprocher, protesta poliment la policière.

— Adam Spencer, intervint le jeune homme en tendant la main à son chef, désireux de couper court à un entretien qui s'annonçait désagréable pour sa protégée. J'habite à côté.

L'homme fronça les sourcils et lui rendit une poignée de main énergique.

— Je ne vous ai jamais vu par ici.

— C'est tout naturel, je viens d'emménager.

— M. Spencer est peintre, expliqua Breanna. Il s'intéresse à la culture cherokee. Il n'est là que pour quelques semaines.

— Un touriste, en somme ? J'espère que vous n'allez pas vous imaginer, jeune homme, que ce genre de fantaisie est monnaie courante à Cherokee Corners ! fit Cleberg en désignant la peluche. Il y a de vieilles chouettes superstitieuses par ici, qui se feraient certainement un plaisir de vous assommer avec des

102

contes à dormir debout. Les Indiens, voyez-vous, croient aux esprits et à toutes sortes de fadaises de cet acabit !

— Je ne suis guère impressionnable, monsieur, répliqua Adam avec un sourire contraint. Et jusqu'à présent, votre ville m'a plutôt fait l'effet d'un endroit tranquille et sans histoire.

Cleberg poussa un grognement qu'Adam, faute de mieux, prit pour un signe de satisfaction, puis il se retourna vers Breanna. Celle-ci devait être habituée à entendre son chef dénigrer son peuple parce qu'elle était restée parfaitement impassible. Racisme ordinaire, songea Adam. Sans doute l'officier ne se rendait-il même pas compte du caractère offensant de ses propos.

— Alors, de quoi s'agit-il ? beugla ce dernier.

Breanna lui fit un bref topo : les coups de fil anonymes, l'incident avec le rôdeur, ses soupçons concernant Michael Rivers.

— Tiens, il n'est pas derrière les verrous, celui-là ? s'étonna Glen.

— Il est sorti il y a un mois et vit à Sycamore Ridge.

— J'espère que cette petite frappe n'a pas l'intention de venir faire du grabuge dans ma circonscription !

Cleberg leva les yeux vers le chêne et poussa un soupir. Clay avait fini de prendre des photos et s'apprêtait à monter dans l'arbre pour récupérer la peluche et le berceau.

— Vous vous rendez compte, je suppose, que les éléments dont vous disposez sont très insuffisants, déclara l'officier. Des appels anonymes, un voyeur que personne ne peut décrire, on ne va pas aller bien loin avec ça.

— Vous oubliez ce qui s'est passé ce soir, intervint Adam, que la désinvolture du bonhomme commençait à agacer. Un ours en peluche pendu à un arbre, ce n'est pas vraiment banal, non ? Qu'en pensez-vous ?

— Mon avis sur la question n'importe guère, Adam, maugréa Cleberg. Je vous parle de procédure, c'est tout. Au mieux, on peut coincer le type, à supposer qu'on le retrouve, pour atteinte à la propriété privée. Vandalisme à la rigueur. Inutile de vous dire que ce genre de dossiers n'est pas prioritaire. C'est comme ça, que voulez-vous ! La criminalité augmente, ici comme partout, mais on ne recrute pas pour autant.

— Je connais nos problèmes de sous-effectifs, chef, émit Breanna. D'ailleurs, je ne vous aurais pas dérangé pour si peu, mais mon père…

— Votre père a bien fait de me prévenir ! trancha le stentor. Figurez-vous que je me soucie du sort de mes officiers, et que je n'aime guère qu'on leur cherche des noises.

Adam le considéra un instant. Evidemment, Glen était tout d'un bloc. Du genre brutal. Bourru, du moins. Mais, passé ce premier abord, il se révélait peut-être plus compatissant qu'il n'y paraissait.

— Le coupable est entré dans la maison en forçant la porte de derrière, risqua prudemment le jeune homme. Il y a violation de domicile. Ça constitue sûrement un chef d'accusation plus solide ?

— Pourquoi n'avez-vous pas commencé par là ? gronda Cleberg. Savannah, Joseph ! Passez-moi cette maison au peigne fin. Le type y est entré !

— J'ai inspecté les lieux en arrivant, déclara Breanna. Je n'ai rien trouvé de suspect.

— On ne sait jamais. Dans ce genre d'affaire, deux vérifications valent mieux qu'une. Vous étiez sous le coup de l'émotion ; il se peut que notre homme soit encore à l'intérieur et que vous ne l'ayez pas vu. Ce sont des choses qui arrivent.

La sœur de Breanna et le sergent Donovan, le type qui accompagnait le chef à son arrivée sur les lieux, entrèrent dans la maison, arme au poing. Dans le même temps, Clay descendait du chêne, trois sacs en plastique à la main : un pour l'ours, un autre pour le berceau et le dernier pour la cordelette.

104

— Je vais emporter tout ça au labo, déclara-t-il en retirant ses gants. On ne sait jamais ; il se peut que je trouve des empreintes sur le plastique du berceau. Et avec un peu de chance, la peluche aura retenu quelques fibres ou même des cheveux.

— Je n'y crois guère, mais enfin…, soupira Breanna. Quoi qu'il en soit, prends bien soin de l'ours. Ne l'abîme pas. Maggie ne s'en remettrait pas. Elle va déjà être triste de ne pas le voir dans sa chambre quand elle rentrera…

— Ne t'inquiète pas, acquiesça son frère. J'ai l'habitude de travailler proprement. D'autre part, il ne faut rien attendre du relevé d'empreintes *in situ*. Le sol est trop sec. Je vais aller jeter un œil à la porte de derrière.

— Les James ont la situation bien en main ! plaisanta Cleberg presque pour lui-même, après que Clay se fut éloigné. Vous formez une sacrée équipe, tous les trois ! Bon, Breanna, j'attends votre rapport. Dès que Donovan en a terminé, on file.

Un quart d'heure plus tard, la voiture de patrouille quittait les lieux. Elle n'avait pas tourné l'angle de la rue qu'une jeune femme arrivait. Rachel Davis, à l'évidence. Adam la considéra un instant, assez pour lire sur son visage des signes indubitables d'angoisse. Elle fonça vers Breanna et se blottit dans ses bras.

— Rassemble quelques affaires, déclara Brea. Je ne veux pas que tu restes ici tant qu'on n'aura pas élucidé cette histoire. C'est trop dangereux.

Savannah fit un pas en avant et sourit à la baby-sitter.

— Viens chez moi, proposa-t-elle en lui prenant le bras. Ce n'est pas la place qui manque. Et puis, je ne serais pas contre un peu de compagnie.

Rachel se laissa faire sans dire un mot. Visiblement, elle était sous le choc et ne savait plus trop quoi penser. On voyait au premier regard que l'existence ne lui avait pas fait de cadeaux jusqu'à présent. Cet abattement, ce fatalisme qui émanaient d'elle en disaient long sur son accoutumance au malheur. Elle monta dans sa chambre et en redescendit bientôt, un petit sac de voyage à la main. Elle sourit tristement à Breanna et emboîta le pas à Savannah, qui ne tarda pas à démarrer la voiture.

Adam regarda un instant sa voisine. Difficile de dire si elle allait mieux. En fait, l'accablement manifeste de Rachel semblait l'avoir affectée au plus haut point. Ce n'était guère surprenant, d'ailleurs ; elle ne lui avait pas caché combien elle appréciait la jeune femme et se souciait de son bien-être. Breanna, cependant, ne laissait de l'étonner. Elle pouvait à la fois faire montre de sang-froid, comme toute bonne policière, et agir avec détermination, mais aussi préserver en elle une émotivité toute féminine qu'un métier comme le sien mettait pourtant à rude épreuve.

Elle lui fit signe de le suivre et ils montèrent à l'étage, où Clay en avait quasiment terminé avec son inspection.

— Rien à signaler, informa ce dernier avant de les mener jusque dans la chambre de Maggie.

En passant dans le couloir, Adam ne put s'empêcher de jeter un œil par une porte entrouverte. La perspective étroite qu'elle découpait exerçait sur lui une attraction irrépressible. La chambre de Breanna… Des couleurs pastel teintaient les murs, conférant à la pièce une sérénité tout orientale. Le lit était défait et les plis soyeux des draps constituaient un puissant appel à la rêverie. Il se prit à imaginer sa voisine, nue, étendue sur cette couche voluptueuse, le corps alourdi de sommeil. C'était bien le moment de fantasmer ! Il chassa bien vite ces images torrides de son esprit pour se concentrer sur la manière dont Clay passait au crible la chambre de Maggie, et laissa courir son regard sur les jouets éparpillés çà et là, les peluches et les poupées disposées avec ordre sur le lit et les petits fauteuils. La pièce était tout entière empreinte d'un parfum sucré, teinté de tendresse et d'innocence. L'enfance avait ceci de trompeur qu'elle laissait croire à sa profonde bienveillance ; mais lui savait combien les enfants pouvaient s'avérer cruels et briser le cœur de ceux qui les aimaient le plus. Tout naturellement, ses pensées le ramenèrent à Kurt, puis à son oncle et sa tante. Tout à l'heure, chez Alyssa, il avait pris la décision de parler sans attendre à Breanna. De lui révéler la véritable raison de sa présence à Cherokee Corners. Il se sentait suffisamment de liens avec la petite Maggie et d'affinités avec sa famille pour avertir les Randolf de son existence. Mais les derniers événements venaient changer la donne. Tant que cette histoire n'était pas réglée, mieux valait garder le silence. Breanna avait besoin de tout, sauf d'un nouveau choc !

— Tu es sûre que l'ours était sur le lit quand vous êtes parties ? demanda Clay lorsqu'il eut terminé sa fouille.

— Pour être honnête, je le croyais mais… je n'en suis plus aussi sûre à présent, avoua la jeune femme en passant une main dans ses cheveux.

— Maggie a pu le laisser dehors, suggéra Adam. Elle l'avait avec elle ce matin, sous le grand chêne.

— C'est possible…, admit Breanna.

— Je ne crois pas qu'il soit très utile de mettre la chambre sens dessus dessous, fit Clay. Je serais étonné qu'on trouve la preuve qu'on cherche. Ta porte a été forcée, c'est donc que quelqu'un a pénétré chez toi ; mais il y a peu de chance que nous parvenions à identifier l'individu. D'après ce que j'ai cru comprendre, cette affaire est liée à Rachel. Tu ferais mieux de creuser cette piste. En tout cas, ta fille n'a vraisemblablement rien à voir là-dedans.

— Tu as raison, acquiesça Breanna en soupirant. Il est inutile de s'affoler. Sans compter que Cleberg n'apprécierait sûrement pas que tu monopolises tout le labo pour une histoire aussi ridicule.

— Ne t'inquiète pas du patron, j'en fais mon affaire. Bon, je file. Dès que j'ai analysé les trois objets que j'ai ramassés, je t'appelle.

Ils redescendirent ensemble. Clay embrassa sa sœur, adressa un signe de tête à Adam et s'en alla.

— On ne peut pas dire que votre frère soit du genre loquace, observa Adam en regardant s'éloigner la voiture du policier.

— C'est le moins qu'on puisse dire ! Enfin, je suppose que c'est dans sa nature ; il a toujours été comme ça. Mais depuis qu'il bosse à la police scientifique, son côté misanthrope ne va pas en s'arrangeant.

— J'imagine que c'est un boulot très prenant…

— Accaparant, vous voulez dire ! Ils ne sont que trois experts en scènes de crime dans tout le comté.

La jeune femme avait détourné les yeux et regardait dans le vague. Après toutes ces allées et venues, la maison paraissait étonnamment vide maintenant. En fait, ils se retrouvaient tous les deux, seuls, à cette heure tardive, ce qui, Adam le concevait, n'était pas sans danger. Un silence gêné s'installa entre eux, chacun semblant hésiter quant à l'attitude à adopter. Breanna s'attendait-elle à ce qu'il parte, ou bien au contraire avait-elle envie qu'il reste ? A dire vrai, après ce qui venait de se passer, il n'avait guère envie de la laisser seule. Malgré le calme apparent dont elle faisait preuve, il ne doutait pas que les derniers événements l'aient profondément remuée. Et on l'aurait été à moins ! Découvrir le jouet fétiche de son enfant pendu à un arbre était absolument sinistre.

— Il faudrait peut-être renforcer la porte de derrière en attendant que vous changiez le verrou, suggéra-t-il prudemment.

— Vous avez raison, fit-elle avec une lassitude évidente. Mais j'avoue que je n'en ai pas le courage.

— Si vous nous prépariez un bon café pendant que je regarde ce que je peux faire ? En rangeant ma remise, l'autre jour, j'ai cru apercevoir des planches qui pourraient très bien faire l'affaire.

— C'est vrai, ça ne vous dérange pas ? Je veux dire… de rester un peu avec moi… ?

Adam esquissa un sourire. Si ça le dérangeait ? S'il avait osé, il l'aurait prise dans ses bras, l'aurait portée jusqu'à son lit douillet et lui aurait fait l'amour jusqu'à l'aube ! Pour la réconforter, bien sûr…

— Ne vous en faites pas, se contenta-t-il d'alléguer en s'éloignant vers l'arrière de la maison. Si je peux me rendre utile et vous faciliter un peu la tâche, vous m'en voyez ravi.

Breanna ne savait pas comment elle aurait réagi si Adam avait décliné son offre. Elle ne se sentait pas la force de rester seule ce soir, dans cette grande maison vide. Depuis qu'elle y habitait, elle s'en rendait compte maintenant, elle n'avait jamais passé une nuit sans Maggie. Le hasard, sans doute. Il aurait très bien pu arriver que la petite dorme chez ses grands-parents mais cela ne s'était pas produit. Aussi le silence qui régnait maintenant chez elle, après la macabre découverte de la soirée, lui était-il d'autant plus insupportable qu'il était inhabituel.

Elle avait pourtant vu des choses horribles depuis qu'elle était dans la police, mais la scène de ce soir l'avait bouleversée comme jamais. D'abord parce que, même indirectement, c'était Maggie qu'on visait en s'en prenant à son ours fétiche. Et puis cette manière de toucher à l'enfance lui glaçait les sangs. Comme le faisait la berceuse, chaque fois qu'elle l'entendait. Et elle balançait entre terreur et colère, se jurant que, si elle coinçait ce tordu, elle saurait lui faire passer l'envie de continuer sa petite comédie. Une question restait à élucider, la seule qui importait, d'ailleurs : qui ? Qui s'amusait à ce jeu sordide ? Qui était assez machiavélique pour mettre en scène de pareils scénarios ? Breanna le savait désormais : à moins de trouver rapidement une réponse à cette question, elle ne recouvrerait pas la paix de sitôt.

— Cette planche me semble parfaite, annonça Adam en entrant dans la cuisine. Je vais la clouer dans le chambranle de la porte. C'est une solution provisoire, bien sûr, mais ainsi barricadée, vous ne risquerez rien. Et lorsque le verrou aura été changé, je viendrai reboucher les trous et redonner un coup de peinture.

Il se mit au travail tandis que Breanna versait le café. Après avoir rempli deux tasses, elle s'assit à table et se prit à observer le jeune homme qui s'affairait. Depuis le départ de Kurt, elle avait fait face sans trembler aux menus tracas de la vie quotidienne et le bricolage ne lui avait jamais fait peur. Si elle avait parfois regretté la présence d'un homme, c'était pour d'autres raisons. Plus infimes, plus insignifiantes sans doute : l'odeur boisée d'un after-shave, le matin, dans la salle de bains, un corps chaud contre lequel paresser les jours de repos, deux tasses de café sur la table du petit déjeuner…

— Voilà ! fit Adam en prenant du recul pour admirer son œuvre. Ça devrait tenir quelque temps. Vous appellerez un serrurier dès demain, n'est-ce pas ?

— C'est bien mon intention, rassurez-vous, répondit-elle en lui indiquant la chaise en face d'elle. Du sucre, du lait ?

— Non, merci, déclara-t-il en s'asseyant. J'aime le café noir.

Il resta un instant silencieux, la regardant par-dessus sa tasse fumante. Breanna baissa les paupières. Pourquoi fallait-il que les yeux azur de cet homme la troublent à ce point ?

— Comment vous sentez-vous ? s'enquit-il.

Elle releva la tête, incrédule. Non, elle ne rêvait pas ; Adam avait vraiment l'air soucieux, concerné. Jamais Kurt n'avait fait preuve avec elle ne serait-ce que d'un début de sollicitude.

Qu'un homme pût sincèrement se préoccuper de ses états d'âme lui paraissait si incroyable qu'elle sentit des larmes lui monter aux yeux.

— C'est étrange, articula-t-elle d'une voix blanche. Mon métier m'a donné à voir bien des atrocités, mais la vision de cet ours se balançant au-dessus du vide... Je ne sais pas... je n'arrive pas à me le sortir de l'esprit.

— C'est normal. Les tragédies auxquelles vous êtes amenée à assister d'habitude ne vous touchent pas directement. Mais cette fois, ces menaces vous impliquent, vous, votre famille et ceux que vous aimez.

— Quand je pense qu'on en veut à Rachel... Comme si elle n'avait pas déjà suffisamment souffert. Plus j'y pense, plus je suis convaincue que Michael Rivers est derrière tout ça. C'est la seule piste qui tienne le coup, de toute façon. J'ai l'intention d'aller faire un petit tour à Sycamore Ridge dès demain pour avoir une petite discussion avec lui.

— Dans ce cas, permettez que je vous accompagne.

— Adam, je ne peux pas vous demander une chose pareille ! s'exclama-t-elle, surprise par la fermeté de ton que son voisin avait employée.

— Mais vous ne m'avez rien demandé.

Il s'adossa à sa chaise, souriant d'un air tranquille, détaché. Sûr de lui, en somme.

— Vous m'avez bien dit que votre partenaire était injoignable ? reprit-il en manière d'explication. Vous n'imaginez tout de même pas que je vais vous laisser interroger ce type toute seule ? Je peux prendre un air très dissuasif quand je veux ! Menaçant, même.

Breanna écarquilla les yeux. Avait-elle bien entendu ? Malgré son abattement, ou peut-être à cause de lui d'ailleurs, elle éclata de rire.

— Pardonnez-moi, Adam, dit-elle enfin en avalant une gorgée de café. Ne croyez pas que je me moque de vous mais j'ai du mal à croire que vous puissiez jouer les gros bras. Il suffit de vous voir pour comprendre que vous appartenez au camp des gentils, comme vous le disiez si bien vous-même l'autre soir.

— Peut-être, mais quand on s'en prend à des gens auxquels je tiens, je suis capable du pire, croyez-moi.

Comme pour donner plus de poids à ses paroles, il fronça les sourcils et son regard clair se durcit. Maintenant, il avait quelque chose d'impressionnant, en effet. Comme si sa sensibilité et sa bonhomie coutumières avaient cédé la place à une force mâle, fauve ; comme s'il se tenait prêt à bondir. Breanna réprima un frisson. Cet homme, décidément, avait de multiples cordes à son arc…

— Inutile de vous dire que votre présence à mon côté déroge complètement au code de procédure, déclara-t-elle en manière d'assentiment. Autrement dit, en tant que civil, vous n'êtes absolument pas censé prendre part à un interrogatoire de police. Il vous faudra rester parfaitement silencieux. Sinon, Rivers pourrait se retourner contre nous en invoquant un vice de forme.

— Ça me va, fit-il en haussant les épaules. Je me contenterai de prendre une mine rébarbative et de bomber le torse, histoire d'éviter tout débordement.

— Soit, conclut-elle. Nous partirons dès que le serrurier sera passé.

Ils terminèrent leur café en silence, chacun semblant goûter avec bonheur aux minutes de paix qui leur étaient enfin offertes. Breanna, maintenant, se détendait. Sans doute la présence de son voisin y était-elle pour quelque chose. Car certes, cet homme éveillait en elle des pensées confuses, contradictoires, voire audacieuses, mais il avait également le don de la rassurer. A son côté, elle se sentait en sécurité. Plus forte aussi.

— J'aime beaucoup votre maison, dit-il en lui souriant. Si j'ai bien compris, vous l'avez entièrement retapée ?

— Je suis contente qu'elle vous plaise. En fait, ma famille et moi, nous avons mis presque trois ans pour arriver à ce résultat. Nous n'avons pas ménagé nos efforts, croyez-moi !

Elle lui sourit à son tour et planta son regard dans le sien, comme magnétisée par ses prunelles vives et scintillantes. C'était la première fois qu'ils se retrouvaient seuls depuis leur première rencontre, et Breanna était curieuse d'en apprendre davantage sur cet homme. De savoir d'où il venait, par exemple, de quoi son passé était fait, ce genre de choses.

— Vous avez dit à Maggie que vous aviez été élevé par votre oncle et votre tante, risqua-t-elle. Ils n'avaient pas d'enfants ?

— Si, un fils, répondit-il, étrangement laconique.

Le sujet, sans doute, était douloureux.

— Ça n'a pas dû être facile pour vous, de vous faire une place dans la famille. Vous aviez onze ans, c'est ça ?

— C'est ça. Evidemment, dans les premiers temps, j'ai eu un peu de mal. Mes parents me manquaient terriblement. Mais mon oncle et ma tante sont des gens très bien. Ils m'ont donné beaucoup d'amour.

— Je ne sais pas pourquoi, mais je vous imagine plutôt docile, enfant.

— C'est le moins qu'on puisse dire ! s'exclama-t-il, une pointe d'amertume dans la voix. Aussi loin que je me souvienne, j'ai toujours eu peur d'être abandonné. Pourtant jamais mes parents adoptifs ne m'ont maltraité, croyez-moi ! Mais je me suis toujours tenu à carreau. C'est sans doute ce qui a permis à mon cousin de faire les quatre cents coups ; il devait penser que mon obéissance compensait, d'une certaine manière, dans l'esprit de ses parents, les déceptions qu'il leur causait.

— Drôle de raisonnement…

— Hum… Assez parlé de moi, trancha subitement Adam en se redressant. J'ai entendu dire qu'il allait y avoir une fête au centre culturel, le week-end prochain. Vous faites partie du comité organisateur ?

— Non, mais j'y serai. Maggie doit danser la *Stomp* le dimanche après-midi.

Adam la regarda d'un air interrogateur. Evidemment, le mot était cocasse.

— C'est une cérémonie rituelle chez les Cherokee, expliqua Breanna en souriant. Les danseuses exécutent une série de mouvements codifiés, en cadence, avec des carapaces de tortue remplies de petits cailloux autour de la taille qui bruissent à chacun de leurs pas.

— Je vois. Vous avez dansé la… *Stomp*, vous aussi, dans votre jeunesse ?

— Savannah et moi n'aurions raté ça pour rien au monde ! s'exclama-t-elle, enjouée.

— Et Clay ? C'est un rituel réservé aux filles, peut-être… ?

Breanna hésita un instant. Elle adorait son frère, mais bien des aspects de sa personnalité lui échappaient complètement. Il était si différent… Très jeune, il s'était forgé un monde intérieur, un jardin secret auquel la famille n'avait jamais vraiment eu accès.

— Pas du tout, répondit-elle enfin. Ces cérémonies sont mixtes. Jusqu'à l'adolescence, mon frère a toujours pris part à nos commémorations. Et puis subitement, il n'a plus voulu entendre parler de ses origines indiennes.

— Pourquoi ?

— Mystère, avoua Breanna. C'est une grande source d'inquiétude pour notre mère. J'imagine que ce n'est pas facile à vivre pour lui non plus, d'autant que nous nous sommes tous

114

beaucoup impliqués dans la vie de notre communauté. Mais il refuse d'en parler.

— Peut-être le fera-t-il un jour… Savoir qui on est, être en paix avec ses origines, voilà des écueils qu'on ne surmonte pas en un jour. On n'a parfois pas assez d'une vie pour être au clair avec soi-même. Mais je change de sujet : quand votre mère est arrivée tout à l'heure, et qu'elle a découvert l'ours pendu, elle a dit quelque chose que je n'ai pas compris. Elle faisait allusion à un certain… Raven Mocker. Qui est-ce ?

Breanna sourit. Si Adam s'intéressait aux coutumes indiennes, on pouvait dire qu'il avait frappé à la bonne porte. Son initiation allait bon train ! Elle lui décrivit en deux mots ce personnage tant redouté des Cherokee, lui racontant comment l'esprit malin du Raven venait torturer les mourants sur leur lit d'agonie en leur faisant connaître mille peurs. Une fois ses victimes *adpatres*, le démon leur arrachait mystérieusement le cœur sans fendre leur poitrine, et le mangeait, s'assurant ainsi sa propre longévité.

— Mais je vous ai assez retenu, déclara-t-elle lorsqu'elle eut terminé son récit. Il est tard, nous devrions aller dormir.

Soudain, elle avait eu envie de briser là et de rétablir entre eux la distance derrière laquelle elle s'était jusqu'à présent retranchée. Peut-être parce qu'elle sentait sa volonté fléchir. Avec l'agitation de la soirée, ce silence autour d'elle, et la fatigue qui prenait le dessus, elle craignait, si son charmant voisin demeurait un instant de plus, de ne voir s'émousser ses dernières résistances. Ne lui avait-elle pas demandé de rester auprès d'elle ? Et si, maintenant, elle allait se laisser séduire ? Non, vraiment, il valait mieux éliminer tout motif de tentation. Elle était trop vulnérable. A son grand soulagement, Adam se leva en même temps qu'elle et se dirigea vers la porte d'entrée.

— Vous êtes certaine que ça va aller ? s'enquit-il quand ils furent sous le porche.

— Ne vous inquiétez pas. Je suis flic. Et mère célibataire, de surcroît. J'ai l'habitude de faire front.

— Je n'en doute pas, murmura-t-il en la regardant avec intensité.

Il allait l'embrasser, c'était évident. Et elle avait beau se donner mille raisons de se refuser à lui, insensiblement, elle laissait ses lèvres se rapprocher des siennes. C'était une sorte d'envoûtement ! Comme si sa vie n'avait pas été suffisamment compliquée comme ça ! Mais elle ne pouvait pas lutter. Quand elle sentit sur sa peau le souffle brûlant de son partenaire, elle envoya valser tous ses principes. Elle plongea sa main dans l'épaisse chevelure brune et s'abandonna à lui avec une passion telle qu'elle en oublia jusqu'aux terribles circonstances qui les avaient réunis. Adam lui répondait avec fougue, pressant son corps contre le sien, enlaçant étroitement sa taille. Ce contact était si suave, si chaud ; il contrastait si bien avec le vent froid de la nuit… Le jeune homme fit courir ses lèvres le long de son cou et elle frissonna, tout entière emportée par les images torrides que cette sensation faisait naître en elle. Oui, elle le désirait, éperdument ! Plus encore, elle avait en lui, en cet homme débarqué de nulle part et dont elle ignorait tout, une confiance absolue ! La maison était vide, Maggie chez ses grands-parents, Rachel chez Savannah, ils pouvaient passer la nuit ensemble sans que personne, jamais, n'en sache rien…

— Adam, murmura-t-elle en renversant la tête en arrière. Fais-moi l'amour…

Le jeune homme desserra son étreinte et recula légèrement pour plonger son regard dans le sien.

— Il n'y a rien que je désirerais davantage, lui dit-il en lui caressant les cheveux. Mais… tu es encore sous le choc et… Enfin, pour être clair, je ne voudrais pas que demain, tu regrettes ta décision.

Elle baissa les yeux. D'où cet homme tirait-il une telle tempérance ? Où avait-il acquis cette humilité, cet altruisme ? Alors qu'il lui aurait été facile de profiter de la situation et de ne considérer que sa propre satisfaction, il se souciait encore d'elle. Pourtant, ce renoncement lui coûtait, c'était palpable.

— Il est possible que je ne sois plus tout à fait moi-même, en effet, convint-elle.

— Ne crois surtout pas que tu ne me plais pas, reprit-il d'une voix douce. J'ai été sous le charme à la seconde où je t'ai vue. Mais j'aurais l'impression de gâcher notre relation en brusquant les choses. De trahir la confiance que tu me portes. S'il a pu m'arriver de jouer les protecteurs, ce n'était pas par intérêt, tu peux en être sûre. Je ne voudrais pas que tu croies, après coup, que j'ai simulé dans le seul but de coucher avec toi.

— Je comprends, répondit-elle, incapable maintenant de soutenir l'intensité de son regard.

— On se voit toujours demain ?

Elle se contenta de lui sourire en acquiesçant d'un signe de tête. La seconde d'après, il avait disparu. Elle ferma la porte à double tour et monta dans sa chambre. Le silence des lieux contrastait étrangement avec l'agitation qui s'était emparée de son esprit. Elle éprouvait une sorte de frustration, contrecoup manifeste de l'émoi qui venait de l'assaillir. En même temps, elle se sentait reconnaissante envers Adam. Ce soir, il l'avait avant tout protégée d'elle-même. Depuis le premier jour, elle avait été attirée par lui. Leur première entrevue avait suffi à la convaincre qu'elle pouvait lui faire confiance. Si ce soir l'attitude du jeune homme lui avait prouvé qu'elle avait eu raison de croire en lui, qu'en serait-il de l'avenir ? Elle avait cru en Kurt, aussi. Et ça ne l'avait pas empêché de la trahir. Si elle s'était à ce point trompée sur l'un, elle pouvait se tromper aussi sur l'autre. Et puis, elle s'était juré de ne plus mêler d'homme à sa vie. L'idée d'imposer à Maggie un beau-père qui la décevrait nécessairement un jour la faisait frémir par avance et la dissuadait de s'attacher à quiconque.

Mais elle extrapolait, comme d'habitude. Après tout, Adam ne lui avait rien demandé, et surtout pas de s'engager. Qu'y avait-il de mal à passer une nuit avec lui ? C'était un acte sans conséquence. Juste un moment de plaisir… Elle se déshabilla et se glissa sous la couette en fermant les yeux, s'efforçant de faire revivre leur étreinte, leurs baisers. Ces caresses avaient tourné court, mais quelle volupté ! Ainsi elle n'était pas seulement un flic, une mère de famille ? Elle était aussi une femme ! Dire qu'elle avait fini par l'oublier…

Le sommeil, lentement, engourdissait ses membres. Elle poussa un soupir et tourna la tête sur l'oreiller. Il fallait qu'elle dorme. Elle n'avait vraiment pas l'énergie de ruminer davantage. Pas ce soir.

Elle allait sombrer lorsque le téléphone retentit.

7.

Adam n'avait jamais mis sa détermination à si rude épreuve. Fuir Breanna alors même qu'elle semblait partager son désir, dans cet instant si particulier où, pour la première fois peut-être depuis leur rencontre, ils se livraient l'un à l'autre, lui avait fait l'effet d'un arrachement. Pourtant, il n'avait pas d'autre choix. Tant que la jeune femme ignorerait la raison de sa présence à Cherokee Corners, il ne pourrait dignement s'autoriser la moindre intimité avec elle. La perspective des révélations qu'il avait à lui faire, à mesure que le temps passait, l'effrayait suffisamment pour ne pas ajouter encore une difficulté à ses aveux. Parce qu'à l'évidence, Breanna risquait d'être choquée en apprenant la vérité sur les liens qui l'unissaient à son ex-mari. Et ce serait pire si elle se croyait aimée. Elle se sentirait trahie, indubitablement. Plus encore, elle ne supporterait pas d'avoir tenu entre ses bras le cousin de celui qu'elle haïssait certainement le plus au monde.

Il s'écroula sur le sofa du salon et attendit que son rythme cardiaque retombe. Aussi loin que remontaient ses souvenirs, il ne croyait pas qu'une femme l'ait ému à ce point. Plus il connaissait Breanna, plus il avait envie d'elle. Plus grand, aussi, était son désir de passer du temps à ses côtés, de partager sa vie. C'était vraiment absurde ! Il avait suffi que cette belle Indienne pose sur lui ses yeux de velours pour qu'il fonde complètement. Pourtant, il le savait, ses jours en Oklahoma étaient comptés. Sitôt sa mission accomplie, il retrouverait son existence : Kansas City, le bureau, une vie bien réglée de célibataire endurci. En attendant, ce qui lui restait à accomplir s'annonçait ardu. D'autant que les nerfs de Breanna venaient de subir un rude coup. Résisterait-elle à un nouveau choc ? Rien n'était moins sûr.

Il fallait qu'il trouve le moyen de présenter la chose de manière acceptable. Si seulement il savait ce que Kurt avait pu raconter sur sa famille. Avait-il au moins évoqué ses parents ? Avait-il parlé à sa femme de son cousin orphelin ? Kurt avait une telle propension à travestir la réalité qu'on pouvait s'attendre à tout de sa part. Au fond, peu importait. Tergiversations inutiles, se dit-il en se passant la main dans les cheveux. Il en connaissait suffisamment sur Breanna et sa fille pour savoir que les Randolf n'auraient qu'à se féliciter de découvrir leur existence. C'est tout ce qu'il devait avoir en tête, maintenant. Dire la vérité, et au plus vite.

Quand il lui aurait dit qui il était, il se sentirait mieux. En paix avec lui-même. Il verrait bien, alors, ce qu'il adviendrait. Sans doute Breanna ne voudrait-elle plus entendre parler de lui. Eh bien, il perdrait là une opportunité de passer un bon moment, mais au moins aurait-il fait preuve d'honnêteté...

Adam se leva et monta dans la salle de bains ; d'abord une douche chaude, ensuite, une bonne nuit de sommeil. Dès la première heure, il parlerait à Breanna. Qu'importait sa réaction ? Il saurait y faire face, de toute façon.

Il se réveilla vers 6 heures, après une nuit agitée, peuplée de songes torrides. Le soleil pointait à l'horizon lorsqu'il sortit sous le porche, sa tasse de café à la main. Dire que la veille il avait emmené une mère de famille et son enfant manger des glaces ! Incroyable ! Si on lui avait dit que non seulement une idée pareille lui effleurerait l'esprit, mais qu'en plus il y prendrait

120

plaisir, il aurait éclaté de rire. Et pourtant… Pas un instant il ne s'était ennuyé. Maggie avait englouti sa glace avec une telle gloutonnerie qu'elle s'en était mis jusqu'aux oreilles ! Elle lui avait raconté une foule d'histoires sur les coutumes indiennes, elle lui avait aussi fait la liste de ses jeux préférés, bref, elle lui avait témoigné tant de confiance et d'affection qu'il en ressentait encore une émotion vive. Inédite, aussi. Jamais il n'aurait imaginé s'attacher de la sorte à une enfant.

Sans doute était-ce lié au fait qu'elle ait grandi sans père, que Kurt se soit si cruellement détourné d'elle. Adam avait beau n'être pour rien dans toute cette affaire, il se sentait en partie responsable. Mais il fallait qu'il reste vigilant. S'il laissait ses sentiments prendre le dessus, il courait à la catastrophe ! D'autant que la petite n'était pas la seule à titiller son affectivité. Sa mère ne s'y prenait pas mal, elle non plus…

Il alla se remplir une nouvelle tasse et s'assit sur les marches du perron. L'air s'était déjà adouci et une brise molle, annonciatrice de chaleur, courait entre les arbres. Il vit bientôt arriver une camionnette. Le serrurier, selon toute apparence. Un jeune homme maigre, un feuillet à la main, en sortit et alla frapper à la porte de Breanna. De là où il était, Adam ne pouvait la voir mais il devina qu'elle invitait l'ouvrier à entrer. Après quelques minutes, ce dernier ressortit pour revenir avec une trousse à outils.

Adam s'étira. Le gars n'en aurait certainement pas pour très longtemps, aussi fallait-il se tenir prêt. La jeune femme souhaiterait sûrement partir au plus vite. Apparemment, leur petite escapade à Sycamore Ridge excédait les limites de son service et elle ne tenait sans doute pas à empiéter outre mesure sur son temps de travail.

Une demi-heure plus tard, le serrurier ayant quitté les lieux, Adam rassembla ses affaires et se présenta chez sa voisine.

— Bonjour, fit-elle avec un sourire forcé.

Elle avait l'air épuisée. Soucieuse aussi, à en croire ses yeux cernés.

— Un problème ? s'enquit-il, inquiet, en la suivant dans la cuisine.

— Café ? proposa-t-elle pour toute réponse.

Elle lui fit vaguement signe de s'asseoir et sortit deux tasses du placard.

— Breanna, je vois bien que quelque chose ne tourne pas rond, insista-t-il en acquiesçant à l'invitation. Il est arrivé quelque chose cette nuit, c'est ça ?

Elle versa le café, l'air absent.

— J'ai reçu un nouveau coup de fil.

Il marqua un temps avant de reprendre.

— La berceuse ?

— Oui, toujours la même. Seulement cette fois, lorsque la chanson s'est coupée, le type s'est montré plus loquace. Il m'a demandé si j'avais apprécié son petit cadeau.

— Pas de doute, cette fois, conclut pensivement Adam. Il s'agit du même homme. Ces appels anonymes ne sont pas le fait du hasard. La voix ne te dit rien ?

— Je me suis creusé la tête toute la nuit, mais non, vraiment, ça ne m'évoque rien. En fait, elle était voilée. Comme si ce cinglé l'avait déguisée.

— Il a ajouté quelque chose ?

— Rien. Et il a raccroché brutalement, comme d'habitude, avant que j'aie pu dire quoi que ce soit.

— Tu n'as aucun moyen de l'identifier, en somme ?

— J'ai appelé le service des renseignements, mais ils n'ont rien pu me dire.

— Tu sais que certains téléphones affichent le numéro des correspondants ? Il existe des appareils perfectionnés qui fonctionnent bien mieux que le standard central.

122

— Oui, mais… Je ne suis guère adepte des technologies sophistiquées. Je n'ai ni le câble, ni d'ordinateur, ni même de répondeur. Et je survis malgré tout ! Ça étonne tout le monde, mon père, entre autres, qui ne rate pas une occasion de se payer ma tête : d'après lui, j'en suis encore à l'âge de pierre !

— Moi non plus, je ne suis pas accro aux nouvelles technologies, mais en l'occurrence, il me semble opportun que tu passes outre tes réticences. Quand on aura vu Rivers, on s'arrêtera acheter un appareil.

— Tu crois que c'est vraiment utile ? A mon avis, le type aura masqué son numéro. C'est la moindre des précautions quand on s'amuse à harceler quelqu'un au téléphone, non ?

— Sans doute, mais on ne sait jamais.

— Je suppose que ça ne coûte rien d'essayer, en effet, soupira-t-elle en regardant sa montre. Bon, Sycamore Ridge est à une heure de route. On y va ?

— C'est parti ! fit Adam en finissant son café d'une traite. Tu es sûre que tu te sens d'attaque ?

— Certaine, répondit-elle en esquissant un sourire. Disons que j'ai eu une nuit un peu difficile. Ajouté au fait que je ne suis pas vraiment du matin…

— Je vois… Je crois qu'il vaut mieux que je conduise. Je n'ai aucune envie qu'on finisse dans le décor !

Ils prirent bientôt place dans sa voiture et quittèrent Cherokee Corners tandis que les gens commençaient à se rendre au travail. Immédiatement, le parfum vanillé de la jeune femme envahit l'habitacle, ce qui eut le don de réveiller en lui ses démons de la veille. Heureusement, Breanna retrouvait un peu de son allant et se mit à l'entretenir de choses futiles. Adam, sinon, n'eût peut-être pas répondu de lui…

— Maggie m'a appelée ce matin, lui raconta-t-elle alors qu'ils entraient sur l'autoroute. Ses grands-parents étaient en train de se prendre le bec au sujet de son petit déjeuner.

— Ça a l'air de t'amuser !

— Je ne te l'ai pas dit ? Les disputes de mes parents sont proverbiales ! Et pas seulement dans la famille ! Maggie ne s'en inquiète pas plus que les autres ; elle sait qu'elles retombent aussi vite qu'elles ont commencé.

— C'est un comportement que je ne connais pas, confia Adam. Jamais mes parents adoptifs n'ont élevé la voix entre eux. Du moins, pas que je sache.

— Oh, c'est une question de tempérament, je suppose. Pour certaines personnes, et mes parents sont de ceux-là, hausser le ton, s'emporter, ne prête pas à conséquence. Au contraire, c'est leur manière de crever l'abcès et de passer à autre chose. Pour ma part, je préfère les relations plus pacifiques. Enfin, le problème ne se pose pas, puisque je n'ai aucune intention de vivre en couple.

— C'est un choix surprenant. Je veux dire… tu es jeune, séduisante, je suis sûr que tu ne manques pas de soupirants, allégua-t-il, la gorge nouée.

— Ça, c'est toi qui le dis ! De toute façon, ça n'a rien à voir. Chat échaudé craint l'eau froide !

— Mais… rien ne dit que l'histoire doive se répéter.

— En théorie non, bien sûr. Mais c'est plus profond que ça. En fait, j'ai tellement donné à Kurt que lorsqu'il m'a quittée, j'ai su que je ne pourrais jamais plus faire confiance à personne. Se livrer, montrer ses failles, pour qu'après, on vous foule aux pieds ? Non, merci. Mais tu vois sans doute très bien de quoi je parle, fit-elle en se tournant vers lui. Tu m'as bien dit que tu ne voulais ni femme ni enfants ? Qu'est-ce qui a bien pu te détourner de la vie de couple ? Une déception ?

— Disons que je ne me vois pas dans ce genre d'existence, c'est tout. Je t'avoue que je ne sais pas trop pourquoi. Peut-être ai-je seulement manqué de temps… Quand j'ai terminé mes études, mon oncle et ma tante m'ont prêté l'argent pour créer mon entreprise ; j'ai bossé comme un fou pour les rembourser au plus vite. En fait, c'est la première fois en cinq ans que je m'octroie de vraies vacances. Je n'ai jamais pris de temps pour moi. Un peu comme ton frère. Quand on est accaparé par son travail, il est difficile de se rendre disponible pour quelqu'un.

— J'entends tout ça, mais tu ne réponds pas vraiment à ma question. Tu es jeune, séduisant, je suis sûre que tu ne manques pas de prétendantes, claironna-t-elle avec un sourire provocateur.

— Détrompe-toi. Les femmes aiment les mauvais garçons, le genre baroudeur, aventurier. Je ne suis qu'un petit comptable. Pas très exotique, quand on y pense…

— Je crois qu'on surestime beaucoup le prestige des mauvais garçons, déclara Breanna en retrouvant une forme de sérieux.

— Tout à fait d'accord.

Ils échangèrent un regard complice, et Adam se concentra sur la route.

Comment lui expliquer son refus du mariage, des enfants ? Cette question était si intimement liée à son histoire personnelle. A moins d'évoquer Kurt, il était impossible de lui donner une réponse claire. C'était étrange d'ailleurs ; Breanna et lui partageaient la même réticence quant à leur vie affective et, dans les deux cas, Kurt Randolf y avait sa part de responsabilité. Adam n'y avait jamais songé jusque-là et l'idée lui laissa une impression dérangeante, presque désagréable. S'il n'avait pas passé son temps à rattraper les erreurs de son cousin, à se porter caution pour le sortir de prison, à payer ses factures ou bien à le protéger d'un mari jaloux, il se serait peut-être davantage préoccupé de sa propre vie privée.

Pourtant, Kurt était mort, et Adam persistait à se détourner de la vie de couple. Il ne pouvait donc tout mettre sur le dos de son cousin… A vrai dire, ses motivations profondes lui échappaient complètement et il aurait bien été en peine de répondre sur ce point à son interlocutrice. Fort heureusement, il n'eut pas à le faire. Ils arrivaient à Sycamore Ridge et Breanna lui indiqua la route qui menait chez Michael Rivers.

La jeune femme sentit un frisson la parcourir tandis qu'Adam garait la voiture devant l'immeuble de Rivers. Sycamore Ridge était une petite ville crasseuse et déshéritée, rongée par le chômage et la délinquance. Un de ces endroits sordides où l'on n'avait pas envie de faire long feu. La moitié des commerces avaient fermé, les trottoirs, craquelés par places, étaient jonchés de détritus débordant de hauts containers couverts de graffitis. Le bâtiment dans lequel logeait Michael était à l'image du reste : vétuste et délabré.

Breanna prit une profonde inspiration et appela le contrôleur judiciaire pour l'avertir de sa présence en ville et de son intention d'aller poser quelques petites questions à l'ancien détenu. Le magistrat n'y vit pas le moindre inconvénient, tant que sa présence n'était pas requise. D'après lui, il y avait toutes les chances pour qu'elle trouve Rivers chez lui : c'était son jour de congé.

— Bien, stipula-t-elle en se tournant vers Adam. Surtout, tu ne dis pas un mot. Tu te tiens en retrait et tu n'interviens pas.

— Ne vous en faites pas, agent James, assura le jeune homme. J'ai bien compris le message.

Visiblement, la situation l'amusait. Enfin… c'était peut-être mieux ainsi. Sa sérénité, comme toujours, avait quelque chose de communicatif. Elle lui fit signe de la suivre et se dirigea vers l'entrée du bâtiment. Quand ils furent devant la porte vitrée, elle sortit son revolver de son sac et le glissa dans la poche intérieure de sa veste.

— Tu t'attends à de la bagarre ?

— Pas particulièrement. Simple routine : on ne sait jamais où on met les pieds.

En approchant de l'appartement 3d, Breanna avala sa salive. Cette opération n'avait rien de routinier, comme elle venait de le prétendre. Bien au contraire. Non seulement elle n'était pas en service mais elle s'apprêtait à interroger un ex-taulard sans le moindre mandat ni l'aval de sa hiérarchie. Et tout ça accompagnée d'un civil ! Si ça tournait mal, elle serait dans de beaux draps… D'un autre côté, il était hors de question qu'elle laisse un jour de plus Michael Rivers leur pourrir l'existence. Un coup d'œil vers Adam lui assura qu'il était sur ses gardes, prêt à intervenir en cas de besoin. Cet homme était vraiment surprenant : à première vue, il semblait doux comme un agneau. Mais dans l'adversité, il pouvait changer totalement de visage. En l'occurrence, il s'était mis en tête de jouer au garde du corps et s'était composé un personnage plus que crédible.

Breanna frappa plusieurs coups brefs contre la porte, un panneau de bois branlant et vermoulu, qui avait dû être bleu autrefois mais dont les teintes jaunâtres d'humidité constituaient aujourd'hui l'unique apprêt. Elle tendit l'oreille tout en assurant ses appuis au sol, dans le cas où il lui faille réagir promptement. Rivers, c'était certain, la reconnaîtrait au premier coup d'œil — elle était à l'origine de son arrestation et avait témoigné contre lui lors de son procès. Il y avait donc de fortes chances pour qu'il ne l'accueille pas à bras ouverts.

— On dirait qu'il n'est pas là, chuchota Adam après quelques secondes d'un silence tendu.

— Il est tôt, répondit Breanna en frappant de nouveau. Peut-être dort-il encore. Son contrôleur judiciaire m'a dit qu'il avait travaillé tard hier soir.

— Ça vient, deux secondes ! grogna soudain une voix à l'intérieur.

L'instant d'après, la porte s'ouvrait sur un type trapu et légèrement bedonnant, torse nu et mal rasé. Il sortait visiblement du lit et avait juste pris le temps d'enfiler un jean à la hâte. Dès qu'il vit Breanna, son visage se ferma.

— Bonjour, Michael, dit-elle d'un ton acide.

Rivers n'avait pas changé depuis la dernière fois qu'elle l'avait vu. A part peut-être la longueur de ses cheveux. A l'époque des faits, il les portait longs tandis qu'à présent, son crâne était absolument lisse. Il avait sur l'épaule gauche un tatouage grossier en forme de tête de mort, stigmate probable de son séjour derrière les barreaux.

— Qu'est-ce que vous me voulez ? lança-t-il en jetant un regard inquiet derrière lui.

— Juste vous parler.

— Et lui, c'est qui ? fit-il en indiquant Adam d'un mouvement de tête.

— Je suis assez grand pour me présenter, répliqua sèchement ce dernier. Encore faudrait-il que j'en aie envie.

— Vous, les flics, vous êtes tous les mêmes, fit remarquer Rivers en ricanant. Vous croyez toujours avoir réponse à tout. Bon, ça va pour les civilités. Vous voulez quoi, au juste ?

— Vous poser deux ou trois questions, déclara Breanna. Par exemple, savoir si vous êtes allé à Cherokee Corners récemment. Et si vous n'avez pas tenté, par hasard, de joindre Rachel Davis au téléphone.

— Vous me prenez vraiment pour un demeuré ? fit-il, visiblement surpris. Le juge m'a bien expliqué la situation, figurez-vous. Je mets un pied dans cette ville de malheur et je retourne à l'ombre. Idem si j'essaie de revoir Rachel. Alors vous croyez que je serais assez stupide pour tenter le coup ? Et puis j'en ai plus rien à faire, de Rachel, si vous voulez le savoir ! J'ai refait ma vie. Eh oui, madame la psychologue, ça vous en

128

bouche un coin, ça ! Hey, Alison ! beugla-t-il en se retournant. Viens voir par là !

Une blonde platine, pulpeuse à souhait, se pointa bientôt, les traits tirés. Rivers passa un bras autour de ses épaules et l'attira brusquement à lui.

— On se marie dans deux mois, annonça-t-il en bombant le torse. Le temps que j'amasse un petit pécule et on s'installe. Alors votre Rachel... Je ne sais même pas où elle habite et je m'en fiche pas mal !

— Où étiez-vous hier soir entre 19 heures et minuit ? continua Breanna avec l'impassibilité qui seyait aux circonstances.

— Au boulot. Vous pouvez vérifier, si ça vous chante. Rien de plus facile. J'ai embauché à 5 heures et je suis parti à 1 heure du matin. Demandez à mon patron, si vous ne me croyez pas. Désolé, mais si vous vouliez me coller un truc sur le dos, je crois bien que c'est raté !

— Nous vérifierons, faites-nous confiance, assura la jeune femme. Et si j'apprends que vous avez essayé d'une façon ou d'une autre d'approcher Rachel, ou de lui chercher des noises, je n'hésiterai pas à vous faire coffrer illico.

— Vous croyez que vous m'impressionnez avec vos leçons de morale ? lança-t-il, arrogant.

— Je suis sûre que vous comprenez ma position. Disons que vous avez intérêt à vous tenir à carreau.

— Ce qui ne signifie pas que nous n'allons pas revenir, ajouta Adam.

Rivers marmonna un juron, poussa sa fiancée à l'intérieur et leur claqua la porte au nez.

— Charmant, ce type, ironisa Adam tandis qu'ils retournaient à la voiture.

— N'est-ce pas ! L'exemple type du mauvais garçon dont tu parlais tout à l'heure. Apparemment, ce genre de voyou a du succès, Rachel en est la preuve vivante. Dans le genre, Rivers est même une caricature, si tu veux mon avis. Il n'a vraiment rien pour se racheter.

Breanna s'efforça de sourire, mais sans grande conviction. Ce face-à-face avec cette brute de Michael l'avait totalement déprimée. D'abord parce qu'il n'avait pas changé et qu'il était évident qu'à plus ou moins brève échéance sa compagne du moment aurait à se plaindre de lui. Mais ce qui surtout la dépitait, c'était le sentiment de s'être fourvoyée. Elle repassait mentalement la conversation qu'ils venaient d'avoir sans déceler la moindre incohérence dans les paroles de l'ex-taulard. Il ne lui avait pas menti, elle le sentait. Et par conséquent, elle perdait son seul suspect.

— On rend une petite visite à la station-service où bosse Rivers ? demanda Adam en s'installant au volant.

— Tu sais que tu ferais un excellent flic ?

Elle jeta un regard amusé à son partenaire, qui secoua la tête en signe de dénégation.

— J'aime autant mon boulot, déclara-t-il en démarrant.

— Tu as bien raison. Je me demande parfois ce qui me plaît tellement dans mon job : ça ne paie pas, on n'a pas d'horaires, on risque sa peau. Il faut vraiment être maso pour s'engager dans la police !

— Je ne sais pas ce que tu en penses, dit Adam, poursuivant son idée, mais à mon avis, Rivers n'est pas notre homme. D'abord, il ne correspond pas à la silhouette que j'ai aperçue devant la fenêtre de ta cuisine. L'autre était plus grand et plus massif. Évidemment, on peut toujours supposer que l'ex de ta baby-sitter soit l'auteur des coups de fil et pas du reste... Mais comment expliquer alors que ton mystérieux correspondant t'ait parlé d'un *petit cadeau* le soir même où on a retrouvé l'ours en peluche pendu ? A mon avis, c'est bien à cela qu'il faisait référence.

— C'est bien aussi ce que je pense, concéda Breanna. Mais on ne peut rien exclure.

Elle ne voulait pas se montrer catégorique, du moins pas pour l'instant. Prudence d'usage : tant qu'on n'avait pas vérifié toutes les données, il était inutile de tirer des conclusions hâtives. Sans compter qu'admettre l'innocence de Michael — ce qui semblait l'hypothèse la plus probable, maintenant —, c'était se retrouver le bec dans l'eau, avec un cinglé sur le dos dont on ignorait tout. Au moins Rivers aurait-il eu un mobile.

— Ils ne croulent pas sous les clients, remarqua Adam en se garant devant la boutique de la station déserte. Tu veux boire quelque chose ? Histoire de faire marcher l'économie locale…

— Pourquoi pas ? répondit-elle en sortant de la voiture. Prends-moi un Coca light.

Tandis qu'Adam déambulait entre les rayonnages, elle alla directement au comptoir et demanda à voir le gérant.

Un homme adipeux apparut bientôt en traînant les pieds. Son œil s'alluma d'abord, avec une concupiscence à laquelle Breanna était devenue extrêmement réactive ces derniers temps. Elle sortit son badge ; elle n'avait aucune envie de subir le traditionnel couplet du libidineux sans scrupule. Le visage du type se ferma aussitôt.

— Je suis en règle, dit-il avant même qu'elle ait ouvert la bouche.

— Je n'en doute pas, mais je ne viens pas pour ça, répliqua-t-elle. Michael Rivers est-il venu travailler hier soir ?

— Oui, il a fait son service. 17 heures/1 heure, comme prévu.

— Vous étiez là ?

— Si j'embauche du personnel, c'est justement pour pouvoir me reposer. Non, je n'y étais pas. Je ne suis jamais là le soir. Sauf extra.

— Comment pouvez-vous être sûr que Rivers était bien à son poste, alors ?

L'homme indiqua une caméra de surveillance qui faisait face à la caisse enregistreuse.

— Elle tourne en permanence, expliqua-t-il. Et je regarde les cassettes tous les matins. Il y a tout, là-dessus : un plan large du comptoir, l'horloge et le compteur. Non seulement ça me protège en cas de braquage, mais je sais exactement ce que font mes gars. Si vous saviez le nombre d'employés qui tapent dans la caisse…

— Vous avez déjà eu des problèmes avec Rivers ?

— Aucun. Ce type est réglo, tout ce qu'il y a de sûr. Il se pointe à l'heure, il accepte de faire des heures sup' si je lui demande, bref, il ne fait pas d'histoire. Un gars honnête, je vous dis. Tenez, lieutenant, je vous offre les Coca, ajouta-t-il alors qu'Adam déposait les canettes sur le comptoir. Si, si, ça me fait plaisir. Je peux faire autre chose pour vous ?

— Auriez-vous une copie de l'emploi du temps de Rivers pour la semaine dernière ?

— Je vous prépare ça tout de suite.

L'homme disparut deux minutes dans l'arrière-boutique et revint avec une feuille de papier qu'il tendit à Breanna avec une diligence suspecte. « Ce type-là a quelque chose à cacher », songea-t-elle. Genre comptabilité approximative. Il avait l'air obséquieux du fraudeur qui craint de voir débarquer le fisc et tente de se concilier les autorités par toutes sortes d'amabilités en nature, espérant passer ainsi entre les mailles du filet !

Breanna le salua d'un signe de tête tandis qu'Adam, qui avait sans doute flairé le malaise, réglait leurs boissons. Evidemment, un comptable se devait d'avoir du nez, en la matière !

De retour dans la voiture, elle examina le document que lui avait remis le gérant tout en sirotant son soda.

— Apparemment, Rivers était au boulot chaque fois que j'ai reçu un appel, dit-elle enfin, sans masquer son inquiétude.

— Il a pu appeler depuis la station-service, fit remarquer son acolyte.

Mais il n'avait pas l'air plus convaincu qu'elle. Un simple coup d'œil acheva de la renseigner sur son état d'esprit : Adam avait abouti aux mêmes conclusions. Si Rivers n'était pas dans le coup, ça voulait dire que Rachel, elle non plus, n'avait rien à voir avec cette histoire. Autrement dit, c'était *elle* qu'on cherchait à atteindre, et non sa baby-sitter. Et plus terrible encore, ça signifiait que Maggie, elle aussi, était visée.

8.

Ils ne prononcèrent pas un mot de tout le voyage de retour, chacun demeurant plongé dans ses propres pensées, incapable sans doute d'aborder le sujet de leurs angoisses. Il n'y avait rien à dire. La situation était *réellement* préoccupante ; inutile de se bercer d'illusions.

— Si on déjeunait ? proposa Adam prudemment, alors qu'ils entraient dans Cherokee Corners. On pourrait se trouver un petit restaurant et manger un morceau avant d'aller acheter ton nouveau téléphone.

— Bonne idée, acquiesça Breanna en lui souriant.

— A la bonne heure ! Tu me guides ? Je suis sûr que tu connais un tas de bonnes adresses.

— Laisse-moi réfléchir. Il nous faudrait quelque chose entre le drive-in et le cinq étoiles…

Elle semblait retrouver un peu de bonne humeur, ce qui le rasséréna aussitôt. Ils avaient bien mérité de s'offrir une heure de détente.

— Allons au *Red Rock Café*, proposa-t-elle soudain. C'est juste derrière le square. Ils ont un buffet délicieux.

Vingt minutes plus tard, ils étaient attablés devant des assiettes généreusement garnies. Ils s'étaient servis eux-mêmes mais Breanna regardait la sienne avec incrédulité, comme si elle n'avait aucune idée de la façon dont les mets étaient arrivés jusque-là !

— Si mon père me voyait, il me dirait que j'ai les yeux plus grands que le ventre, fit-elle en pouffant. Jamais je ne pourrai avaler tout ça !

— Je n'ai pas lésiné non plus, enchérit Adam, amusé. Bon, le premier qui cale a perdu !

Ils se mirent à discuter de choses et d'autres, évitant soigneusement tout sujet désagréable. C'était comme s'ils avaient passé un accord tacite, comme si, en entrant dans ce restaurant, ils avaient l'un comme l'autre décidé de laisser de côté le problème qui les occupait.

Pour le moment, Adam prenait plaisir à deviser avec sa belle voisine et c'était déjà beaucoup. D'autant qu'à mesure qu'ils conversaient, ils se découvraient des goûts communs, en matière de lecture, par exemple. La jeune femme, tout comme lui, affectionnait particulièrement les polars et les thrillers, ce qui, compte tenu de sa profession, n'avait rien de surprenant. En revanche, elle n'aimait aller voir au cinéma que les comédies romantiques, se tourner vers des divertissements plus… reposants. Breanna lui donna aussi des précisions sur les légendes cherokee dont Maggie avait commencé à lui parler. Quand elle évoquait sa culture, ou bien sa famille, le visage de la jeune femme s'illuminait. Voilà ce que signifiait sans doute « être fier de ses origines ». Adam n'avait de ces notions qu'une idée très floue. Le fait, sans doute, d'être orphelin. Son oncle et sa tante constituaient à eux deux toute sa famille et l'amour qu'ils lui avaient donné n'avait pas suffi à combler cette lacune. Souvent il avait l'impression de n'appartenir à aucun lieu ni à aucun temps, d'être perdu, isolé parmi ses semblables et de n'avoir pas de but assigné sinon celui de survivre au jour le jour. Aussi l'enthousiasme de sa nouvelle amie le laissait-il rêveur. Les siens formaient un clan solide, uni, invulnérable.

— Je te remercie, Adam, lui dit-elle lorsqu'ils sortirent du restaurant.

— De quoi ? s'étonna-t-il.

Elle avait insisté pour partager la note, il ne voyait vraiment pas d'où pouvait venir une telle gratitude.

— Eh bien, pour tes attentions… Grâce à toi, j'ai réussi à me détendre un peu. A penser à autre chose. Je ne sais pas pourquoi tu fais ça, mais il y a bien longtemps que personne ne s'était occupé de moi comme tu le fais. J'avoue que c'est plutôt agréable.

— Oh, ne te fais aucune illusion ! C'est pur égoïsme de ma part ! plaisanta-t-il. J'adore t'écouter me parler des Cherokee.

— Vous êtes un chic type, Adam Spencer.

Il crispa les mâchoires et démarra la voiture. Un *chic type…* En ce moment, il était loin d'avoir une si haute opinion de lui-même. Un type bien n'aurait sans doute pas caché ses intentions comme il le faisait. Un type bien ne passerait pas son temps à fantasmer sur l'ex de son cousin. Un type bien, avec la tête sur les épaules, ne s'empêtrerait pas dans une relation vouée d'avance à l'échec. Alors qu'il se savait en transit, alors même qu'il n'envisageait pas de s'attarder à Cherokee Corners plus d'un mois, il ne se passait pas une minute sans qu'il brûle d'embrasser la jeune femme ou de lui faire l'amour. Et elle lui faisait confiance !

Ils firent un crochet par le centre-ville, achetèrent un téléphone dernier cri et rentrèrent chez eux.

— Tu veux que je t'aide à le brancher ? proposa Adam quand ils furent sortis de voiture, désignant du doigt l'emballage de l'appareil que sa partenaire tenait sous le bras.

Le prétexte était sans doute un peu gros, mais il ne pouvait se résoudre à la quitter maintenant.

— Si ça ne te dérange pas, acquiesça-t-elle. Je n'ai jamais su lire un mode d'emploi !

Adam sourit et baissa les yeux en la suivant dans la maison. Brancher un téléphone était la simplicité même et ne requérait aucune compétence particulière, mais il se garda bien de lui en faire la remarque. En fait, il avait l'étrange impression que Breanna s'amusait de la situation, qu'elle n'était pas si naïve et incapable qu'elle le prétendait, qu'elle s'abritait derrière ses piètres qualités de technicienne pour l'inviter à rester un peu avec elle. C'était comme si chacun déchiffrait parfaitement les sentiments de l'autre, mais qu'ils avaient décidé de n'en rien laisser paraître, de jouer le jeu de l'innocence.

La jeune femme le conduisit jusque dans sa chambre, où elle souhaitait brancher le nouvel appareil. Jusqu'à présent, son mystérieux correspondant avait toujours appelé le soir, quand elle était couchée.

— Excuse le désordre, dit-elle en tirant le couvre-lit à la hâte. Mes parents m'ont si souvent fait la leçon pour que je fasse mon lit quand je vivais chez eux que, dès que j'ai quitté le nid familial, je me suis empressée de le laisser défait. On se rebelle comme on peut !

— Tu n'as pas à t'excuser, assura-t-il. Je n'étais pas censé entrer ici. Et puis, pour ce que j'ai à y faire, le décor m'importe peu.

Il mentait, évidemment. Dès qu'il avait mis le pied dans la pièce, il avait immédiatement remarqué les draps froissés. Mais pas pour la raison invoquée par son hôtesse… Cette vision avait, s'il en était besoin, aiguillonné en lui des appétits dont il avait toutes les peines du monde à s'abstraire. Il avait d'ailleurs bien vite détourné les yeux, histoire de préserver ce qui lui restait de jugement. Et il avait été charmé alors par les murs peints à la chaux, sur lesquels étaient accrochées plusieurs aquarelles figurant des scènes de la vie indienne. La même artiste, visiblement, dont les œuvres décoraient le salon des James. Enfin, à l'exception du lit, le reste de la pièce était parfaitement rangé. En fait, la chambre était quasi vide. A part un coffret à bijoux de bois sculpté, aucun bibelot ne venait encombrer les meubles. La policière n'était visiblement pas du genre à s'encombrer de babioles.

Il tourna de nouveau les yeux vers la couche, lentement, comme sous l'effet d'un narcotique. En fait, se retrouver ainsi plongé dans l'intimité de Breanna lui faisait complètement perdre les pédales ! Il nota qu'elle devait dormir sur le côté gauche du lit puisque seul ce chevet était utilisé. C'était un détail insignifiant, mais il en ressentit un surcroît d'émotion. L'impression de la connaître davantage, de partager un peu de son univers familier.

— Adam ?

— Euh... désolé, bredouilla-t-il en réalisant qu'elle le fixait étrangement.

Evidemment, elle s'attendait à ce qu'il se mette au travail. Il était là pour brancher un téléphone... Rien d'autre ! Mais l'espace d'une minute, cette contingence lui était totalement sortie de l'esprit... Il s'empressa de s'asseoir sur le lit, déballa le carton qui contenait le combiné et fit mine de s'intéresser à la notice.

— Tu as besoin d'aide ? proposa-t-elle.

— Ça va aller, merci. Je m'en débrouillerai très bien tout seul.

Tant pis s'il paraissait tout à coup un peu sec. Mais la présence de sa voisine, à son côté, dans cette chambre faite pour l'amour, mettait ses nerfs à trop rude épreuve. Qu'elle s'approche encore de lui et il craquerait, c'était certain. Et cette fois, contrairement à la veille, aucun raisonnement ne l'arrêterait.

Il attendit que Breanna s'éloigne dans le couloir, compta deux ou trois minutes, puis se mit au travail. Débrancher l'ancien téléphone pour brancher le nouveau lui prit dix secondes. Il attendit donc encore quelques minutes avant de sortir de la pièce, de manière à laisser croire que plusieurs manipulations avaient été nécessaires.

— Voilà, déclara-t-il en rejoignant la jeune femme dans le salon, l'ancien appareil à la main.

— Déjà, tu es sûr ? s'étonna-t-elle. C'était si facile ?

Evidemment, l'opération n'avait pas dû prendre plus de cinq minutes, malgré ses efforts pour la faire paraître plus longue.

— En fait, c'est plutôt complexe, plaisanta-t-il. Tu as eu de la chance de tomber sur un type aussi doué que moi, c'est tout. J'espère que tu es impressionnée.

— Je le suis, murmura-t-elle en s'approchant de lui.

Elle s'arrêta à quelques centimètres et plongea son regard dans le sien.

— Merci, Adam, ajouta-t-elle en lui offrant ses lèvres.

Il était perdu. Inutile de lutter. De toute manière, il n'en avait pas la force. Mu par un instinct puissant, il l'attira à lui et prit sa bouche avec une passion qu'il ne se connaissait pas. La jeune femme, haletante, le guida jusque dans sa chambre, les mains glissées sous son T-shirt, caressant son torse de ses doigts fins et agiles. Lorsqu'ils basculèrent sur le lit, Adam sentit leurs deux cœurs battre à l'unisson. Ils avaient si longtemps contenu leur désir qu'il était devenu furieux, prêt à exploser en des voluptés folles au moindre frôlement. D'une main fébrile, il déboutonna le chemisier de sa partenaire, baisa la peau nue qui vibrait sous ses lèvres puis enleva le soutien-gorge pour saisir dans sa paume un sein chaud et palpitant. Breanna poussa un gémissement de plaisir qui excita en lui l'envie qu'il avait de la prendre tout entière. Déjà la jeune femme dégrafait les boutons de son jean, provoquant son désir.

Non, il ne pouvait pas en être ainsi, se dit-il. Pas comme ça, pas dans le mensonge. C'était comme si une voix impérieuse s'élevait en lui, le retenant de sombrer tout à fait. Il saisit fermement la main de sa compagne, l'empêchant d'aller plus avant. Comment lui dire les choses, comment lui faire comprendre ? Il resta un instant immobile, s'efforçant de reprendre son souffle et de recouvrer un semblant de raison. Tant pis s'il gâchait un moment magique, qui ne se représenterait peut-être plus jamais. Il fallait qu'il sorte de l'impasse.

— Adam ? murmura Breanna, hébétée.

— J'ai à te parler, parvint-il à articuler.

— Maintenant ? Je veux dire… Ça ne peut pas attendre ?

Il resta silencieux mais l'expression avec laquelle il la considéra dut être suffisamment éloquente pour qu'elle la prenne au sérieux. Elle se dégagea et renfila son chemisier avec une anxiété palpable.

Sans un mot, Adam se leva et reboutonna son jean, évitant soigneusement le regard inquisiteur de la jeune femme.

— Adam, je peux savoir ce qui se passe ? insista-t-elle.

Il passa une main nerveuse dans ses cheveux. Comment trouver les mots ? Il fallait lui expliquer qu'en gros, l'essentiel de ce qu'il lui avait dit de lui jusqu'à présent était faux, qu'il n'était pas venu à Cherokee Corners pour étudier la culture indienne, que leur rencontre n'avait pas été le fruit du hasard. Et ce n'était rien à côté de la suite ! Il lui revenait en effet d'annoncer à cette femme blessée que non seulement il était le cousin de son ex, mais que cet homme qu'elle avait aimé autrefois au point d'avoir un enfant de lui n'était plus de ce monde.

— Je préférerais que nous descendions, articula-t-il enfin, les paupières baissées.

— Très bien, acquiesça-t-elle d'une voix blanche.

Elle était partagée maintenant entre la volonté d'en finir au plus vite avec cette confession apparemment si difficile et l'envie irrationnelle de ne rien entendre, de ne pas savoir. Elle avait le sentiment confus que son ignorance l'avait jusque-là protégée, maintenue dans une forme d'innocence bénéfique.

Elle entra dans le salon et s'assit sur le bras du sofa tandis qu'Adam restait debout, visiblement incapable de se poser. A le voir arpenter ainsi la pièce, les yeux hagards, les traits tendus, on devinait qu'une lutte terrible se jouait en lui. Il lui fallut de longues minutes, des minutes interminables, pour rassembler ses idées ; il finit tout de même par venir s'accouder au manteau de la cheminée, sans pour autant articuler le moindre son. C'était insupportable ! Breanna allait le supplier de mettre fin à son angoisse quand, enfin, il leva les yeux vers elle.

— Tu te souviens que je t'ai dit avoir été élevé par mon oncle et ma tante après la mort de mes parents ?

La jeune femme acquiesça d'un signe de tête, avalant sa salive. Il poussa un profond soupir et vint s'asseoir à l'autre bout du canapé.

— Eh bien, il se trouve que ces gens sont… les parents de Kurt.

Breanna regarda le jeune homme sans comprendre. Kurt ? Qu'est-ce qu'il avait à voir là-dedans, celui-là ? De quel Kurt parlait-il ? Il se passa de longues secondes sans qu'elle pût esquisser la moindre réaction, son esprit semblant s'être vidé. Et puis soudain, elle ressentit comme une commotion. Comme si son sang avait brusquement reflué vers sa source. Les paroles de son interlocuteur prirent enfin sens et elle se leva d'un bond, dans un mouvement de défense d'animal traqué. Instinctivement, elle se détourna. L'émotion était trop forte. La surprise passée, c'était maintenant la colère qui grondait en elle. Comment avait-elle pu faire confiance à ce Spencer ? Comment avait-elle pu être assez aveugle pour s'abandonner à lui ? Elle tremblait de tout son corps, sous l'effet conjoint du dépit et de la rage. Elle n'avait plus qu'une envie : se jeter sur lui et le mettre dehors !

— Tu es le cousin de Kurt ? émit-elle enfin froidement, en lui faisant face.

Elle ferma les yeux lorsqu'il acquiesça. Il n'y avait plus rien à ajouter. Pourtant, elle ne pouvait non plus s'en contenter. Il fallait qu'elle sache, quitte à descendre d'un degré dans le sordide.

— Qu'est-ce que tu es venu faire ici ? demanda-t-elle. Et d'abord, pourquoi ne me l'as-tu pas dit tout de suite ?

— Je suis désolé. Je voulais te connaître et je craignais que tu ne m'en donnes pas la chance si je te disais d'emblée qui j'étais. Breanna, je t'en prie, assieds-toi et laisse-moi t'expliquer.

Elle n'avait aucune envie d'écouter ce qu'il pouvait bien avoir à lui dire. Il lui avait menti, et à présent qu'elle connaissait son lien avec Kurt, les choses ne seraient plus jamais pareilles. Alors à quoi bon ? Mieux valait qu'il s'en aille au plus vite.

— Je t'ai posé une question, reprit-elle sans bouger. Qu'est-ce qui t'a amené à Cherokee Corners, tu peux me le dire ?

— J'ai promis à Kurt de m'assurer que Maggie et toi alliez bien, voilà pourquoi je suis venu ici. Je m'y suis engagé juste avant… qu'il ne meure.

Breanna s'écroula sur le sofa et se prit la tête entre les mains.

— Kurt est…, murmura-t-elle à voix basse.

— Il y a deux semaines, oui ; des suites d'un accident de moto.

Adam se tut, sans doute pour lui permettre d'accuser le coup. C'était délicat de sa part. Comme toujours, d'ailleurs. A dire vrai, elle avait toutes les peines du monde à digérer la nouvelle. Mort… Kurt était mort… Comment était-ce possible ? Lui qui vivait toujours à cent à l'heure, qui ne tenait pas en place, qui était la vie même ! Elle avait toujours pensé que cet homme était invulnérable, que le temps n'avait aucune prise sur lui, et encore moins la mort… Et pourtant…

Elle sentit des larmes lui monter aux yeux. Kurt avait eu beau la mépriser, trahir sa confiance, elle l'avait aimé. Assez pour espérer qu'un jour, il finirait par changer. Qu'il se soucierait d'elle et de Maggie. Mais maintenant, plus rien de tout cela n'avait de sens. Il n'y avait plus rien à espérer. Il était parti sans connaître sa fille, sans avoir la moindre idée de ce qu'elle aurait pu lui apporter. Il ne connaîtrait jamais le bonheur de voir son enfant grandir, de se sentir aimé d'elle, de lui donner de son amour. Breanna prit une profonde inspiration, s'efforçant de refouler sa tristesse. Elle ne voulait pas craquer devant Adam. Elle sécha ses larmes du revers de la main et tourna de nouveau les yeux vers lui.

— Sa dernière pensée a été pour vous, reprit-il. Il m'a indiqué l'endroit où vous habitiez et m'a fait jurer que je ferais le nécessaire si vous étiez dans le besoin…

— OK, tu as vérifié, tout va bien, tu peux donc rentrer chez toi à présent, trancha-t-elle avec amertume.

Apprendre que Kurt n'était plus de ce monde, que Maggie ne connaîtrait jamais son père ne suffisait pas ; il fallait encore qu'elle encaisse une seconde déception ! Pour la deuxième fois en effet, elle plaçait sa confiance dans un homme, et pour la deuxième fois, elle était trahie. C'était sans doute une fatalité, un truc qui lui collait à la peau et dont elle ne pourrait jamais se débarrasser. Mais cette fois, elle n'était pas certaine de pouvoir surmonter le coup.

— Dis-moi, Adam…, ajouta-t-elle, glaciale. C'est un truc de votre éducation, à toi ou à Kurt, ou bien un vice congénital qui vous pousse à vouloir coucher avec une métisse ? Il y a des blancs-becs que ça excite, je l'ai entendu dire…

— Qu'est-ce que tu racontes ? s'indigna le jeune homme, visiblement outré.

— Je me trompe ? C'est pourtant comme ça que ton cousin formulait les choses ! Va-t'en, je t'en prie ! Tu as accompli ta mission, alors retourne d'où tu viens. Laisse-moi tranquille.

— Je n'en ai pas tout à fait terminé, objecta Adam. Kurt n'est plus de ce monde mais il a des parents. Mon oncle Edward et ma tante Anita. Ils ne connaissent pas l'existence de Maggie mais je suis sûr que si…

— Anita et Edward Randolf sont les parents de Kurt ? intervint Breanna, le souffle court.

C'étaient trop de révélations à la fois ! Comme tout le monde, elle connaissait de réputation le célèbre milliardaire et sa femme ; elle n'ignorait pas qu'à Kansas City, ils étaient considérés comme des bienfaiteurs locaux, amateurs d'art et généreux donateurs. Mais jamais elle n'avait fait le lien avec Kurt, même s'ils portaient le même patronyme ! Une fois, elle s'en souvenait maintenant, elle en avait fait la remarque à son ex, en plaisantant d'ailleurs. Il l'avait tout de suite détrompée, en lui disant que ses parents appartenaient à la bonne société de Salina et qu'ils n'avaient aucune parenté avec les richissimes industriels, sinon peut-être un certain attrait pour l'argent. Il avait même été plus loin.

— Kurt a prétendu que ses parents étaient morts dans un accident de voiture, un an avant qu'on se rencontre ! reprit-elle, hébétée.

— Ils sont pourtant bel et bien vivants, crois-moi. A l'heure qu'il est, ils pleurent la disparition de leur fils unique. Savoir qu'ils ont une petite-fille les aiderait peut-être à surmonter leur chagrin.

Breanna se sentait perdre pied. En cinq minutes, tous ses repères venaient de voler en éclats. Kurt était mort, ses parents étaient en vie, Adam était son cousin… Il y avait de quoi devenir folle ! Elle repassa dans son esprit les événements des derniers jours, la manière dont Adam s'était présenté, l'amabilité dont il avait fait preuve, sa sollicitude aussi. Il avait tout prémédité, et elle avait été assez naïve pour tomber dans le panneau ! Ses baisers, ses caresses, tout lui apparaissait sous un nouveau jour à présent. Il se moquait bien d'elle. Ce qu'il voulait, c'était atténuer la douleur de ses parents adoptifs en leur présentant Maggie. Au fond, il n'y avait rien d'étonnant à cela. Dans ce milieu, on pouvait tout acheter, l'amour comme le reste ! Aussi devait-il penser qu'elle céderait volontiers à ce caprice, qu'elle sacrifierait la paix de son enfant au bien-être de ces gens. Elle enrageait ! Mais bientôt, à la colère qu'elle éprouvait, et pour ajouter à sa confusion, une peur sourde s'empara d'elle. Même si Kurt avait menti sur certains points, il n'avait sans doute pas tout inventé. Ce qu'il lui avait dit de ses parents lui revenait en tête maintenant, avec une prégnance insupportable. Qu'ils soient les Randolf de Salina ou de Kansas City ne changeait rien à l'affaire. Ils la terrorisaient !

— Je ne veux pas que tu leur parles de Maggie, tu m'entends ? s'insurgea-t-elle. Jusqu'à présent, ma fille et moi, nous nous en sommes très bien sorties toutes seules. Nous n'avons pas besoin d'eux.

— Mais Breanna... je ne sais pas à quoi tu penses, mais je crois que tu fais fausse route...

— Et je te prie de sortir d'ici, trancha-t-elle en allant lui ouvrir la porte. Nous n'avons plus rien à nous dire.

— Tu te trompes, rétorqua-t-il en se levant, visiblement bouleversé. Je ne crois pas qu'on puisse en rester là. Je veux que tu saches que je regrette sincèrement de ne pas t'avoir dit la vérité la première fois que je t'ai rencontrée. Quoi que tu puisses en penser à présent, je n'ai jamais voulu te blesser. Ni trahir la confiance que tu plaçais en moi. C'est pour ça que je n'ai pas voulu que nous fassions l'amour, tout à l'heure.

— Merci, Adam, répondit-elle avec ironie. Tu es trop bon avec moi, vraiment. Bonsoir.

Il passa devant elle et s'arrêta sur le seuil, attendant certainement qu'elle lève les yeux vers lui. Mais elle tint bon. Elle était épuisée, elle avait hâte d'en finir, d'être seule. Elle avait encaissé trop de chocs en trop peu de temps.

— S'il te plaît, murmura-t-elle. Va-t'en...

Elle retint son souffle jusqu'à ce qu'il ait passé la porte, qu'elle referma derrière lui avant d'éclater en sanglots. Elle se jeta sur les coussins du canapé et pleura longtemps.

Kurt était mort. L'amour qu'elle avait ressenti pour lui autrefois avait beau s'être émoussé, elle avait eu beau maudire cet homme, avoir souffert par lui, elle en éprouvait un profond chagrin. Peut-être parce que au fond, elle n'avait jamais vraiment renoncé à leur relation ; parce qu'elle avait espéré, toutes ces années, que son ex grandirait et reviendrait vers elle. Qu'il voudrait connaître son enfant. Et elle ne se trompait peut-être pas sur ce dernier point : Kurt n'était pas totalement indifférent puisque au moment de mourir, c'est à Maggie et à elle qu'il avait pensé.

Restaient Anita et Edward Randolf. Pendant les neuf mois qu'avait duré sa relation avec Kurt, ce dernier n'avait que très rarement évoqué ses parents. Il lui avait simplement dit que c'étaient des gens inintéressants, qu'ils adoraient l'argent et les mondanités, et se fichaient pas mal de leurs semblables. Des égoïstes, donc, qui ne lui avaient donné aucune affection. De qui parlait-il au juste ? Des véritables Randolf, ou bien de ces parents imaginaires de Salina, qu'il avait fait mourir pour se simplifier les choses ? On pouvait très bien admettre que, comme tout mensonge, les récits de Kurt contenaient une part de vérité et qu'il avait attribué aux Randolf fictifs certaines des tares des Randolf réels. Et c'est précisément ce qui inquiétait Breanna. Lorsque son ex l'avait quittée, il avait ajouté qu'il était heureux d'être orphelin, parce que ses parents n'auraient jamais supporté que leur petite-fille ait du sang indien dans les veines. Après tout, le couple de milliardaires incarnait l'Amérique triomphante, celle des Blancs et du progrès de la civilisation. Rien ne disait qu'ils n'étaient pas affreusement racistes…

Elle réprima un frisson. Oui, ces gens lui faisaient peur, même si elle ne connaissait rien d'eux. Et il y avait une autre raison à cela. Et s'ils décidaient de récupérer Maggie ? Ils en avaient les moyens : ils étaient suffisamment riches et influents pour ne pas avoir à s'embarrasser de procédures. Un nouveau sanglot la secoua à la perspective d'une telle éventualité. Si seulement Adam lui avait parlé plus tôt… Elle lui aurait fermé sa porte et tout aurait été réglé…

C'était vraiment affligeant. Trois jours ! Elle n'avait pas tenu plus de trois jours ! Malgré toutes ses résolutions, la certitude où elle était de ne plus jamais se fier à un homme, elle avait fondu devant Adam comme une midinette sans expérience. Elle s'était livrée à lui, elle avait recherché sa présence au point de lui avouer son désir, et, s'il s'était montré moins scrupuleux, elle n'aurait pas hésité à s'offrir totalement, comme jamais elle ne l'avait fait avec quiconque. C'est qu'aussi, Adam s'était montré si prévenant, si attentionné. Jamais elle n'aurait pu le croire intéressé. Et pourtant, il n'avait cessé de lui mentir. Une seule raison l'avait conduit jusqu'à elle : tenir la promesse qu'il avait faite à son cousin et offrir Maggie à ses parents adoptifs comme un cadeau de consolation. Elle sentit la colère l'envahir de nouveau et serra les mâchoires.

Puis elle se tourna sur le dos, et fixa le plafond en s'efforçant de ramener le calme dans ses pensées. Rien n'était moins aisé, cependant. L'existence lui faisait l'effet d'un perpétuel chambardement. On croyait savoir où on allait, à qui on avait affaire, mais non. Il suffisait de quelques heures, d'une parole de trop ou d'un geste déplacé pour que tout soit bouleversé. Elle ferma les yeux et tâcha de faire le vide dans son esprit. Si seulement elle avait eu le pouvoir de balayer les trois derniers jours d'un revers de main. Si seulement Adam n'était jamais entré dans sa vie…

La sonnerie du téléphone la réveilla en sursaut. Elle mit quelques secondes à réaliser qu'elle s'était endormie et à retrouver ses marques. Elle s'empara enfin du combiné posé à côté du canapé, s'assit et décrocha.

— Brea ? C'est Clay.

— Salut, dit-elle du ton le plus neutre possible. Quoi de neuf ?

— Je n'ai trouvé aucune empreinte sur le berceau en plastique. Le type devait porter des gants.

— Je t'avoue que le contraire m'aurait étonnée.

— Ça va, toi ? demanda-t-il après quelques secondes d'hésitation. Tu as l'air bizarre.

La question la surprit. Non pas qu'elle soit en pleine forme, mais son frère était un homme particulièrement pudique ; d'ordinaire, il évitait soigneusement le sujet de sa vie privée comme de celle des autres. En fait, on avait l'impression qu'il écartait tout ce qui touchait de près ou de loin aux émotions, si bien que les gens, souvent, le trouvaient froid et indifférent.

— Ça va, se contenta-t-elle de répondre. Je faisais une sieste quand tu as appelé.

— Désolé… Enfin, si tu as besoin de quelque chose, n'hésite pas.

— OK, Clay. Merci.

Elle raccrocha et jeta un œil à sa montre. 17 heures. Elle avait dormi plus d'une heure. Elle parcourut la pièce du regard, les bras ballants. C'était comme si toute énergie l'avait abandonnée. La maison était tellement silencieuse, sans Maggie ni Rachel… Elle n'était pas certaine de pouvoir supporter un tel vide. Et puis l'idée de dormir dans sa chambre et de retrouver l'odeur d'Adam sur ses draps la révoltait. Que faire alors ? Elle soupira. La meilleure solution était encore de passer la nuit chez ses parents. Au moins se sentirait-elle en sécurité, là-bas. Et puis elle retrouverait sa fille. Rien de tel pour se ressourcer. Il serait bien temps, demain, d'aviser de la marche à suivre.

9.

Adam savait bien qu'il causerait un choc à Breanna en lui apprenant sa véritable identité. Mais pas à ce point. Il fallait qu'il lui parle : il avait besoin d'éclaircir certaines choses, de lui expliquer sa position. Lorsqu'il l'avait vue monter dans sa voiture, la veille au soir, il avait compris qu'elle ne dormirait pas chez elle. Sans doute n'avait-elle pas envie d'être seule. C'était bien compréhensible, d'ailleurs. Elle s'était sûrement réfugiée auprès des siens pour puiser un peu de réconfort. Pour sa part, il avait passé la journée chez lui, assis sous le porche, un livre à la main. De là, il pouvait observer les allées et venues de sa voisine. Il avait espéré aussi qu'en l'apercevant, elle serait venue vers lui, mais il s'était trompé. Elle avait fait un saut chez elle dans l'après-midi et elle ne lui avait pas même jeté un regard. Sans doute était-elle pressée, accaparée par son travail.

Quoi qu'il en soit, le soir était tombé et elle n'était pas là. Adam n'avait aucune envie de dîner seul dans sa cuisine. Aussi se décida-t-il à aller manger en ville. Une promenade à pied lui ferait le plus grand bien

Sur son chemin, insensiblement, l'image de Kurt passait et repassait dans son esprit, lancinante, dérangeante aussi. Il avait toujours éprouvé pour son cousin une affection sans bornes, au point de le soutenir de manière inconditionnelle. Mais à présent, il voyait les choses sous un angle sensiblement différent. Breanna ne lui en avait pas dit long sur lui, mais suffisamment pour lui faire comprendre à quel point cet homme l'avait blessée. Sans compter qu'Adam connaissait la petite Maggie et qu'il avait pu constater combien son père lui manquait. Et puis il y avait tous ces mensonges… Bien sûr, Kurt était coutumier du fait ; c'était même chez lui une seconde nature. Mais en l'occurrence, il était allé loin. Faire mourir, même symboliquement ses parents, n'était pas anodin. Avait-il tellement à se plaindre d'eux qu'il s'était inventé cette vie d'orphelin ? Adam savait, lui, ce que signifiait une telle perte, et il ne voyait pas en quoi on pouvait en tirer un quelconque faire-valoir. C'était comme si les paroles de Breanna avaient ouvert des brèches dans l'idée qu'il se faisait de Kurt, des zones d'ombre qu'il avait à cœur d'éclaircir.

Mais pour l'heure, il n'avait aucun moyen d'y parvenir. Aussi se força-t-il à regarder autour de lui, histoire de se changer les idées. La nature, avec l'humidité du soir, exhalait des parfums puissants ; les gens arrosaient leur jardin ou prenaient l'apéritif sur leur terrasse, et chacun paraissait vivre paisiblement, dans un univers amène et ouaté. Certains, même, lui adressèrent un geste amical de la main en le voyant passer. C'était incroyable ! Dire qu'à Kansas City, il ne connaissait même pas ses voisins de palier ! Un tel savoir-vivre le surprenait, le séduisait même. Jusqu'à présent, il s'était toujours considéré comme un citadin invétéré, incapable de passer plus de deux jours loin du trafic et des pulsations trépidantes de la ville. Mais depuis qu'il avait découvert Cherokee Corners et la convivialité de ses habitants, il n'était plus bien sûr de ses préférences. C'était tellement reposant…

Il s'arrêta dans une brasserie où il dîna d'un steak accompagné de pommes de terre en robe des champs, tout en observant distraitement les clients autour de lui. Ces dernières heures avaient été suffisamment riches en émotions diverses pour qu'il apprécie de faire une pause. Quand il eut terminé, il réalisa qu'il était juste à côté de chez Alyssa. Pourquoi ne pas lui rendre une petite visite ? En conversant avec sa cousine, il aurait un peu l'impression de retrouver Breanna.

La jeune femme l'accueillit avec un sourire contraint lorsqu'il s'assit au comptoir et commanda un café. Visiblement, sa présence la mettait mal à l'aise.

— Ainsi, vous êtes le cousin de Kurt ? fit-elle en posant la tasse devant lui.

Pas de détours ! Après tout, c'était mieux comme ça. Autant parler franchement. Il en avait assez des simagrées et des faux-semblants.

— Je vois que vous avez vu Breanna, répondit-il en esquissant un sourire. J'espère au moins que mon café n'est pas empoisonné !

Alyssa baissa les paupières. A l'évidence, elle n'était pas d'humeur à rire.

— Vous connaissiez Kurt ? reprit-il prudemment.

— Pas vraiment. Il faut dire qu'il ne s'est guère attardé par ici. En fait, je n'ai pas une très bonne opinion de lui, si c'est ce que vous voulez savoir. Dès que je l'ai vu, j'ai su qu'il briserait le cœur de ma cousine. Mais que voulez-vous ? Breanna était folle de lui, ils se sont mariés un mois après s'être rencontrés, je suppose que c'est ce qu'on appelle une erreur de jeunesse ! Mais c'est du passé, maintenant. Si je m'inquiète pour Brea aujourd'hui, ça n'a rien à voir avec ce type. Pour être honnête avec vous, Adam, j'ai le sentiment que vous aussi, vous pourriez lui faire beaucoup de mal.

— Détrompez-vous. J'ai été très clair avec elle ; je lui ai dit d'emblée que je n'avais pas l'intention de rester à Cherokee Corners. Elle sait très bien aussi que je ne souhaite nouer de relation sérieuse avec personne. Je ne crois pas être fait pour ça. Je lui ai peut-être caché trop longtemps une partie de la vérité, mais je ne l'ai pas trompée sur mes sentiments, ni sur mes projets. De toute façon, contrairement à ce que vous suggérez, je ne pense pas qu'elle tienne vraiment à moi. En tout cas, elle m'évite soigneusement, ces temps-ci.

— Ah ? Alors c'est peut-être elle qui vous brisera le cœur, si elle est aussi indifférente que vous le dites.

Adam sourit pour cacher son malaise.

— C'est une de vos visions, ou bien pure spéculation de votre part ?

— Brea vous a parlé de mes… ? Je la croyais plus discrète…

— Oh, rassurez-vous. Elle n'a évoqué votre don que parce qu'elle était inquiète. En fait, elle m'a dit que vous aviez eu de mauvais pressentiments ces derniers temps.

— Hélas, c'est vrai. Vous êtes sceptique, j'imagine, émit-elle en haussant les épaules. En général, les gens refusent d'admettre des choses qui les dépassent. Voyez-vous, j'ai hérité cette… particularité de ma mère, et de ma grand-mère avant elle. C'est un don que cultivent certains Cherokee.

— Je vous crois, même si, d'ordinaire, je préfère m'en remettre à des conceptions plus… rationalistes, fit-il en souriant. Mais dites-moi, vous pourriez lire mon avenir dans les lignes de ma main ?

— Les choses ne sont pas aussi simples, malheureusement, répondit la jeune femme en secouant la tête.

— Ne voudriez-vous pas m'en dire davantage ?

Adam n'était pas seulement curieux du don d'Alyssa. Il appréciait de pouvoir s'entretenir avec quelqu'un qui côtoyait de près Breanna, qui l'aimait aussi. C'était une manière d'abolir la distance qu'elle avait instaurée entre eux.

— Il est très difficile d'expliquer une sensation comme celle-là. Disons que la plupart du temps, ça commence par des maux de tête. Quant à la vision en elle-même, elle se présente un peu comme une bande-annonce. Des flashes mis bout à bout, et qui ne font pas forcément sens.

— Vous auriez un exemple ?

La jeune femme regarda autour d'elle, comme si elle espérait qu'un client entre dans la boutique et vienne interrompre leur conversation. Visiblement, leur entretien lui était désagréable. Peut-être n'avait-elle tout bonnement pas envie de s'entretenir avec un homme qui avait heurté sa cousine et dont, par conséquent, elle se méfiait. Peut-être aussi n'aimait-elle pas aborder ce sujet délicat. On s'était sans doute plus d'une fois moqué d'elle.

— Il y a six mois environ, commença-t-elle en soupirant, je dînais seule chez moi quand j'ai vu soudain mon père, dans un halo de lumière, qui me racontait la légende de Raven Mocker.

— L'esprit malin qui vient manger le cœur des morts ?

— Je vois que vous connaissez nos coutumes, acquiesça Alyssa avant de continuer. Quoi qu'il en soit, je n'ai pas compris pourquoi il me narrait cette histoire. Je la connais par cœur, il me l'a racontée des centaines de fois depuis mon enfance. C'est alors que j'ai réalisé qu'en l'écoutant parler, j'avais froid. Pire, j'étais transie, alors même que la température, dans mon appartement, n'avait absolument pas baissé. C'était un détail sans doute insignifiant, peut-être un contrecoup de la commotion qui accompagne ordinairement mes visions mais tout de même, je ne pouvais me résoudre à ignorer cette donnée. Je décidai donc d'appeler mon père.

— Et alors… ? demanda Adam, captivé.

— Il n'était pas chez lui. Ma mère me dit qu'elle l'attendait depuis près de deux heures. D'après elle, il avait été retenu au travail et n'avait pas pu la prévenir. Mon père s'occupe de l'installation et de la maintenance des climatisations et autres systèmes de réfrigération. Elle ne s'inquiétait pas outre mesure, la chose s'étant déjà produite. En raccrochant, mon malaise ne s'était pas dissipé, loin de là. Je repensais à cette histoire de froid, je ne pouvais me l'ôter de l'esprit.

Alyssa s'interrompit, le regard sombre, et versa du café dans la tasse vide d'Adam.

— Finalement, je décidai d'appeler le patron de mon père. Il fallait que j'en aie le cœur net. Il me dit qu'il n'était pas repassé au bureau mais me donna les coordonnées de son dernier lieu d'intervention, une boucherie des quartiers nord. J'appelai la boutique, personne. Pourtant, plus le temps passait et plus mon pressentiment se muait en certitude. Attention, je parle d'impressions, d'appréhensions vagues. Je n'aurais rien pu formuler de précis et pourtant, je savais. Je téléphonai de nouveau à Garrick, l'employeur de mon père, et je réussis à le convaincre qu'il y avait un problème. Il me rejoignit à la boucherie en question, on fit descendre le propriétaire qui habitait au-dessus, il nous ouvrit la porte...

— Votre père était là ? intervint Adam.

— Enfermé dans la chambre froide ! Une heure de plus et il mourait d'hypothermie.

Adam émit un petit sifflement entre ses dents.

— Ainsi, il vous arrive de sauver des vies, dit-il, positivement impressionné.

— Parfois. Le tout, c'est que je parvienne à déchiffrer rapidement le sens de mes visions. C'est vraiment angoissant, vous savez. Souvent, ça me torture. Je sais que quelque chose de grave va se produire mais je ne peux rien faire, faute de comprendre de quoi il s'agit.

— Et vous vous évanouissez toujours, quand vous voyez quelque chose ?

— Non, c'est variable. Disons qu'il faut que mon pressentiment s'accompagne d'un véritable malaise. Qu'il soit très mauvais, si vous préférez.

Adam marqua un temps avant de poursuivre. Il n'avait jamais été très sensible à ce genre de croyances. Il les prenait d'ordinaire pour des affabulations de bas étage. Mais ce que venait de lui raconter Alyssa, ajouté à ce qu'en avait dit Breanna, lui avait fait forte impression et il était tout disposé à traiter la chose avec le plus grand sérieux.

— Vous avez perdu connaissance, le jour du barbecue chez les James…, avança-t-il, perplexe.

— En effet, répondit-elle, les sourcils froncés. Mais à vrai dire, je ne sais pas ce qui s'est passé ce jour-là. Tout était flou. Disons qu'un sentiment désagréable, insoutenable même, de perte, de vide, de mort pour tout dire, m'a soudain envahie quand je suis entrée chez mon oncle.

— Et vous n'avez pas trouvé un début d'explication ? demanda Adam en réprimant un frisson.

— Cette fois, il n'y avait aucune image, aucun indice concret auquel je puisse me raccrocher. Mais je sais qu'il s'agit d'un de mes proches, et qu'un danger plane sur lui. Un danger considérable, et imminent.

Ils sursautèrent d'un même mouvement en entendant la sonnette de la boutique. Un couple et leurs deux enfants entrèrent et vinrent s'installer au comptoir. Alyssa leur sourit, s'excusa auprès d'Adam et alla les accueillir. Il eut la sensation qu'elle ne reviendrait pas le voir, ou qu'en tout cas elle ne serait plus disposée à aborder de sujets personnels.

Il termina son café, salua d'un signe la jeune femme et sortit, la tête pleine des récits qu'elle venait de lui faire. Décidément, les Cherokee avaient une culture fascinante. Et une conception du monde tellement éloignée du positivisme actuel qu'elle bouleversait bien des certitudes. Il remonta son col et se remit en marche. Maintenant, c'était à Breanna qu'il pensait. Pas de doute, cette femme le tenait en son pouvoir. Quelques jours avaient suffi pour qu'il tombe sous le charme. C'était pourtant bien la dernière chose à faire. L'aventure était finie pour lui. En rentrant, il n'aurait qu'à avertir ses parents adoptifs de l'existence de Maggie et les laisser convenir avec leur belle-fille de leurs droits de visite. Après tout, ce n'était pas *son* histoire, mais celle de Kurt. Et puis, en disparaissant maintenant, il s'épargnerait les conflits et autres négociations qui menaçaient d'assombrir les relations entre les James et les Randolf.

Bien sûr, c'était le scénario idéal. Aucune implication, aucun compte à rendre, la satisfaction du devoir accompli. Mais il fallait être réaliste : il avait *déjà* empiété dans la vie de la jeune femme, il n'était *déjà* plus indifférent. Oublier cette femme, l'exclure de ses pensées lui semblait tout bonnement impossible. Sans compter que son avenir immédiat le préoccupait. Etrangement, les mots d'Alyssa lui résonnaient aux oreilles comme un présage certain. Arrivé devant chez sa voisine, il leva les yeux vers le grand chêne, comme pour s'assurer que l'ours en peluche n'y était plus. *Il s'agit d'un de mes proches, un danger plane sur lui, un danger considérable, et imminent*, avait dit la voyante. Il était plus que probable qu'il s'agisse de Breanna… Un type la harcelait, un homme suffisamment déterminé pour entrer chez elle, voler des jouets d'enfant et concevoir une mise en scène sordide, quelqu'un qui, selon toute apparence, n'avait pas l'intention de s'en tenir à des menaces.

Non, il ne quitterait pas Cherokee Corners, se dit-il en rentrant chez lui. Pas tant que Brea et Maggie étaient en danger. Il se posta devant la fenêtre de la cuisine et scruta longtemps l'allée qui menait jusque chez Breanna. Cette dernière pouvait bien refuser de lui adresser la parole, ça ne le dérangeait pas. Il était bien décidé à jouer les sentinelles silencieuses, aussi longtemps qu'il le faudrait.

*
* *

156

Breanna ne se souvenait pas d'avoir passé une semaine aussi pénible depuis longtemps. Dès son arrivée au bureau, le mercredi, les ennuis avaient commencé. Les charges contre le trafiquant de drogue qu'ils traquaient, Abe et elle, depuis des semaines, venaient d'être levées. Vice de procédure. Le type avait beau être multirécidiviste, fiché par toutes les polices de l'Etat, il était passé entre les mailles du filet parce que les flics qui l'avaient coffré n'avaient pas respecté le code à la lettre. C'était vraiment décourageant. D'autant que le cas n'avait rien d'exceptionnel. Bien souvent, Breanna se demandait si la justice était vraiment de leur côté. Les magistrats devaient pourtant savoir que le terrain n'était pas facile, qu'on était parfois amené à faire des entorses au règlement si on voulait obtenir des résultats. Les escrocs que les Mœurs avaient dans leur ligne de mire n'étaient pas des anges, loin de là ; si on voulait les empêcher de nuire, il fallait souvent se montrer plus rusé qu'eux. Enfin, les desiderata d'un petit lieutenant de police comptaient évidemment pour rien face à l'énorme machine judiciaire. Il n'y avait qu'à encaisser le coup et continuer de faire son boulot du mieux qu'on pouvait.

En d'autres circonstances, Breanna n'en aurait pas été affectée outre mesure. Mais, d'une certaine manière, cette histoire de non-lieu lui donnait la désagréable impression d'avoir été trahie par les siens. Ce qui, évidemment, faisait douloureusement écho à sa situation personnelle… Et comme si cela ne suffisait pas, tous les matins depuis leur dispute, lorsqu'elle partait travailler, elle apercevait Adam, assis sous son porche et qui la regardait s'en aller. Même chose le soir, quand elle rentrait. A croire qu'il espérait d'elle une réponse, un geste. Heureusement, il n'avait pas cherché à lui adresser la parole. Elle n'aurait pas su quelle attitude adopter. En fait, elle ne se sentait pas prête à l'affronter de nouveau. De toute manière, que pouvaient-ils encore trouver à se dire ? Les choses étaient claires, maintenant. C'est du moins ce qu'elle se serinait à longueur de journée, avec la ferme intention de s'en tenir à cette position. Mais les choses, comme toujours, n'allaient pas si aisément. Si encore elle n'avait pas tenu contre elle le corps puissant et langoureux de cet homme, si elle n'avait pas goûté à ses baisers brûlants, s'en détacher aurait été un jeu d'enfant… Chaque soir, dans le grand lit vide, elle se laissait aller à des images lascives, prenant plaisir à se figurer la vie qu'elle aurait pu avoir avec Adam, les moments suaves ou tout simplement légers qu'ils auraient passés ensemble, s'il n'avait pas appartenu à la famille Randolf. Et elle enrageait. Décidément, il était dit que ce Kurt briserait sa vie, et bien au-delà de leur éphémère relation, d'ailleurs ! Alors, elle se relevait, allait s'asseoir dans le salon ou bien dans la cuisine et s'efforçait de recouvrer un peu de paix, malgré le vide qu'elle ressentait en elle, malgré cette douleur sourde qui la rongeait.

Elle avait jugé préférable de laisser Maggie chez ses parents quelques jours de plus. D'abord parce qu'elle avait besoin d'être un peu seule. Et puis aussi parce que l'enquête sur son mystérieux voyeur n'avait rien donné. Etrangement, les coups de fil avaient cessé. Soit le coupable était bien Michael Rivers qui, effrayé par leur petite visite, avait décidé de les laisser tranquilles. Soit c'était une blague de mauvais goût et le plaisantin avait trouvé une nouvelle victime. Quoi qu'il en soit, elle se sentait en partie soulagée. Mais en partie seulement. Au fond, quelque chose lui disait que cette histoire n'en resterait pas là.

Il avait été décidé qu'elle récupérerait sa fille dimanche, après les fêtes rituelles qui devaient se tenir au centre culturel. Rachel, elle aussi, reviendrait à la maison. Cette perspective lui avait mis du baume au cœur. Encore deux jours et la vie allait peut-être pouvoir reprendre un cours normal. C'est du moins ce qu'elle s'était dit en allant bosser, ce matin. Mais elle avait bien vite déchanté. En arrivant, elle était tombée sur Abe qui lui avait annoncé son départ à la retraite. Ainsi, on y était. Son partenaire raccrochait, et pour de bon cette fois… Dans deux semaines, c'en serait fini de leur équipe.

— Tu savais que ça devait arriver, lui avait-il dit devant sa mine consternée. Ça fait des mois que j'en parle.

— Je sais bien. C'est juste que je ne voyais pas ça pour tout de suite…

Elle avait ressenti une impression étrange, comme si sa vie était à un tournant et qu'il ne lui serait plus possible de revenir en arrière. Kurt était mort, Adam l'avait trahie et à présent, Abe la lâchait…

— Ne fais pas cette tête, avait ajouté son partenaire. Tu as la vie devant toi, et une carrière prometteuse. Pourquoi voudrais-tu t'encombrer d'un vieux débris comme moi ? Tu sais, je ne regrette rien. J'ai fait mon temps, place aux jeunes ! Il n'y a qu'un truc, avait-il ajouté avec un air songeur. J'aurais bien aimé partir sur un gros coup.

— Comment ça ?

— Ben, disons que ce qu'on fait en ce moment, coffrer des types en mal d'amour, c'est pas vraiment folichon. Je ne sais pas, moi : je me serais bien vu démanteler un réseau de prostitution international, arrêter un boss de la mafia, faire tomber le roi des dealers… Un coup d'éclat, quoi !

— J'ai peur que tu rêves un peu, Abe. C'est vrai que notre boulot n'est pas toujours glorieux, mais enfin, il a sa nécessité. Dis-moi, avait-elle ajouté en notant sur la veste de son partenaire la présence suspecte d'un cheveu blond, n'y aurait-il pas par hasard, derrière ta hâte de me quitter, une créature de sexe féminin ?

— Excellente observation, inspecteur James, avait-il plaisanté en passant la main sur son revers. J'ai rencontré une belle blonde, en effet, qui doit peser dans les trois kilos et qui se prénomme Misty. Charmant, non ?

— Tu as un chat, toi ?!

— Disons plutôt que la demoiselle m'a un peu forcé la main. Elle s'est pointée chez moi hier matin en miaulant, comme si elle n'avait pas mangé depuis une semaine. Bref, elle m'a mis dans sa poche, va savoir comment ! Je lui ai ouvert une boîte de thon et elle s'est installée. Enfin, je l'aime bien. Elle n'est pas embêtante, elle ne pose pas de questions, la compagne idéale ! Pour les années qu'il me reste à vivre, je ne demande pas plus.

— Arrête, Abe ! Tu prends ta retraite, tu n'es pas à l'article de la mort !

— Ouais, mais j'avoue que j'angoisse un peu. Tu comprends, j'ai travaillé toute ma vie, moi ; je ne sais rien faire d'autre que le flic.

— Tu n'as pas de projets ?

— Pas vraiment… J'ai bien pensé à me recycler dans le privé. Comme consultant, ou bien comme détective. Je ne sais pas trop encore.

Détective… Si elle en avait embauché un en rencontrant Adam, elle se serait épargné bien des déconvenues. Elle ne lui aurait même pas adressé la parole. Mais il était vain de vouloir revenir en arrière. Quoi qu'elle en pense maintenant, elle était liée à cet homme. Indéfectiblement. Peut-être leur relation n'avait-elle aucun avenir mais, même s'il quittait Cherokee Corners et qu'elle ne le revoyait jamais, elle savait d'ores et déjà qu'elle ne l'oublierait pas. La constance avec laquelle il occupait sa pensée depuis quelques jours ne lui laissait aucun doute là-dessus.

Pour couronner le tout, restait le problème Randolf. Les parents de Kurt étaient donc bien vivants, et assez riches pour acheter la ville s'ils le voulaient ! Breanna ne pouvait oublier la manière dont son ex parlait d'eux. Bien sûr, il lui avait probablement menti, sur ce point comme sur d'autres, mais les mots étaient si durs, si définitifs… Pas facile de tirer un trait.

160

A l'heure qu'il était, Adam leur avait peut-être déjà appris l'existence de Maggie. Si tel était le cas, elle recevrait bientôt un courrier ou bien un coup de téléphone la sommant de les laisser exercer leur droit de visite. Et ça, elle n'était pas prête à l'accepter ! Comment pourrait-elle confier sa fille à des gens qui méprisaient ses origines indiennes ? Elle avait suffisamment souffert des réflexions de Kurt pour ne pas supporter que son enfant subisse le même dédain !

Il était plus de 1 heure du matin lorsqu'elle gara sa voiture devant chez elle. Du coin de l'œil, elle avait aperçu Adam qui, malgré l'heure tardive, lisait sous le porche, devant chez lui. Elle n'y prêta pas plus d'attention et fila vers sa porte d'entrée. Après tout, il faisait doux ; son voisin avait bien le droit de profiter de ses vacances comme bon lui semblait. Et même s'il l'espionnait… Tant qu'il ne lui demandait pas de comptes, elle s'en moquait bien ! Elle plongea la main dans son sac et s'arrêta net, en entendant des pas derrière elle. *Ses* pas, à n'en pas douter.

— Ah non ! l'entendit-elle prononcer. Tu ne vas pas encore me braquer ! Il ne t'est jamais arrivé de penser qu'un de ces jours, une balle pourrait partir ? Ce genre d'accident se produit quotidiennement, tu sais…

— Qui te dit que ce serait accidentel ? répliqua-t-elle froidement en sortant son trousseau de clés.

Elle déverrouilla sa porte et se retourna. Difficile de soutenir un regard aussi ardent… D'autant qu'il lui rappelait cruellement les baisers qu'ils avaient échangés, et la passion qu'elle y avait mise…

— Qu'est-ce que tu veux ? Il est tard et je suis fatiguée.

— Il faut qu'on parle, Breanna. Laisse-moi entrer, juste un instant. Je t'en prie.

Elle n'avait aucune envie de se retrouver en tête à tête avec lui. Elle nageait en pleine confusion, elle était éreintée et ne rêvait que d'une chose : prendre une bonne douche et se mettre au lit. En même temps, elle savait que, tôt ou tard, il faudrait qu'ils aient une discussion. Alors, autant se débarrasser au plus vite du pensum. Plus tôt elle s'en acquitterait, plus vite elle retrouverait la paix.

— Je vois mal ce qu'on pourrait trouver à se dire de plus, soupira-t-elle en l'invitant à entrer. Mais si tu insistes…

Il la suivit dans le salon. Elle déposa son sac sur le canapé et alla s'appuyer contre la cheminée, les bras croisés sur la poitrine, le visage fermé.

— Je t'écoute.

— D'abord, commença-t-il, visiblement très mal à l'aise, je veux que tu saches que je n'ai jamais eu l'intention de te blesser.

— Pourtant, c'est ce que tu as fait. Tu savais pourtant à quel point j'ai horreur du mensonge ! Et malgré tout, tu m'as caché qui tu étais.

— C'est vrai, je le reconnais. Mais à ma décharge, la première fois que nous nous sommes rencontrés, je t'ai prise pour une prostituée. Ça n'était pas vraiment ce que j'espérais, tu le comprendras. Aussi ai-je préféré attendre d'en savoir un peu plus sur toi avant de te parler.

— Tu te moques de moi ? Dès le lendemain matin, tu as su que j'étais flic ! Tu as même pu constater que ma famille était tout ce qu'il y a de respectable. Tu ne t'es pas démasqué pour autant, à ce que je sache !

— En effet, j'aurais dû tout t'avouer à ce moment. Mais je ne sais pas… j'avais besoin de te connaître davantage. Je voulais m'assurer que tu serais ouverte à ce que mon oncle et ma tante…

— Tu leur as parlé de Maggie ? coupa-t-elle, le cœur battant.

162

— Pas encore, non. Je ne leur parlerai pas sans ton aval. Il s'agit de ta vie et de celle de ton enfant, avant tout. J'ai peut-être fait preuve de maladresse à ton égard, mais je ne suis pas une brute, Breanna. Jamais je ne t'imposerai quoi que ce soit contre ton gré. J'attends ton accord.

— Dans ce cas, tu risques d'attendre longtemps, répondit-elle en allant s'asseoir sur un bras du canapé.

Elle le fixa un instant, assez pour voir combien sa position le déstabilisait. Non, cet homme ne pouvait être mauvais. Disons seulement qu'il n'avait pas son expérience de la vie et qu'il raisonnait de son seul point de vue.

— Mais pourquoi ? s'exclama-t-il. Pourquoi refuser à deux personnes âgées le droit de connaître leur petite-fille ? Pourquoi refuser à Maggie l'amour qu'ils ont à lui donner ? Ta haine pour Kurt t'aveugle-t-elle au point de te venger sur ses parents ? Sur ta propre fille ?

— Arrête avec ça, Adam, se récria-t-elle tout de suite. Il ne s'agit pas de vengeance. Ce n'est pas à Kurt que je pense dans cette affaire. Je protège Maggie, c'est tout.

— De quoi ? Je ne comprends pas de quoi tu as peur…

Il baissa les paupières et se tut un instant, puis vint s'asseoir sur le côté opposé du canapé. Il paraissait sincèrement désemparé. Presque perdu. Breanna sentit les larmes lui monter aux yeux. Toutes ces années à se convaincre d'oublier Kurt et ses paroles cinglantes pour en arriver là ! Il avait suffi qu'Adam invoque ces souvenirs détestables pour qu'ils remontent à la surface. Intacts, pernicieux. Elle détourna la tête, mortifiée à l'idée de craquer devant Adam. Il fallait qu'il s'en aille, qu'il la laisse seule ! Tant pis s'il ne comprenait pas sa réaction. Après tout, ça ne le regardait pas ! Mais elle le sentait qui se rapprochait d'elle, doucement. Elle voulut le repousser, lui demander de partir, mais aucun son ne sortit de sa bouche.

— Brea…, murmura-t-il en posant une main sur son épaule.

Elle se dégagea violemment, essuya les larmes qui coulaient sur ses joues et se tourna vers lui, l'esprit en feu.

— Quelle différence ça fait pour toi, hein ? En quoi cette histoire te concerne-t-elle ?

Il marqua un temps avant de répondre, visiblement surpris par la virulence de sa réaction.

— Il se trouve que j'aime mon oncle et ma tante, qu'ils viennent de perdre leur fils unique, et que je sais combien le fait de connaître Maggie les aiderait à tenir le coup. Bon sang, Breanna, tu n'as donc aucune compassion ?

— De la compassion ! explosa-t-elle. Mais de quoi me parles-tu, Adam ? Pourquoi devrais-je m'apitoyer sur le sort de ces gens bourrés de fric qui méprisent ce que je suis et n'auront de cesse d'apprendre à ma fille à renier ses origines ?

— Renier ses… ? Mais enfin, que veux-tu dire ? Explique-toi à la fin !

— Ne fais pas l'innocent ! Tu as été élevé par les Randolf, toi aussi ; tu dois savoir de quoi je parle. Avant de me quitter, Kurt ne m'a pas épargnée, figure-toi. Entre autres horreurs, il m'a dit que c'était une bonne chose que ses parents soient morts, car ils n'auraient pas supporté de voir leur sang souillé par celui d'une Indienne ! Tu comprends, à présent ? Non seulement ton cousin m'a laissée tomber, mais il s'est arrangé pour bafouer mes origines, au point de m'en rendre honteuse ! Ça, en effet, je ne le lui pardonnerai jamais. Quant à Maggie, je ne prendrai pas le risque de l'exposer à d'aussi viles discriminations ! Maintenant, laisse-moi, par pitié ! Retourne près des tiens et ne me demande plus rien !

Elle éclata en sanglots et, à bout de force, se laissa tomber dans les bras d'Adam.

10.

Adam la tint longtemps serrée contre lui, caressant doucement ses cheveux tandis qu'elle sanglotait. A l'évidence, elle avait contenu ces horreurs trop longtemps. Pendant toutes ces années, elle avait dû ravaler les humiliations que son ex-mari lui avait fait subir, ne rien dire, par égard pour sa famille, pour sa fille qu'elle chérissait tant. Peut-être même avait-elle espéré que Kurt lui reviendrait, qu'il aurait changé, et qu'en voyant son enfant, il regretterait ses propos. Mais il n'en avait rien été et Breanna avait gardé en elle cette blessure toujours ouverte.

Il crispa les mâchoires. Décidément, son cousin n'avait vraiment reculé devant rien ! Adam s'en voulait. Comment avait-il pu être assez aveugle pour vouer à ce demi-frère un amour aussi inconditionnel ? Il sentait sourdre en lui une colère terrible, une révolte même. Et étrangement, il réalisait que ce sentiment n'était peut-être pas si nouveau. Au fond, s'il avait toujours couvert les frasques de son cousin, il en avait depuis longtemps conçu une forme de répugnance, même s'il ne l'avait jamais vraiment exprimée. Et il regrettait que Kurt soit mort, aujourd'hui : il aurait bien aimé lui dire ses quatre vérités !

Il restait silencieux, attendant que la jeune femme se calme. C'était bien la seule chose qu'il pouvait faire pour elle, en ce moment. D'autant plus qu'il redoutait le moment où elle reprendrait ses esprits. Comme elle l'avait très bien dit elle-même, Kurt et lui avaient reçu la même éducation. Il y avait de fortes chances pour qu'elle voie en lui la réplique exacte de son cousin et qu'elle lui attribue des pensées similaires. Elle avait juste craqué, ça ne signifiait pas qu'elle lui faisait de nouveau confiance. Il fallait pourtant qu'il lui prouve qu'elle se trompait. Que Kurt s'était fourvoyé sur une voie que ni lui ni ses parents n'avaient jamais cautionnée. Il fallait qu'elle le croie. L'avenir des Randolf en dépendait. Le sien aussi, il le sentait confusément. En fait, même si leurs destins devaient se séparer, il ne supporterait pas que Breanna garde de lui une si piètre image.

Les hoquets se firent plus espacés et il sentit que la jeune femme reprenait ses esprits. Progressivement, elle se détacha de lui pour venir s'adosser au canapé, les yeux rougis. Adam lui prit la main et attendit, anxieux. Apparemment, elle n'essayait pas de la retirer, il y avait donc quelque espoir.

— Ces dernières années, mon oncle, ma tante et moi-même, nous avons usé beaucoup d'énergie à endurer les écarts de Kurt, murmura-t-il lentement. En fait, nous passions notre temps à essayer de dédramatiser. On le disait inconstant, tête en l'air, frondeur. Bref, on s'efforçait de considérer ses défauts sous l'angle le plus positif possible, alors qu'en réalité, mon cousin était le dernier des irresponsables. Sans doute cela l'aurait-il aidé si nous avions eu le cran de le mettre au pied du mur. Si nous ne lui avions pas fait de cadeau, il ne se serait peut-être pas senti au-dessus des lois. Mais tu vois, il y a une chose que j'ignorais, c'est qu'il pût être cruel, comme il l'a été avec toi. Je l'aimais trop, sans doute, pour admettre une telle bassesse chez lui…

Adam concevait avec amertume combien il s'était voilé la face. Le frère d'adoption qu'il avait pleuré n'avait jamais existé. A sa place, c'était un homme vil et sans scrupule qu'il voyait maintenant, un type capable de faire gratuitement souffrir une femme aussi pure et attachante que Breanna.

— J'ai passé ma vie à repasser derrière Kurt, reprit-il. A réparer ses erreurs, à remettre de l'ordre dans le chaos qu'il avait l'habitude de laisser derrière lui. J'ai même eu la prétention de vouloir lui servir de modèle alors que je n'étais tout au plus qu'un garde-chiourme. Ça n'a servi à rien, il n'en a jamais fait qu'à sa tête, n'a jamais tiré la moindre leçon de ses erreurs. Mais tu ne peux pas en vouloir à ses parents, Brea. Ce sont des gens bien, je t'assure. Ils tomberaient des nues s'ils apprenaient les horreurs que leur fils a pu raconter sur eux. Je crois même qu'ils ne s'en remettraient pas.

— Kurt a prétendu qu'ils étaient morts, allégua la jeune femme. Je sais maintenant qu'il me mentait, que les êtres dont il me parlait étaient le produit de son invention. Mais il a dit aussi certaines choses qui collent avec ce que sont les Randolf. Il répétait que seul l'argent comptait pour eux, l'argent et le pouvoir qu'il donne sur autrui, qu'ils s'en servaient même pour acheter les gens et gagner leur affection. Pour lui, c'était évident : s'ils avaient encore été en vie, ils auraient tout fait pour m'enlever Maggie.

— Mon cousin n'a cessé de gémir contre ses parents sa vie durant, répondit Adam. Il aimait à passer pour un enfant martyr, auquel on aurait refusé la moindre affection et dont on se serait débarrassé en le couvrant de cadeaux. Si tu savais le nombre de fois où je l'ai entendu raconter cette fable ! Il n'y a rien de vrai là-dedans, crois-moi. C'était juste un moyen qu'il avait trouvé pour se rendre intéressant et attendrir les femmes qu'il voulait séduire. Je suis désolé de te dire ça, Brea, mais c'est un discours qu'il a servi à plus d'une. Quant aux Randolf, à l'amour qu'ils lui ont porté, il s'agit d'autre chose. Je suis bien placé pour le savoir. Et en ce qui concerne Maggie, je peux t'assurer que jamais l'idée ne les traverserait de te la prendre.

— Je ne sais plus que croire, émit Breanna en poussant un soupir. J'ai lu des articles dans la presse, au sujet d'Edward et d'Anita Randolf. Je sais qu'ils sont riches et influents, du genre à faire la pluie et le beau temps. J'imagine qu'ils aimeraient que leur petite-fille fréquente les écoles les plus chères du pays, qu'elle reçoive une éducation digne de leur milieu, bref, qu'ils ne verraient pas d'un bon œil que Maggie soit élevée par une femme flic, indienne de surcroît.

— Ecoute, je ne vais pas te mentir. Ils sont riches. Immensément riches, même. Mais ça ne fait pas d'eux pour autant des gens malhonnêtes ou mauvais. Lorsqu'ils m'ont recueilli, j'avais déjà onze ans, mon éducation était faite, ou presque. Eh bien, ils m'ont pris comme j'étais et m'ont aimé comme leur propre fils. Jamais ils n'ont essayé de m'imposer un moule qui ne m'aurait pas convenu. J'ai fréquenté l'université du Kansas, j'ai pris le bus comme tout le monde, enfin, j'ai vécu simplement. Parce que aussi, même si leur position les oblige à paraître en public dans des lieux clinquants, ces gens, fondamentalement, sont plutôt modestes et discrets. Contrairement à ce qu'en a dit Kurt, ils ont un rapport très sain à l'argent et n'auraient jamais la stupidité d'en faire dépendre leurs relations affectives.

Il regarda son interlocutrice, espérant lire sur son visage un signe encourageant. Que pouvait-il lui dire de plus pour la convaincre ? Il adorait ses parents adoptifs, il connaissait leur profonde générosité, mais comment en apporter la preuve ? Il pouvait bien lui faire tous les récits du monde, si Breanna refusait de le croire, il restait impuissant. Le mieux, bien sûr, aurait été qu'elle les rencontre, mais pour ça, il fallait d'abord qu'elle se défasse des infamies de Kurt. Ce qui n'était pas partie gagnée...

— Ecoute, Brea, voilà ce que je te propose, avança-t-il après avoir réfléchi quelques secondes. Tant que je n'aurai pas ton aval, je ne parlerai pas de Maggie à mon oncle et à ma tante. Mais de ton côté, je veux que tu me promettes que tu reconsidéreras les choses de leur point de vue. Ils sont âgés et pour eux, aujourd'hui, l'avenir n'a aucun sens. Savoir qu'ils ont une petite-fille leur redonnerait goût à la vie. Je t'assure que tu ne regretteras pas un seul instant de leur avoir laissé une chance de la connaître.

— Peut-être, mais il me faut du temps…

Il acquiesça en serrant sa main dans la sienne.

— Tu m'as manqué, Breanna, risqua-t-il prudemment.

— Tu ne t'en es sans doute pas rendu compte, mais j'étais passablement en colère, ces jours derniers.

— Détrompe-toi, j'ai parfaitement compris ta réaction, je ne t'en blâme pas, d'ailleurs. En tardant à te parler, je t'ai entretenue dans une idée fausse et je m'en veux pour ça. Mais je ne supporte pas que tu puisses penser que j'ai trahi ta confiance. Ce n'est pas le cas.

Elle ne répondit rien et se contenta de sourire en plongeant son regard dans le sien.

— Je n'ai plus reçu d'appels anonymes, déclara-t-elle après un temps. Depuis que tu as installé le nouvel appareil, plus rien.

— C'est étrange… Tu as parlé de ton achat à quelqu'un ?

— Ma sœur, mes parents… Abe, mon coéquipier. Pourquoi ?

— Tu ne trouves pas bizarre que les coups de fil aient cessé précisément le jour où tu t'es procuré de quoi les identifier ?

— J'y ai pensé, bien sûr. Mais comme ce jour-là, on a aussi rendu visite à Michael Rivers… Je me suis dit qu'il était peut-être notre coupable et que notre intervention l'aura calmé. Ou alors qu'il s'agissait seulement d'un petit plaisantin qui aura fini par se lasser. Ça m'est égal, en fait. L'essentiel, c'est qu'on me laisse tranquille.

Elle retira doucement sa main et se leva en s'étirant.

— Il est tard, Adam. Je crois que nous nous sommes dit tout ce qu'on pouvait se dire…

Si elle paraissait sincèrement épuisée, lui, de son côté, n'avait strictement aucune envie de dormir. Il se leva cependant et la suivit jusque dans l'entrée. Soudain, elle leva vers lui ses grands yeux sombres et le considéra avec un mélange de provocation et de vulnérabilité qui le toucha au vif.

— Tout à l'heure, tu m'as dit que tu avais passé ta vie à réparer les erreurs de ton cousin. C'est ce que je suis pour toi ? Un ratage de Kurt auquel il te faudrait apporter réparation ?

— C'est en effet pour tenter de recoller tout ce que Kurt avait brisé par son inconséquence que je suis venu à Cherokee Corners. Mais une journée m'a suffi pour comprendre. La chaleur avec laquelle ta famille m'a reçu m'a touché, continua-t-il. Maggie m'a plu dès que je l'ai vue. Quant à toi… c'est bien simple, tu m'as bouleversé. Si j'en avais le pouvoir, Breanna, je te jure que j'aimerais effacer de ta mémoire toutes les paroles blessantes que t'a adressées mon cousin. Je ferais en sorte que personne ne puisse plus jamais te faire de mal…

Contre toute attente, la jeune femme repoussa la porte et la verrouilla à double tour. Que se passait-il ? Qu'avait-il dit pour qu'elle change si brusquement d'intention ? Il n'eut pas le temps de se poser beaucoup de questions. Déjà, elle s'était jetée dans ses bras et lui offrait ses lèvres, avec une ferveur inédite. Il avait contenu si longtemps son désir que maintenant, il ne répondait plus de rien. Il prit sa bouche avec un appétit féroce et l'embrassa à en perdre le souffle.

— Je ne sais pas si je t'aime ou non, Adam, murmura-t-elle dans un souffle. Et je n'ai certainement pas en toi une absolue confiance. Mais j'ai envie de toi comme jamais je n'ai désiré un homme. Si maintenant nous faisons l'amour, je ne veux pas que tu te méprennes sur mes intentions ni sur mes sentiments pour toi.

— Très bien, répondit Adam, interloqué par autant de franchise. Je ne cherche pas le grand amour, moi non plus. Mais je te désire au moins autant que toi. Alors n'allons pas chercher plus loin.

Il avait à peine terminé sa phrase qu'elle l'embrassait de nouveau avec fougue. Ce soir, le monde pouvait s'écrouler, Adam s'en moquait bien. Ils iraient au bout de ce qu'ils avaient commencé.

Breanna aurait aimé croire qu'elle était sous le coup de la folie, mais depuis Kurt, elle n'avait plus partagé aucune intimité avec un homme. Sans doute son corps réclamait-il simplement ce dont il avait manqué pendant si longtemps. Mais il ne s'agissait pas que de combler un manque, elle le savait bien. Avant Adam, personne ne l'avait tentée. Dès les premiers moments, elle avait été attirée par lui, par cette délicatesse alliée à la force mâle et indomptable qui émanait de toute sa personne. Pourquoi, alors, se refuser un plaisir auquel ils aspiraient l'un comme l'autre ?

Elle le poussa doucement vers le salon et l'attira à elle tout en s'allongeant sur l'épaisse moquette. Le désir qu'elle lut alors dans ses yeux, quand il interrompit leur baiser, la fit littéralement trembler. Jamais un homme ne l'avait regardée comme ça. Avec cette passion, cette avidité aussi. Et elle avait besoin de se sentir aimée, ne fût-ce que le temps d'une nuit.

Elle se cambra tout en plongeant ses doigts dans l'épaisse chevelure d'Adam et l'embrassa avec une fougue inouïe, dont elle-même ne se savait pas capable. Puis, elle caressa son torse en descendant lentement vers le bas du ventre. Elle avait envie de lui… envie d'exciter sa virilité. Déjà, Adam avait dégrafé son chemisier et son soutien-gorge, et mordillait la pointe durcie de ses seins. Elle s'offrait, savourant les ondes infinies de plaisir qu'il faisait vibrer dans tout son corps. Elle glissa une main fébrile le long des cuisses de son partenaire et, déboutonnant son jean, se mit à le caresser avec volupté, ravie de prendre la mesure de son désir. D'un mouvement preste, il retira tous ses vêtements et revint sur elle en oscillant entre ses cuisses. Ils étaient nus, enfin, l'un contre l'autre, et la chaleur qu'ils sentaient jusqu'au fond de leur être les enivrait comme un nectar divin. Breanna se laissa aller à ce vertige et se pressa contre lui, gémissant au contact de sa peau satinée. Soudain, il l'embrassa avec ferveur et plongea son regard dans le sien.

—Veux-tu, maintenant ?

— Oui, oh, oui, Adam, viens, je t'en prie…

Elle écarta les cuisses, l'invitant à la prendre et sentit le poids de son partenaire sur elle lorsque, d'un geste expert, impérieux, il entra en elle en poussant un long gémissement. Jamais elle n'avait éprouvé un tel ravissement. C'était comme si autour d'eux, le monde s'évanouissait. Elle épousait le rythme régulier de son amant puis, parfois, prenait l'initiative, se cambrait et gémissait. Alors Adam lui souriait et s'enfonçait en elle plus brusquement, profondément. Et elle vibrait, sa chair rayonnant d'une volupté neuve, intense. Bientôt leur souffle se confondit et ils ne formèrent plus qu'un seul corps, emporté par la même houle. Un cri déchira l'espace et ils retombèrent, frémissants, comblés au-delà des rêves qui les avaient poussés l'un vers l'autre.

Ils restèrent un long moment enlacés, écoutant la course folle de leurs cœurs, puis Adam déposa un baiser tendre et délicat sur les lèvres de Breanna, ce qui eut le don de l'émouvoir, peut-être plus encore que les instants qu'ils venaient de partager.

— J'ai l'impression d'avoir seize ans, confia-t-il en souriant, que tes parents dorment là-haut, à l'étage, et qu'on risque de se faire pincer à tout moment.

— On ne peut pas dire que tu manques d'imagination, répondit Breanna en riant. Je t'arrête tout de suite, une chose pareille n'aurait jamais pu arriver chez mes parents. Tous les garçons de la ville savaient que mon père était le chef de la police. Plutôt dissuasif, non, quand on veut braver les interdits ?

Elle se dégagea de son étreinte et s'assit sur ses talons.

— Je vais prendre une douche.

— Tu sais que j'excelle en frottage de dos ? proposa-t-il, malicieux.

Elle avait un instant espéré lui signifier qu'il était temps qu'il rentre chez lui mais, tout bien considéré, rien ne pressait. La nuit n'était pas terminée et elle se sentait bien, avec lui.

— Vendu ! répliqua-t-elle en le guidant vers la salle de bains.

Une minute plus tard, ils étaient tous les deux dans l'espace confiné de la douche, l'eau brûlante ruisselant sur leurs corps encore vibrants du plaisir qu'ils s'étaient donné. Breanna ne savait pas trop à quoi s'attendre, même si l'idée de partager ce moment, déjà, l'excitait. Dans un premier temps, Adam se contenta, comme il le lui avait promis, de lui laver doucement le dos avec une éponge moussante. Mais bientôt ses caresses se firent plus audacieuses. Et ils firent de nouveau l'amour, plus lentement cette fois, leurs deux corps savonneux glissant sensuellement l'un contre l'autre.

Lorsqu'ils se séparèrent, Breanna enfila un peignoir tout en regardant Adam se sécher. Si elle avait pensé prendre du plaisir sans qu'aucune autre émotion ne s'y mêle, c'était raté ! Cet homme l'avait littéralement bouleversée. En quelques jours, toutes ses défenses, toutes ses réserves s'étaient volatilisées. Au point qu'elle rêvait de nouveau d'un amour durable. D'un mariage heureux. D'une vie de famille. Le délire complet !

Il fallait vraiment qu'elle reprenne un minimum de distance ou bien elle se préparait une amère déception. Puisqu'elle était incapable de faire taire ses fantasmes… Dieu merci, Adam n'avait pas parlé de dormir chez elle. Elle s'imaginait mal se réveiller dans ses bras au petit matin, et lui faire un café avant qu'il s'en aille. Il faudrait se creuser pour trouver une formule impérissable, il ne saurait pas comment partir, il s'excuserait peut-être. Non, mieux valait éviter ce pensum.

— Ce qui vient de se passer ne change rien, dit-elle en le raccompagnant à la porte.

— C'est-à-dire ?

— Pas un mot aux Randolf.

Elle resserra nerveusement son peignoir sur sa gorge et baissa les paupières. Il lui fallait invoquer toute sa fermeté d'âme pour le laisser s'en aller.

— Ne t'inquiète pas, Brea, j'attendrai que tu sois prête. Par contre, je ne crois pas que ces quelques heures que nous venons de passer tous les deux ne changent rien.

Il ouvrit la porte et déposa un baiser sur sa joue.

— En ce qui me concerne, reprit-il, tout a changé. Je n'ai plus à me torturer pour me rappeler le parfum de ta peau. Je sais aussi que j'aime faire l'amour avec toi et que rien ne me tente plus que de recommencer.

— Adam, objecta-t-elle, sois raisonnable. Tu sais très bien que répéter l'expérience, aussi agréable fût-elle, ne serait pas très sage.

— Je ne vois pas pourquoi.

Pourquoi ? Mais parce qu'elle était en train de tomber amoureuse ! Et parce que ça finirait mal, comme avec Kurt ! Plus mal encore sans doute, si elle se fiait à la passion avec laquelle elle avait répondu au désir d'Adam. Jamais elle n'avait éprouvé pour son ex-mari une telle intensité de sentiment ; jamais elle ne s'était livrée à lui aussi complètement.

— Nous en discuterons un autre jour, si tu veux bien, dit-elle en baissant les yeux. Je ne tiens plus debout, crois-moi.

— OK, Brea, j'y vais, murmura-t-il en déposant un nouveau baiser sur le coin de ses lèvres. Fais de beaux rêves.

Lorsqu'il ferma la porte derrière lui, Breanna respira. Les appels anonymes, l'ours pendu, tout cela n'était rien à côté du danger bien concret qui la menaçait. Un danger qui habitait la porte à côté. Un danger qui se nommait Adam Spencer.

11.

Le dimanche s'annonçait radieux. Une journée idéale de printemps. Le ciel était dégagé et une brise légère venait tempérer la chaleur d'un soleil déjà haut. Adam enfila un jean et un polo blanc, et sauta dans sa voiture. Direction, le centre culturel.

Le parking était déjà presque comble lorsqu'il s'y gara. En avisant la voiture de Breanna, le rythme de son cœur s'accéléra. La jeune femme était là, pas de doute. Ils allaient enfin s'octroyer quelques heures tous les deux. Il s'avança sur les vastes pelouses de la propriété où il découvrit bientôt une foule de gens rassemblés autour d'un grand feu, au milieu du champ le plus large. Alentour étaient disposées sept tonnelles selon un plan qui ne semblait pas dû au hasard. Sans doute une coutume indienne dont il lui faudrait demander l'explication.

Il se mêla aux spectateurs au moment même où les tambours commençaient à se faire entendre. Il chercha aussitôt Breanna et sa fille du regard, et ne tarda pas à les apercevoir, à l'autre bout du terrain. Il mit cependant quelques secondes à les reconnaître : elles arboraient toutes les deux le costume traditionnel, ce qui, à bien des égards, constituait une véritable métamorphose. La mère portait une robe de peau brune ornée de plusieurs rangées de perles multicolores. Elle était pieds nus et ses cheveux coiffés de deux fines tresses encadraient son visage placide et fier. De son profil altier se dégageait une grande prestance, une souveraineté même, qui en disait long sur l'histoire de son peuple. Adam sentit sa gorge se nouer devant tant de noblesse. De grâce, aussi. Comment Kurt avait-il pu être assez grossier pour se détourner d'une telle femme ?

La petite Maggie, vêtue elle aussi de la tenue d'apparat, des coquillages autour de la taille, se tenait devant sa mère, qui avait posé une main sur son épaule. Adam croisa son regard et elle sourit jusqu'aux oreilles, ce qui le toucha sincèrement. Etrangement, la petite lui avait manqué toute cette semaine, et il était heureux de la revoir. De constater aussi qu'elle n'avait rien perdu de son allant.

Enfin les tambours se turent et Rita Birdsong James apparut au centre du groupe, levant les mains pour faire taire l'assistance. Elle expliqua la présence des sept tonnelles, chacune représentant une branche illustre de la tribu Cherokee. Adam, émerveillé devant l'aisance et les talents de conteuse de cette femme, écouta avec intérêt les récits qu'elle livrait à une audience littéralement captivée. Un silence quasi religieux avait gagné la foule, chacun semblant pendu à ses lèvres, s'attendant sans doute à voir surgir devant lui les esprits qu'elle invoquait ou dont elle rapportait la légende. Elle acheva son discours en relatant l'histoire de Raven Mocker et les danses reprirent. C'était l'heure de la *Stomp*. Adam regarda la fillette, radieuse, qui s'en donnait à cœur joie. Elle semblait parfaitement à l'aise en public et ne se souciait que de s'amuser avec ses petits camarades. Breanna, quant à elle, avait disparu dans la foule, sans doute accaparée par quelque obligation nouvelle. La petite eut bientôt terminé et, contre toute attente, Adam la vit se précipiter vers lui sans même se préoccuper de savoir où était sa mère.

— Tu m'as regardée ? s'empressa-t-elle de demander, les yeux pétillants d'enthousiasme.

— Je ne t'ai pas quittée des yeux, assura-t-il en souriant.

— Et ça t'a plu ?

— D'après moi, tu es la meilleure danseuse de *Stomp* de tout l'Oklahoma !

Maggie le prit par la main et le força à s'accroupir devant elle.

— Ça veut dire que tu es fier de moi ? demanda-t-elle. Ma copine Jenny, son père lui dit toujours qu'il est fier d'elle quand elle a bien dansé.

— Je suis très fier de toi, répondit Adam, embarrassé. Mais je te l'ai déjà dit, je ne suis pas ton papa.

— Ça, je le sais. Maman m'a dit qu'il était mort. C'est triste, mais comme je ne l'avais jamais vu… Ce que je voudrais maintenant, c'est que maman, elle me trouve un nouveau papa, mais un vrai cette fois. Un papa qui vive avec nous, qui m'emmène à l'école et puis manger des glaces, qui me raconte des histoires le soir pour m'endormir et me fasse des bisous comme le papa de mes copines.

Adam sentit son cœur se serrer et la colère, de nouveau, l'envahir. Si Kurt avait rempli ses devoirs de père, cette enfant aurait connu ces plaisirs simples dont elle parlait, au lieu d'accumuler frustration sur frustration. Parce que même si Breanna avait tout fait pour qu'elle soit heureuse, elle n'avait pu combler le vide laissé par cette absence.

— En attendant que tu le trouves, ce papa, fit-il tendrement, tu veux bien que je t'embrasse ? Encore une fois, sache que je suis très fier de toi. Pour le reste, je suis certain qu'un jour, tes vœux se réaliseront.

La petite passa ses bras autour de son cou et il se releva en la tenant serrée contre lui.

Il suffisait que Breanna parvienne à dépasser définitivement l'échec de son mariage pour dégoter un homme responsable, qui saurait aimer Maggie comme un père. Mais cet homme-là, Adam ne pouvait pas l'être. Il n'avait pas les qualités voulues, voilà tout. Question de caractère. Et même si ces jours derniers, il s'était découvert des penchants qu'il ne se connaissait pas. Même s'il savait que son séjour à Cherokee Corners, auprès de la famille James, avait fait de lui un homme radicalement différent.

Breanna était occupée à disposer des plats sur une table lorsqu'en levant les yeux, elle aperçut sa fille dans les bras d'Adam. Elle sentit sa gorge se nouer et les larmes lui brûler les paupières. Depuis le départ de Kurt, elle s'était refusée à refaire sa vie. Pour elle, faire entrer un homme dans son quotidien était inconcevable ; c'était risquer de bouleverser l'équilibre précaire dans lequel elle s'était efforcée d'élever son enfant. Mais elle concevait aujourd'hui les limites d'un tel raisonnement : si elle s'était protégée de toute nouvelle déception, elle avait aussi privé Maggie d'une figure paternelle dont, manifestement, la petite avait grand besoin.

Elle rejeta ces pensées peu souriantes et s'activa de nouveau pour mettre le couvert. Elle aurait toute la soirée pour gamberger, si elle le voulait. Pour l'instant, il fallait que le buffet soit présentable ! Les femmes de la communauté avaient passé la semaine à préparer des plats traditionnels, tous plus appétissants les uns que les autres et il convenait de les mettre en valeur. Un quart d'heure plus tard, les convives s'approchaient de la longue table, une assiette ou un verre à la main.

— Tu comptes m'éviter toute la journée ? entendit-elle prononcer derrière elle.

Elle sursauta et, le cœur battant à tout rompre, se retourna pour tomber nez à nez avec Adam.

— Mais pas du tout. J'ai à faire, c'est tout.

Il lui sourit avec un scepticisme si manifeste qu'elle ne put s'empêcher de rougir.

— OK, reprit-elle, tu as raison. J'ai fait en sorte de ne pas tomber sur toi.

— On peut savoir pourquoi ?

C'était bien la seule question à laquelle elle ne pouvait pas répondre. Tout simplement parce qu'il lui aurait fallu avouer du même coup qu'elle était en train de tomber amoureuse !

— Je ne sais pas, fit-elle, évasive. Admettons qu'après ce qui s'est passé entre nous, je me sente disons… mal à l'aise…

— Il n'y a aucune raison de l'être, Breanna. Nous savions ce que nous faisions, l'un comme l'autre, non ? Mais aujourd'hui est un autre jour. J'aimerais juste profiter de ce beau dimanche avec toi et les tiens. Crois-tu que ce soit possible ?

Elle hésita. En fait, elle ne savait plus du tout où elle en était. D'un côté, elle ne pouvait pas lui donner tort ; et d'un autre, elle avait envie qu'il parte, qu'il s'éloigne d'elle, qu'il cesse de la tenter. Elle n'eut cependant pas le loisir de répondre car Maggie venait de se faufiler entre eux.

— Vous viendrez me voir jouer cet après-midi ?

Adam questionna Breanna du regard.

— Les plus jeunes doivent disputer un tournoi d'*Ana-jodi*. C'est un jeu traditionnel indien, qui ressemble un peu au cricket.

— Tu sais bien que ta mère et moi sommes tes plus fervents supporters ! répondit-il, radieux. Sans compter que je ne connais pas ce jeu et que j'aimerais bien le découvrir.

— Alors tu viendras aussi, maman ?

Cette dernière gratifia Adam d'un regard réprobateur avant de se tourner vers sa fille. Elle était coincée, maintenant, et Adam l'avait fait exprès, c'était certain.

— Bien sûr, ma chérie. Et maintenant, va remplir ton assiette. Il faut que tu prennes des forces pour tout à l'heure.

Maggie s'éloigna en courant, et Breanna n'attendit pas une seconde de plus pour faire connaître sa pensée.

— Je n'aime pas vos méthodes, monsieur Spencer.

— Pardon ? répliqua-t-il en feignant l'innocence.

— Tu sais très bien de quoi je veux parler. J'aimerais que tu arrêtes d'utiliser ma fille pour arriver à tes fins.

— OK, j'ai un peu abusé de la situation, finit-il par avouer avec un sourire désarmant. Mais écoute, Brea, si on passait cette journée ensemble sans se poser de questions ? Je me sens bien avec toi et j'aimerais profiter encore un peu de ta compagnie avant de repartir pour Kansas City.

Les mots étaient lâchés ! Et ils firent sur Breanna l'effet d'une bombe. Pourtant, Adam ne lui avait jamais caché son intention de rentrer chez lui. De la même façon qu'il avait été clair sur le fait qu'il ne voulait ni femme ni enfants. Mais quelque chose, en elle, refusait d'admettre qu'ils en restent là. Pourquoi la vie s'obstinait-elle ainsi à la décevoir ? Elle ravala sa salive et parcourut l'assemblée d'un regard vide. Après tout, il avait raison. Puisque tout allait finir bientôt, autant qu'ils apprécient le moment présent sans penser à la suite.

— Très bien, déclara-t-elle enfin. Allons déjeuner, je meurs de faim.

Ils allèrent se servir au buffet et s'installèrent à une des nombreuses tables rondes disposées sur l'herbe.

— J'ai vu que tu saluais mes parents, tout à l'heure, s'enquit la jeune femme tout en mordant dans un pâté à la viande. J'espère que tu as échappé au cours d'histoire indienne !

— Nous nous sommes juste croisés, en fait. Ton père, d'ailleurs, m'a pris à part. Il tenait à avoir « une petite conversation entre hommes » avec moi.

— Ah bon ? Et à quel sujet ? demanda Breanna avec étonnement.

— Pour faire bref, il m'a stipulé que si j'avais le malheur de te causer le moindre mal, la malédiction de la famille James s'abattrait sur ma tête.

— Non ! Il t'a dit ça ?

— C'est ton père, fit remarquer Adam en haussant les épaules. C'est normal qu'il veuille te protéger.

— J'ai vingt-sept ans. Je n'ai plus besoin qu'on veille sur moi ! Et puis, tu n'es pas un danger pour moi ; je ne vois pas en quoi tu pourrais me faire du mal. Puisque ni l'un ni l'autre, nous ne tenons à nous engager...

— C'est bien ce que je lui ai expliqué. Enfin... ce que tu dis me rassure : je n'ai donc pas à craindre qu'un membre de ta famille m'attende au détour d'un chemin pour me faire la peau !

Ils terminèrent leur repas en silence, Breanna notant avec satisfaction qu'Adam appréciait l'animation ambiante. Ils rejoignirent ensuite le terrain sur lequel la partie d'*Ana-jodi* avait commencé.

— Les Cherokee ont un vrai sens de la communauté, déclara le jeune homme en faisant un signe de la main à Maggie. Et le moins qu'on puisse dire, c'est que tu ne détonnes pas dans le paysage. Je crois que je n'avais jamais rencontré autant de bienveillance chez mes semblables, du moins à si grande échelle. Quand tu disais que Kurt t'avait rendue honteuse de tes origines, que voulais-tu dire exactement ?

Breanna poussa un profond soupir et laissa son regard se perdre dans le lointain. S'il y avait un souvenir qu'elle abhorrait entre tous, c'était bien celui-là. Mais après tout, Adam avait le droit de savoir.

— Quand il m'a rencontrée, expliqua-t-elle après un temps, ton cousin s'est intéressé à la culture cherokee. Il m'encourageait à lui parler de nos croyances, de nos légendes, de nos coutumes. Tu peux imaginer avec quel enthousiasme je lui répondais. Je pensais qu'il m'aimait et qu'il me respectait. Mais j'étais loin du compte ! Jamais, à ce moment-là, je n'aurais pu imaginer qu'il s'en servirait un jour comme d'une arme pour mieux me détruire...

A sa grande surprise, les mots étaient sortis d'eux-mêmes, sans gêne particulière, sans douleur non plus. Peut-être commençait-elle à s'en libérer.

— Une arme ? interrogea Adam, les sourcils froncés.

— Bien vite, il a changé d'attitude. Il faisait constamment référence à ma culture pour la tourner en ridicule, pour me montrer à quel point j'étais naïve, idiote. Oui, il riait de nos croyances, qu'il considérait tout au plus comme de pauvres superstitions. A la fin, il avait pris l'habitude de m'appeler sa sauvageonne, sa petite squaw…

Au souvenir de cette humiliation, elle sentit la nausée l'envahir. Il fallait pourtant qu'elle aille jusqu'au bout.

— Jamais je ne me suis sentie aussi mal, aussi… diminuée. Le plus dur, c'était de me dire que j'avais épousé un homme aussi bête et aussi cruel. J'étais responsable.

Elle sentit la main d'Adam se poser sur la sienne et leva les yeux vers lui. Il avait l'air à la fois révolté et désolé.

— Quand Kurt est parti, c'est là que j'ai perdu pied. Je me suis dit qu'il avait raison, que je n'étais bonne à rien, que je n'étais jamais qu'une sauvage, inculte et sans discernement…

— Quelle pitié, soupira Adam. Comment a-t-il pu te conduire à de telles pensées, toi qui es si forte, si intelligente, si déterminée ?

— C'est compliqué… Tu sais, des tas de femmes se laissent ainsi déstabiliser. Aussi lucides soient-elles au départ, il arrive qu'elles se perdent sous l'effet des pressions mentales que leur conjoint leur impose. A force d'entendre tous les jours un homme qu'on respecte, qu'on aime même, vous traiter avec mépris, vous refuser la moindre qualité, on finit par lui donner raison. On se dit qu'on ne vaut pas grand-chose, qu'on est idiote ! Pour ma part, j'en étais venue à rejeter mes origines indiennes, devenues à mes propres yeux un signe patent d'infériorité. En plus, j'étais enceinte, à l'époque : j'étais prête, je crois, à tout encaisser, pourvu que le père de mon enfant reste avec moi. Comme tu le sais, ça n'a pas empêché Kurt de partir... De toute façon, je pense que quand on perd confiance en soi, on donne de soi une image si peu séduisante qu'on légitime l'attitude avilissante de l'autre. C'est un cercle vicieux. J'ai vu beaucoup de femmes battues qui aboutissaient *in fine* à la même analyse. Et puis, Kurt était plutôt malin. Il n'a pas dévoilé son jeu tout de suite, au contraire ; il s'y est pris progressivement. Bref, je n'ai rien vu venir. Mais aujourd'hui, je pense que s'il n'était pas parti, j'aurais fini par le quitter.

— Si tu savais combien je suis désolé, Breanna...

Elle le considéra un instant avec étonnement. La manière dont il s'impliquait dans cette histoire la troublait.

— Tu n'es pour rien dans tout ça. Mais dis-moi, si j'ai bien compris, tu t'es toujours efforcé de réparer les erreurs de ton cousin ? Je veux bien croire que aies eu à cœur de protéger tes parents adoptifs, mais ça n'explique pas tout. Notamment pas cette façon que tu as de culpabiliser à sa place. Tu t'es déjà demandé pourquoi tu faisais ça ? Je veux dire, quel bénéfice en retires-tu ?

— Je ne comprends pas très bien...

— Il y a une réciprocité dans toute relation. En général, on ne fait pas que donner, on prend aussi, à l'autre, de l'autre. Ce que Kurt a reçu de toi me semble évident. Mais toi, Adam, il bien fallu que tu y trouves ton compte ?

A l'évidence, elle avait touché là un point sensible chez son interlocuteur.

— C'est une conversation bien sérieuse pour un dimanche ensoleillé, éluda-t-il en s'efforçant de sourire.

Il n'était visiblement pas prêt à aborder la question. Inutile d'insister, donc. Les circonstances ne s'y prêtaient peut-être pas, en effet.

— Tu as raison, concéda-t-elle. Si tu m'offrais un thé ?

Ils s'acheminèrent vers une des tonnelles où l'on proposait des boissons chaudes. Breanna se sentait étonnamment bien. Jamais elle n'avait évoqué cette période de son mariage avec autant de facilité. C'était comme si les idées qui la rongeaient depuis des années s'étaient vidées de leur dimension destructrice. Et Adam n'était pas étranger à cette révolution, elle en était convaincue. Jour après jour, elle se rapprochait de lui, c'était indéniable. Elle recommençait à lui faire confiance. Elle se prenait même à rêver d'un avenir avec lui… Plus encore, elle avait envie de mieux le connaître, de l'aider à éclaircir ses propres zones d'ombre, à se libérer de ses propres démons. Bref, elle l'aimait !

Pourtant, il allait rentrer chez lui. Pour ne jamais revenir. Il fallait absolument qu'elle coupe court à tout cela et lui fasse ses adieux au plus vite. Parce qu'elle se connaissait : si elle se mettait à croire à cet amour, elle ne se remettrait jamais de l'avoir perdu…

12.

Il était plus de 22 heures lorsqu'ils quittèrent le centre culturel, chacun dans sa propre voiture. Tout en suivant sa voisine, Adam se repassait le film de cette belle journée ; il revoyait les danses, les jeux, les sourires, la convivialité en somme qui résumait à elle seule l'éthique du peuple Cherokee. Il songeait aussi qu'il n'avait guère eu d'occasions de se retrouver en tête à tête avec Breanna, mais peu importait : chaque moment qu'ils avaient passé l'un avec l'autre avait recelé une telle magie, une telle intensité, qu'il en conservait un souvenir ému. Inaltérable.

Il faut dire aussi qu'à mesure que le temps passait et leur offrait des opportunités d'être ensemble, leur complicité grandissait. Breanna, même, commençait à lire dangereusement en lui. Il avait déjà noté chez elle un don de pénétration hors du commun, mais la question qu'elle lui avait posée, à propos des relations qu'il entretenait avec Kurt, l'avait tout bonnement pris de cours. Et maintenant, elle lui trottait dans la tête, pernicieuse tout autant qu'incontournable. En fait, et aussi étrange que cela puisse paraître, il n'avait jamais envisagé la question sous cet angle. Pourtant, il le concevait aujourd'hui, on pouvait légitimement s'interroger. Pourquoi s'était-il si obstinément appliqué à repasser derrière les frasques de son cousin ? Quelle motivation avait-il pu trouver à le suivre dans toutes ses folies, à veiller sur lui sans cesse ? Brea avait raison, il devait bien y avoir quelque chose de gratifiant là-dedans… Pourquoi avoir pris son rôle tellement à cœur ? Pour ramasser les miettes, comme son cousin l'avait cyniquement suggéré ? Adam ne le croyait pas. En fait, il n'en savait rien. Il était conscient d'avoir porté Kurt à bout de bras, et, dans le même temps, il ignorait ce qui avait pu le pousser à agir ainsi. Une chose était sûre, néanmoins : s'il parvenait à débrouiller cette question, il franchirait une étape décisive. Enfin… Pour l'heure, la réponse se trouvait enfouie dans les méandres de son subconscient. Hors d'atteinte.

Il se gara et rejoignit Breanna, occupée à détacher la ceinture de sécurité de Maggie qui dormait profondément sur la banquette arrière de la voiture.

— Laisse-moi faire, dit-il d'un ton qui n'admettait aucune réplique.

Il souleva doucement l'enfant dans ses bras tandis que sa compagne allait déverrouiller la porte.

— Merci, dit-elle quand il fut arrivé à sa hauteur. Je peux la prendre, à présent.

— N'insiste pas, Brea, je vais la monter dans sa chambre. J'y tiens.

La jeune femme poussa un soupir et le précéda dans l'escalier. Il était grand temps qu'elle accepte l'aide de quelqu'un. C'était même nécessaire si elle voulait pouvoir, un jour, accepter qu'un homme entre de nouveau dans sa vie. Elle releva le drap et Adam déposa délicatement la fillette dans son lit.

— Rachel est toujours chez ta sœur ? demanda Adam en descendant dans le salon.

— Elle y était encore hier mais elle est partie ce matin pour Tulsa. Son père est dans une maison de retraite là-bas. Elle devrait rentrer demain… Tu veux un café ? proposa Breanna après une courte hésitation.

Incroyable ! Alors qu'il s'attendait à ce qu'elle le renvoie chez lui sous le premier prétexte, voilà qu'elle l'invitait à rester ! Il acquiesça, se demandant toutefois s'il n'aurait pas à s'en mordre les doigts. Parce qu'à en croire l'état d'excitation dans lequel il se trouvait, il n'était pas bien sûr de se contenter d'un café ! En réalité, il mourait d'envie de dégrafer lentement sa robe et de lui faire l'amour jusqu'à l'aube ! Il lui était arrivé de passer de bons moments avec une femme ; il avait même souvenir d'épisodes voluptueux. Mais jamais il n'avait désiré quelqu'un avec autant d'intensité. Son impression du premier jour se confirmait : Brea l'avait ensorcelé !

Cependant, il se dispensa bien de toute allusion équivoque. A l'évidence, la jeune femme ne partageait pas ses fantasmes. Du moins pas en ce moment. Il avait d'ailleurs senti, au fil de la journée, qu'elle se détachait peu à peu de lui, devenant de plus en plus distante. Elle paraissait soucieuse, presque mélancolique. Si seulement il avait pu lire dans ses pensées…

— Ça va, Breanna ? Je te trouve étrangement… abattue, risqua-t-il, inquiet.

— Ce n'est rien, répondit-elle en versant le café. Je réfléchissais, c'est tout.

— Et peut-on savoir à quoi ?

— A toi, Adam, avoua-t-elle en tournant vers lui ses prunelles sombres. J'aimerais que tu me parles un peu de ta vie. Je ne sais pas, moi… que tu me dises comment tu as été élevé, par exemple…

Il poussa un soupir et s'adossa à la chaise. Rarement il revenait sur le passé. Trop douloureux, se disait-il toujours.

— Je n'ai plus beaucoup d'images de mes parents, confia-t-il après un temps. Et je n'aime pas trop en parler. Disons que mon premier souvenir clair correspond à mon arrivée chez mon oncle et ma tante. Je me revois encore, passant des heures devant la fenêtre, immobile, silencieux. Je ne sais pas ce que je regardais. En fait, je crois seulement que je posais mes yeux là pour ne pas avoir à affronter une autre réalité. J'étais très malheureux.

Sans mes parents, je ne pensais pas pouvoir survivre. Oui, j'étais perdu, dans tous les sens du terme.

— Avec tes parents, vous viviez aussi à Kansas City ?

— Non, à St Louis. C'est à cinq heures de route, pas plus, mais à onze ans, on n'a des distances qu'une notion très vague. En fait, c'était comme si j'avais changé de pays. Comme un exil.

— Je comprends. Je n'imaginerais pas quitter Cherokee Corners ; j'y ai toutes mes racines, ma famille… J'aurais l'impression, ailleurs, d'être apatride. Mais revenons à toi. Parle-moi de tes relations avec tes parents et ton… cousin.

Surpris, Adam se racla la gorge. Jamais il n'avait évoqué ses souvenirs d'enfance.

— Eh bien, que pourrais-je te raconter d'amusant… J'étais assez sportif. Mon oncle et ma tante nous ont inscrits, Kurt et moi, dans l'équipe de base-ball du quartier. Oncle Edward n'avait jamais vu un match de sa vie, mais il s'est improvisé assistant de notre entraîneur ! Tante Anita passait ses mercredis après-midi au club, soignant les petits bobos ou bien préparant des gâteaux pour le goûter. En deux mois, le base-ball était devenu le hobby familial ! Kurt supportait mal cette révolution. En réalité, je crois qu'il n'acceptait pas que ses parents changent à ce point leurs habitudes pour moi. Mais en ce qui me concerne, l'année que j'ai passée dans ce club m'a aidé à couper avec ma vie d'avant. Sans compter qu'aujourd'hui, je mesure à quel point mon oncle et ma tante se sont employés à me rendre heureux. Je ne leur serai jamais assez reconnaissant, d'ailleurs.

— Tu dis que Kurt était jaloux de toi, en quelque sorte. Pourtant, j'avais l'impression que vous étiez très proches, je me trompe ?

— Pas vraiment, non. Petit déjà, mon cousin débordait d'énergie. Il ne tenait pas en place ! Il avait une idée de jeu par seconde et n'était jamais satisfait de rien. J'avoue que parfois, c'était épuisant. Mais il me fascinait. Ce qui fait que même quand il se comportait en enfant gâté, je lui passais ses caprices. Mais Breanna, pourquoi ces questions ?

— Je pensais à Maggie, répondit la jeune femme. Un enfant ne reçoit jamais trop d'amour.

Adam resta silencieux et se contenta de boire son café à petites gorgées. Où son interlocutrice voulait-elle en venir ?

— Tu connais l'expression qui dit que le fruit ne tombe jamais loin de l'arbre ? continua-t-elle. Si j'ai peur de laisser entrer les parents de Kurt dans la vie de ma fille, c'est que je crains qu'ils ne lui ressemblent. Ou plutôt que leur fils ait tenu d'eux.

Adam s'apprêtait à protester mais elle leva la main avant qu'il ne puisse ouvrir la bouche.

— Attends ! Je n'ai pas terminé. Je me dis également que ces gens t'ont élevé, toi aussi. Et le moins que l'on puisse dire, c'est que ton cousin et toi, vous n'avez rien en commun.

— Merci, laissa-t-il échapper.

— Tu as mon feu vert, Adam. Tu peux parler de Maggie à ton oncle et ta tante. Rentre à Kansas City et annonce-leur la bonne nouvelle.

— Tu en es sûre ? demanda-t-il en posant sa main sur celle de la jeune femme, tremblant.

— Je ne suis sûre de rien si ce n'est que j'ai envie de te faire confiance. Tu m'as menti quand on s'est rencontrés, mais tu avais tes raisons, je l'ai compris. Je ne vois pas pourquoi tu ferais l'éloge de ces gens si tu ne les portais pas réellement dans ton cœur. Si ce que tu prétends à leur sujet est vrai, alors Maggie n'a rien à craindre d'eux. Bien au contraire.

— Je te promets que tu ne regretteras pas ta décision.

Il se sentait heureux tout à coup, libéré même. Non seulement la fille de Kurt venait de gagner deux grands-parents formidables, mais il allait pouvoir alléger un peu la douleur d'Edward et d'Anita, qui avaient tant fait pour lui. Restait tout de même une ombre au tableau. Puisque tout était réglé, il n'avait plus rien à faire à Cherokee Corners. Bien sûr, il y avait la vision d'Alyssa. Mais il le concevait maintenant : ce vague pressentiment, aussi funeste soit-il, lui avait surtout servi de prétexte pour se rapprocher de Breanna. Pour rester en contact avec elle.

— Bien, déclara cette dernière en retirant doucement sa main. Je suppose que tu ne vas pas tarder à rentrer chez toi, à présent.

— En effet… Il me faut une journée pour faire mes cartons, et ensuite, je m'en irai, répondit-il en se levant. Merci pour le café, Brea. Je crois qu'il est temps que j'aille me coucher.

Elle se leva à son tour, visiblement étonnée qu'il se retire si brusquement. C'était pourtant elle qui avait mis la chose sur le tapis…

— Tu ne nous quitteras pas sans dire au revoir à Maggie, j'espère ?

— Tu plaisantes ? Bien sûr que non ! Bonne nuit, Breanna.

Il s'éclipsa avant de craquer. Une minute de plus et il la prenait dans ses bras. Mauvaise initiative. Le mieux qu'il avait à faire, c'était de ne pas rendre ces adieux plus pénibles qu'ils ne l'étaient déjà. Inutile de gamberger, de toute façon. Il *fallait* qu'il parte. Sa vie l'attendait à Kansas City, une vie simple, sans femme ni enfants.

Il rentra chez lui et s'affala sur le canapé, l'esprit vide. Il ferma les yeux et revit Maggie, son regard pétillant, la manière dont elle lui avait souri avant de s'endormir. Cette petite avait tellement besoin d'un père… Il se leva brusquement et se mit à faire les cent pas, agacé par les pensées qui soudain l'assaillaient. Une semaine avait suffi pour qu'une femme et son enfant bouleversent tous ses repères ! La femme de Kurt… C'était vraiment absurde ! Breanna était tombée amoureuse d'un type sans complexes, d'un flambeur qui croquait la vie à pleines dents. Comment pouvait-il prétendre rivaliscr, lui, le petit comptable qui réfléchissait toujours à deux fois avant d'agir ? Quelle vie palpitante avait-il à lui proposer ? Vraiment, s'il avait une chose à faire, c'était de quitter Cherokee Corners au plus vite et d'oublier Breanna et Maggie James. De les laisser à une vie de famille à laquelle, définitivement, il n'appartenait pas.

Breanna, debout devant la fenêtre de sa chambre, regardait le clair de lune jouer sur les feuilles du grand chêne. L'image d'Adam la hantait. Il était tard pourtant, et grandement l'heure de dormir. Mais elle savait qu'elle ne trouverait pas le sommeil. Jamais un homme ne lui avait fait cet effet-là. Pas plus Kurt qu'un autre. Et cela, après seulement une semaine !

Elle s'allongea sur son lit, les yeux au plafond, se demandant quand les Randolf la contacteraient. Adam ne tarderait pas à les prévenir. Et il y avait des chances pour qu'ils se manifestent aussitôt. Rencontrer les parents de Kurt la mettrait un peu mal à l'aise. Sans doute lui faudrait-il du temps pour apprendre à les connaître, à les regarder pour eux-mêmes et non comme leur fils les lui avait présentés.

Mais cette perspective n'était rien à côté de celle du départ d'Adam. En l'autorisant à achever sa « mission », elle savait qu'elle le perdait, qu'il allait retourner à sa vie d'avant, l'oublier. Et que pouvait-elle contre ça ? Tout était écrit par avance, dans cette histoire. Elle avait toujours su que ça se terminerait ainsi. Pourtant, elle avait un mal fou à accepter… Peut-être était-il déjà en train de préparer ses affaires, sans doute avait-il l'intention de quitter la ville à la première heure… Ils n'auraient donc plus l'occasion de parler tous les deux ; c'en était fini de leurs longues conversations, de leurs étreintes, aussi. Dire qu'elle pensait pouvoir s'octroyer une parenthèse futile, une nuit de plaisir et puis tourner la page ! Balivernes. Elle aimait Adam, comme jamais elle n'avait aimé ! Et elle ne supportait pas qu'il disparaisse de sa vie. Elle sentit des larmes poindre aux coins de ses yeux.

La fatigue finit par avoir raison de ses ruminations et elle sombra dans un sommeil sans rêves. Lorsqu'elle rouvrit les yeux, un rayon de soleil caressait sa joue. Elle avait dû dormir longtemps. 9 heures ! Et Maggie n'était pas venue la réveiller ? Elle se leva, enfila son peignoir et jeta un œil dans la chambre de sa fille. La petite dormait encore, sans doute épuisée par ses exploits de la veille.

Elle descendit dans la cuisine et se prépara un café en se forçant à ne pas regarder par la fenêtre. Surtout, ne pas penser à son voisin. Fini, les larmes ! Il était grand temps de retomber sur terre. De quoi se plaignait-elle, au juste ? Elle adorait son métier, elle avait une enfant extra, une baby-sitter en or, une famille unie. Tous ses désirs étaient comblés, non ?

Elle terminait sa première tasse lorsqu'elle entendit Maggie descendre l'escalier en courant.

— Bonjour, ma chérie ! s'exclama-t-elle en l'embrassant.

— Bonjour, maman. J'ai très faim, tu sais ! Je voudrais bien des pancakes.

— Ah oui ? Et qui va les faire ?

— Toi et moi ? suggéra l'enfant avec un grand sourire.

Voilà ce qui comptait vraiment, songea Breanna quelques instants plus tard, en regardant Maggie battre les œufs. Pourquoi s'embarrasser d'un homme ? Tant qu'elle avait le bonheur de partager ce genre de moments avec sa fille, elle n'en demandait pas plus. Tout le reste était dérisoire. Elles déjeunèrent de bon appétit et Maggie, à peine avalée la dernière bouchée, monta s'habiller pour redescendre un instant après, une couverture dans les bras. Elle annonça qu'elle allait jouer sur la pelouse, devant la maison.

— Monsieur l'Ours me manque, fit-elle remarquer en baissant la tête.

— Je vais appeler oncle Clay pour savoir si nous pourrons bientôt le récupérer, proposa Breanna.

— Comme je suis toute seule, tu voudrais bien jouer avec moi ?

— Avec plaisir, ma puce. Je m'habille et je te rejoins.

La jeune femme fila dans sa chambre, passa un short et un vieux T-shirt et fit une toilette rapide. Elle entendait Maggie monter et descendre l'escalier en courant. C'était une habitude chez elle : il fallait absolument qu'elle s'entoure de tout un arsenal de jouets dès qu'elle s'installait dehors. Une manière de reconstituer son petit univers, sans doute. Bientôt, elle aurait vidé sa chambre ! Breanna sourit avec tendresse et termina de nouer ses cheveux. Puis elle retourna dans sa propre chambre pour passer un coup de fil à Clay. Après une courte discussion, il fut convenu qu'elle viendrait chercher la peluche à 14 heures au labo. En redescendant, elle se versa une nouvelle tasse de café et l'emporta avec elle. Elle s'apprêtait à sortir lorsque le téléphone sonna. C'était sa mère, qui avait l'air passablement remontée !

— Apparemment, ton père m'en veut ! déclara-t-elle sans plus d'explication.

— Qu'est-ce qui se passe ? demanda la jeune femme en allant jeter un coup d'œil par la fenêtre.

Maggie était en train d'agencer sa résidence secondaire et s'affairait autour de sa couverture, une poupée dans une main, un berceau dans l'autre. Breanna alla s'asseoir à la table de la cuisine, tâchant de se concentrer sur les doléances de sa mère.

— Figure-toi qu'il veut m'emmener en croisière ! continua cette dernière.

— J'aimerais bien trouver quelqu'un qui m'en veuille au point de me faire un cadeau comme celui-là, plaisanta la jeune femme.

194

— Non, tu n'y es pas du tout ! Il est contrarié parce que je refuse d'y aller.

— Ah bon ? Et pourquoi donc ?

— Il veut partir le mois prochain, c'est la période la plus chargée au centre culturel !

— Maman ! Tu n'es pas irremplaçable, tout de même ! Le Centre ne va pas s'effondrer si tu t'en vas une semaine ou deux. Je suis sûre que tu peux trouver un remplaçant.

— Là n'est pas la question, s'insurgea Rita. C'est une affaire de principe. Le fait que Thomas me propose ce voyage à cette période de rush montre assez le peu de cas qu'il fait de mon travail ! Je n'ai pas raison ?

— Je crois que tu exagères, assura Breanna en souriant. Enfin, je suis certaine que vous allez finir par trouver un compromis. Bon, tu m'excuses, maman, mais il faut que j'y aille. Maggie m'attend pour jouer.

— Embrasse-la pour moi. Et dis-lui que je vais faire de mon mieux pour ne pas tuer son grand-père !

Breanna éclata de rire et raccrocha. Elle sortit sous le porche, appela Maggie ; mais sa fille n'était plus dans le jardin. Elle avait dû remonter dans sa chambre pendant qu'elle téléphonait.

— Maggie ! appela-t-elle depuis le bas de l'escalier. Je suis prête !

Pas de réponse. Elle gravit deux marches et appela de nouveau.

— Maggie, qu'est-ce que tu fais là-haut ? Viens, je t'attends.

Silence… Elle monta à l'étage et se rendit jusque dans la chambre de la petite. Personne. Elle n'avait pas dû faire bien attention quand elle avait regardé dehors. Sans doute Maggie était-elle derrière le chêne et elle ne l'avait pas vue, se dit-elle en redescendant les marches quatre à quatre.

Elle parcourut des yeux la pelouse. Les jouets de la fillette étaient épars, çà et là, autour de la couverture, mais aucune trace de son enfant. Où pouvait-elle bien être passée ?

— Maggie ! se mit-elle à crier.

Il ne fallait surtout pas qu'elle panique. La fillette s'était sûrement cachée pour lui faire une blague.

— Maggie, réponds-moi ! appela-t-elle en sondant toutes les cachettes possibles devant la maison. Ce n'est pas drôle, à la fin !

Quand elle eut inspecté le moindre buisson, elle dut se rendre à l'évidence. La petite n'était pas là…

13.

Adam avait tourné en rond toute la nuit pour ne s'endormir finalement qu'au lever du jour. Il était en train de boire son deuxième mug de café, assis à la table de la cuisine, lorsqu'on frappa violemment à sa porte. Qui cela pouvait-il bien être ? Il n'avait vraiment aucune envie de recevoir de visite.

Il se rendit dans l'entrée d'un pas traînant et regarda par le judas. Breanna ! Il déverrouilla rapidement la porte et elle se jeta littéralement sur lui, tambourinant contre son torse de ses poings fermés.

— Où est-elle ? s'écria-t-elle, en larmes. Où l'ont-ils emmenée ?

Il attrapa ses poignets et les maintint fermement.

— Calme-toi, s'il te plaît.

— Que je me calme ? Tu en as de bonnes, toi ! Où est ma fille, Adam ? Que lui ont-ils fait ?

— Qui ça, *ils* ?

— Les Randolf, évidemment ! s'exclama-t-elle en essayant de se dégager.

— Je ne comprends pas de quoi tu parles. Je ne les ai même pas encore appelés !

La jeune femme laissa ses bras retomber et se décomposa.

— Oh, pardonne-moi… J'avais pensé que… que peut-être…
Je ne la trouve nulle part, Adam, reprit-elle avec des yeux
désespérés. Maggie a disparu…

Elle expliqua en balbutiant que la dernière fois qu'elle avait
vu la petite, c'était dans le jardin, devant la maison ; elle mettait
de l'ordre dans ses jouets.

— Calme-toi et viens, proposa Adam en la prenant par la main.
Allons voir de nouveau. Vous vous êtes peut-être ratées.

Ils firent le tour du jardin et appelèrent en vain.

— Il se peut qu'elle se cache, suggéra-t-il, s'efforçant de
masquer son inquiétude. Les enfants aiment bien ça. On va
inspecter la maison. Tu t'occupes du rez-de-chaussée et moi
du premier.

Il y avait quatre chambres à l'étage ; il commença par celle
de Maggie, inspectant les placards, regardant sous le lit et dans
tous les endroits susceptibles de servir de cachette à une enfant.
Il se rendit ensuite dans la chambre de Breanna, qu'il fouilla
aussi scrupuleusement que la première. Même chose pour la
chambre d'amis, celle de Rachel, et la salle de bains. Surtout,
rester calme. Garder son sang-froid. Il entendait en bas les appels
de plus en plus alarmés de Breanna. Evidemment, le champ des
possibles se rétrécissait considérablement. Il n'était pas rare
qu'un enfant s'amuse à se cacher, juste pour voir si les adultes
seraient capables de le trouver. Seulement la plaisanterie, en
général, ne durait pas plus de quelques minutes… Il redescendit,
l'estomac noué. Rien, aucun signe de Maggie. Breanna, quant
à elle, était plantée devant la fenêtre du salon, les bras ballants,
le visage rongé par l'anxiété.

— Et si elle était sortie du jardin ? suggéra-t-il en l'invitant
à le suivre dehors.

— Impossible, je le lui ai interdit. C'est une de nos règles.
Maggie est parfois turbulente mais elle m'obéit toujours.

— Je vais tout de même voir à l'arrière, dans la cabane. Peut-être a-t-elle eu envie de partir en exploration ? Elle se sera aventurée un peu plus loin que d'habitude.

Sa compagne acquiesça, sans trop y croire néanmoins. Adam serra sa main dans la sienne et l'encouragea du regard. Tant qu'il restait une possibilité, il fallait vérifier. D'autant que la cabane en question recelait un ramassis de planches pourries et que Maggie, si elle y était entrée, avait très bien pu en recevoir une sur la tête.

Une demi-minute leur suffit cependant à comprendre qu'elle n'était pas là non plus. Où pouvait-elle bien être passée ? Adam refusait encore d'admettre le pire. Pourtant, les pressentiments d'Alyssa lui revenaient en tête avec une acuité neuve. *Un danger plane sur un de mes proches…* Les mots, soudain, prenaient tout leur sens. Il entendit Breanna pousser un gémissement derrière lui. Elle craquait. Sans doute qu'elle aussi commençait à entrevoir la situation sous un angle plus sombre…

— Elle a pu courir derrière un chat, ou un chien, suggéra-t-il en tâchant de masquer son propre désarroi. Elle se sera éloignée et n'aura pas su retrouver son chemin.

Contre toute attente, les yeux de Breanna s'allumèrent.

— C'est possible ! s'exclama-t-elle. Elle adore les animaux.

— Je vais quadriller le quartier, déclara Adam.

— OK, je viens avec toi. En se répartissant les rues, nous aurons plus vite fait.

— Il vaudrait mieux que tu restes ici, au cas où Maggie rentre d'elle-même. Si elle ne trouvait personne à la maison, elle risquerait de paniquer.

Evidemment, le rôle qu'il lui confiait n'était pas le plus facile, loin de là. Demeurer inactive, à attendre les nouvelles tenait de la torture dans un moment pareil. Pourtant, c'était ce qu'il y avait de mieux à faire pour le moment.

— Ne t'éloigne pas du téléphone. J'ai mon portable. Si je la trouve, je t'appelle immédiatement, promit-il en s'éloignant rapidement.

Il s'efforçait de garder la tête froide, mais plus les minutes s'égrenaient, plus il avait le sentiment que Maggie ne s'était pas simplement égarée. Les quelques jours de répit pendant lesquels Breanna n'avait plus reçu d'appels n'étaient sans doute qu'une trêve. L'ours pendu avait constitué un avertissement, et cette fois... Adam crispa les mâchoires. L'idée que quelqu'un ait pu faire du mal à Maggie lui était tout bonnement insupportable !

Il prit la direction du centre-ville, par la route qu'ils avaient empruntée pour aller manger des glaces. Il était décidé à sonner à chaque porte, à interroger chaque témoin potentiel. Les deux premières maisons semblaient vides. Mais dans l'allée de la troisième, il trouva un jeune homme occupé à laver sa voiture. Non, il n'avait pas vu de fillette passer mais il n'était dehors que depuis dix minutes. Deux numéros plus loin, il tomba sur un homme d'une soixantaine d'années, qui taillait sa haie. Il travaillait dans son jardin depuis l'aube ; si Maggie était passée, il n'aurait pas pu la rater. Adam rebroussa donc chemin ; peut-être la petite était-elle partie dans la direction opposée. En repassant devant chez Breanna, il trouva la jeune femme assise sous le porche, son téléphone à la main. Dès qu'elle le vit, elle descendit les marches, se précipita vers lui et se jeta dans ses bras.

— Nous la retrouverons, assura-t-il en la serrant contre lui. Mais je crois qu'il faudrait que tu alertes la police.

— C'est fait, répondit-elle. Une patrouille sera là dans une minute.

Breanna se dégagea et lui sourit faiblement avant de revenir vers la maison. Adam allait la suivre lorsqu'il aperçut une petite forme bleue dans le gazon. Il se pencha et reconnut sans mal Tonnerre, le cheval en plastique que la fillette portait autour du cou. Il s'apprêtait à ramasser le petit pendentif mais il se ravisa.

Ce serait sans doute un mauvais service à rendre à la police. Il le laissa donc en place et rejoignit sa voisine, plus préoccupé que jamais. Le bijou se trouvait tout près de la route, dans un endroit où une voiture avait très bien pu s'arrêter… La suite était simple à deviner. Il garda cependant sa découverte pour lui et s'assit en silence près de Breanna. Inutile de l'alarmer prématurément. De toute façon, il préférait que la police se charge des hypothèses critiques. Au moins avaient-ils l'expérience de ce genre de situations…

Adam venait de la rejoindre, plus pâle que jamais, lorsqu'une voiture de police se gara derrière la sienne. Breanna mit un temps avant de réagir. Elle avait l'impression étrange de flotter. Comme si le temps n'avait aucune prise sur elle, comme si les minutes se succédaient, toutes identiques, chargées d'une insoutenable angoisse. Avant même qu'elle esquisse un geste, son voisin s'était précipité vers les deux agents en uniforme et leur indiquait du doigt quelque chose dans l'herbe. Elle courut vers eux et regarda à son tour. Tonnerre, non ! D'instinct, oubliant les règles les plus élémentaires de sa profession en matière d'indices, elle se baissa et saisit le pendentif. La chaîne était toujours là, mais brisée. Comme si on avait arraché le bijou. Plus de doute, maintenant. Maggie ne s'était ni cachée ni perdue. On l'avait enlevée…

— Pas de conclusions hâtives, s'empressa d'intervenir Ben Larsen en tendant la main. Pour le moment, on ne sait pas comment ce collier est arrivé jusqu'ici. Votre fille a très bien pu le perdre.

Breanna déposa à regret le petit cheval dans la paume de son collègue. Elle aurait préféré le garder sur elle, le serrer contre son cœur, comme un talisman. Mais elle savait aussi que l'objet pouvait receler des informations utiles.

Elle ne se rendit compte qu'elle pleurait qu'en sentant un goût salé sur ses lèvres. C'était bien le moment de se lamenter ! Comme s'il n'y avait pas mieux à faire ! Elle balaya ses larmes d'un revers brusque de la main et détourna la tête. Elle sentait le bras d'Adam posé sur son épaule, elle avait envie de jeter l'éponge, de laisser éclater son angoisse, son désespoir. Dans le même temps, elle voulait faire face. Si quelqu'un devait retrouver sa fille, c'était elle, et personne d'autre !

— Je vais demander du renfort, déclara Larsen. On va commencer par patrouiller les environs. Comment Maggie est-elle habillée ?

Ses vêtements… La question était importante, bien sûr, mais tout à coup, ses souvenirs se brouillaient. La petite s'était habillée seule, ce matin, et Breanna n'était sûre de rien. Avait-elle mis son short rose ? Un jean ? Mon Dieu, pourquoi n'y avait-elle pas fait attention ? Elle s'efforça de se repasser chaque événement de la matinée, même le plus insignifiant, et revit Maggie, sur l'herbe, au milieu de ses jouets. Elle tenait le berceau rose dans sa main droite et… Rose ! C'est ça. Breanna avait trouvé l'harmonie des couleurs charmante…

— Elle porte un short rose, déclara-t-elle enfin, sûre d'elle. Et un débardeur imprimé de fleurs, roses elles aussi.

Larsen hocha la tête et retourna à sa voiture pour utiliser la radio de bord.

— Nous allons la retrouver, assura Fred Macon, son coéquipier, avec un sourire compatissant. Je vais devoir te poser les questions de routine, Breanna, ajouta-t-il, gêné, en sortant un calepin de sa poche intérieure. Puis-je avoir votre nom, monsieur ? demanda-t-il d'abord à Adam.

— Adam Spencer est mon voisin, intervint la policière en indiquant la maison d'à côté.

— Pourrais-je m'entretenir avec vous un instant, monsieur Spencer ? Seul à seul.

202

— Bien entendu, acquiesça ce dernier.

— Arrête, Fred, coupa Breanna avec impatience. Inutile de perdre ton temps. Adam n'a rien à voir avec la disparition de Maggie. Aucune tendance pédophile chez lui. Puisqu'on en est à la procédure habituelle, autant passer en revue tout de suite toutes les rubriques : je ne bats pas ma fille, mes voisins n'ont donc rien pu voir ni entendre qui te mette sur la piste à laquelle tu penses. Ma fille n'a rien d'une fugueuse non plus. C'est bon, comme ça ?

Avant que Macon ait pu répliquer, une nouvelle voiture arriva, qui se gara derrière la première. C'était Savannah. Instantanément, Breanna sentit les larmes refluer ; elle se précipita vers sa sœur, qui lui ouvrit ses bras et la serra contre elle. Elles s'étaient si souvent prêté main-forte, l'une l'autre, par le passé. C'est Savannah qui était à son côté quand Maggie était née. Savannah encore qui avait acheté à sa fille son premier ours en peluche. Le très adoré *monsieur l'Ours*.

— Raconte-moi, demanda l'aînée, les sourcils froncés.

Breanna lui narra brièvement, et le plus calmement qu'elle put, la manière dont sa fille avait disparu.

— Tout s'est passé très vite, si je comprends bien, avança l'enquêtrice. A première vue, ça ressemble à un coup monté. Bon, au travail ! Je te jure qu'on va la retrouver, Brea.

Les quelques minutes qui suivirent virent l'arrivée de deux nouvelles voitures de police. Des agents en sortirent, commencèrent à quadriller le quartier et à interroger les voisins.

Glen Cleberg, enfin, fit son apparition. Il prit à part Adam et Breanna et les fit venir dans le salon.

— Bon, faites-moi un rapport, agent James. Que s'est-il passé ?

— Chef, par pitié ! gémit Breanna, incapable de recommencer une nouvelle fois son récit. Trêve de discours. Il faut agir, et au plus vite !

Dans les cas d'enlèvement, les deux premières heures s'avéraient souvent déterminantes, tout le monde le savait.

— Nous faisons tout ce qui est en notre pouvoir, répliqua Cleberg, aussi bourru que d'habitude. J'ai mis toute la brigade sur le coup. Par contre, il nous faudrait une photo récente de Maggie avant de lancer le plan Orange. Vous pouvez me trouver ça ?

Bien sûr, elle était officier de police, elle faisait partie de la maison. Si, dans les cas d'enlèvement d'enfants, on déployait toujours d'importants moyens, Breanna ne doutait pas que ses collègues mettent tout en œuvre pour la secourir. Avec un zèle décuplé, même. Mais elle se sentait tellement abattue, tellement désemparée… Elle se leva tout de même, prit son portefeuille dans son sac et en sortit la carte d'identité de sa fille, qu'elle contempla un instant. Maggie, sur l'image, portait son T-shirt préféré, celui avec une tête de clown, et souriait de ce sourire franc que tout le monde lui connaissait. Breanna ferma les paupières. Le jour où le cliché avait été pris, dans un photomaton d'une galerie commerciale, elles cherchaient une lampe de chevet pour la chambre de Maggie. La petite avait si peur du noir… Où était-elle, en ce moment ? Et que lui faisait-on subir ? Breanna prit une profonde inspiration, rouvrit les yeux et tendit le document à son supérieur.

— Merci, dit-il en s'en emparant. Je vais veiller à ce que la photo fasse le tour des médias. En attendant, vous restez chez vous, près du téléphone. Brutmeyer va venir installer une base d'écoute, de façon à ce qu'on puisse identifier le moindre appel suspect. Il faut s'attendre à une demande de rançon.

Rançon… Le mot était lâché… La jeune femme sentit son sang se glacer. Jusque-là, elle s'était contentée de vagues appréhensions, refusant de nommer les choses. Comme si, tant qu'on n'en parlait pas, elles n'avaient pas vraiment d'existence. Mais il n'était plus temps d'esquiver, maintenant. Maggie avait été kidnappée. Aussi horrible que cela paraisse, c'était la vérité. L'incontournable vérité.

— Simple précaution, corrigea Cleberg, qui avait dû percevoir son désarroi. Si ça se trouve, elle s'est simplement égarée et nous l'aurons retrouvée avant même que Brutmeyer arrive. Vous devriez faire du café, les hommes vont en avoir besoin.

Faire du café… Le vieux truc des flics, quand ils installaient leur cellule de crise chez les victimes. Histoire que les gens, secoués par ce qui leur arrivait, s'occupent l'esprit et ne traînent pas dans les pattes des agents. Breanna connaissait la musique, elle avait pratiqué, elle aussi. Mais elle n'avait aucune envie de s'en tenir à son rôle de mère courage en attendant, plus ou moins patiemment, que ces messieurs lui réclament une tasse de café ! Elle n'était pas seulement la femme désespérée à qui on a enlevé son enfant. Elle était aussi agent de police et elle escomptait bien prendre l'enquête à son actif, que ça plaise ou non à son chef !

Elle gagna la cuisine, alluma la cafetière, puis s'adossa au plan de travail, les bras croisés sur la poitrine. Adam l'avait suivie et ne la quittait pas des yeux, comme s'il s'attendait à ce qu'elle s'évanouisse d'une seconde à l'autre. Elle commençait à en avoir assez de la commisération ambiante !

— Ça va aller, je tiens debout, déclara-t-elle, passablement irritée.

— Je n'en doute pas.

— Alors arrête de tourner comme ça autour de moi, s'exclama-t-elle, les larmes aux yeux. Je te jure, c'est insupportable !

L'anxiété se lisait sur le visage du jeune homme, et malgré l'effort qu'il faisait pour paraître optimiste, on voyait bien qu'il avait peur.

— Excuse-moi, balbutia-t-il en évitant soigneusement son regard. Je me sens tellement impuissant… J'aimerais t'être utile à quelque chose…

Breanna s'approcha de lui et prit son visage entre ses mains.

— Tu aimes Maggie, toi aussi, n'est-ce pas ? murmura-t-elle.

— Oui, Brea, j'adore ta fille, répondit-il avec une émotion inédite. S'il lui arrivait quoi que ce soit, je ne m'en remettrais pas.

Elle se blottit contre sa poitrine et s'autorisa enfin à laisser aller les larmes qu'elle avait contenues jusque-là

— Breanna ?

Elle se redressa doucement, à regret, essuya ses joues et se retourna. Ben Larsen était dans la cuisine. Elle espéra un instant qu'il leur apportait une bonne nouvelle mais le visage fermé du sergent eut tôt fait de la renseigner. Aucune trace de son enfant pour l'instant.

— Ta famille est là, annonça-t-il seulement.

Elle sortit immédiatement, laissant Adam avec le policier. Dehors, Clay était déjà occupé à baliser le terrain avec le rituel ruban jaune. Ses parents, quant à eux, se trouvaient dans l'allée en compagnie d'Alyssa. Ils étaient silencieux, visiblement plongés dans la plus grande consternation. Elle alla vers eux et leur expliqua brièvement dans quelles circonstances Maggie avait disparu. Thomas avait posé sa main sur l'épaule de sa femme, dont les yeux embrumés de larmes brillaient d'un feu sombre qui en disait long sur sa force de caractère.

— Si seulement je ne t'avais pas appelée, ce matin, gémit-elle. Enfin… je suppose qu'il est inutile de vouloir refaire l'histoire. Ce qui est fait est fait. Dis-nous ce dont tu as besoin et nous nous en chargerons, ma chérie.

— J'aimerais bien que tu t'occupes de mes collègues, à l'intérieur, répondit Breanna. Ils vont sans doute devoir rester là un bon bout de temps ; il faudrait veiller à ce qu'ils aient de quoi se sustenter.

206

— Ne t'en fais pas, assura Rita avant d'entrer dans la maison, au bras de son mari. Nous retrouverons Maggie.

Brea se tourna vers Alyssa qui, jusque-là, n'avait pas ouvert la bouche. Sa cousine était livide ! Quant à ses yeux, hagards, ils semblaient fixer l'invisible.

— Oh, Brea, si tu savais comme je m'en veux, bredouilla-t-elle soudain. Je sentais bien que quelque chose se préparait, mais c'était si flou… Si j'avais pu décrypter ce fichu pressentiment, tout du moins comprendre que le sort de Maggie était en jeu…

— Ne dis pas de bêtises. Ce n'est pas ta faute, assura Breanna en la serrant dans ses bras. Et puis culpabiliser ne sert à rien, de toute façon ; sinon à assombrir encore un peu les choses. Va donc donner un coup de main à mes parents.

Alyssa sécha ses larmes et se dirigea vers la maison tandis qu'à l'autre bout du jardin, Clay, passablement remonté, interpellait ses agents.

— Dégagez-moi ces gens de la pelouse, bon sang !

Des voisins curieux, vraisemblablement alertés par le passage des policiers, s'étaient approchés du périmètre balisé et menaçaient de piétiner des indices.

— Tu crois que ton frère va trouver quelque chose ? s'enquit Adam qui venait de la rejoindre.

— Il y a peu de chance, soupira-t-elle. Mais tout de même, il faut s'arranger pour préserver en l'état le secteur où le criminel est passé. On ne sait jamais. En quadrillant le gazon centimètre carré par centimètre carré, Clay tombera peut-être sur un indice. Une empreinte, un chewing-gum, un mégot, que sais-je encore… Et puis, ajouta-t-elle, un tremblement dans la voix, il faudra qu'il examine les jouets de Maggie, sa couverture…

— Il vaut mieux que tu ne restes pas là, intervint le jeune homme. Rentrons, veux-tu ? Et laissons Clay travailler. Le téléphone n'arrête pas de sonner. Ils ont diffusé l'avis de recherche à la télévision et tes amis viennent aux nouvelles…

Déjà ! Breanna regarda sa montre. Ça faisait plus de trois heures que sa fille avait disparu ! Elle était tellement bouleversée qu'elle ne s'était absolument pas rendu compte du temps qui passait.

Elle suivit Adam jusque dans le salon et s'assit à son côté sur le canapé. Quelqu'un avait allumé le poste de télévision sur une chaîne d'information locale sans toutefois mettre le son, et les images défilaient, muettes, implacables, indifférentes. Son téléphone était maintenant équipé d'un système de détection ; Brutmeyer avait fait vite. Ce dernier lui expliqua en deux mots la manipulation à effectuer en cas d'appel puis retourna s'asseoir près de la table basse, où il avait installé son terminal d'écoute.

La sonnerie ne tarda pas à retentir. A répétition, même. Comme Adam le lui avait dit, c'étaient ses voisins qui, étonnés par l'attroupement qui s'était formé devant chez elle, s'inquiétaient de savoir si quelque chose lui était arrivé. Chaque fois qu'elle entendait le son strident du combiné résonner dans la pièce, son estomac se nouait. C'était bien là, en effet, leur unique chance de localiser Maggie : il fallait que son ravisseur se manifeste.

Breanna raccrocha le combiné et jeta un œil distrait à la télévision. On y voyait une série de tableaux sur fond bleu qui récapitulaient les résultats sportifs du week-end. Soudain, son cœur s'arrêta. La photo de Maggie venait d'apparaître à l'écran, accompagnée d'un encart donnant son nom, son âge et une description sommaire des vêtements qu'elle portait. En-dessous, une bande défilait : *Vue pour la dernière fois dans son jardin de Jonhson Street, Cherokee Corners.*

— « Pour la dernière fois »…, murmura-t-elle avant d'éclater en sanglots.

Heureusement, Adam était à son côté. Au moins pouvait-elle se réfugier dans ses bras. Elle n'aurait pas voulu s'effondrer ainsi devant ses collègues mais certains mots avaient une telle résonance…

Elle retrouvait à peine son souffle quand, de nouveau, le téléphone sonna. Elle hésita un instant avant de décrocher : elle n'était pas certaine d'avoir la force de soutenir la moindre conversation. Même s'il s'agissait juste d'entendre les paroles réconfortantes d'un ami. Breanna s'arracha tout de même aux bras de son compagnon, actionna le système de détection et décrocha le combiné.

La berceuse se déclencha immédiatement. Glaciale, terrible. La policière lança un regard paniqué vers Adam avant d'activer l'amplificateur de son. La musique emplit alors le salon tout entier, plongeant chacun dans une forme de terreur. Lorsque enfin elle se termina, il y eut un bref silence.

— Qui est à l'appareil ? s'enquit la jeune femme, folle de rage et d'inquiétude.

— Maintenant, nous voilà quittes, articula une voix d'homme avant de raccrocher.

14.

— C'est bon, j'ai identifié l'appel, s'écria Brutmeyer en frappant frénétiquement sur le clavier de son ordinateur. C'est le 555-2314.

— Dépêche, Tom. L'adresse, maintenant, intervint Cleberg, un cigare entre les dents.

— Ça vient… Ouais, on y est ! A l'angle de Tenth et de Main street… C'est une cabine téléphonique.

— Ta voiture, Adam ! s'écria Breanna en s'élançant au-dehors.

Adam, surpris, hésita un instant avant de lui emboîter le pas. Les voitures de police, stationnées devant chez sa voisine, obstruaient complètement l'accès à son garage. Impossible, donc, de prendre la Chrysler. Mais la jeune femme n'avait pas perdu de temps ; elle s'était déjà installée au volant de sa propre voiture et attendait impatiemment qu'il la rejoigne. Derrière eux, Cleberg hurlait :

— Lieutenant James ! Je vous ordonne de revenir tout de suite ! Vous n'êtes pas sur cette affaire, jusqu'à preuve du contraire !

— Tes clés ! ordonna la fautive quand Adam l'eut rejointe.

Apparemment, elle se fichait pas mal des menaces de son supérieur.

— Pas question que tu conduises dans l'état où tu es, protesta Adam. Si tu tiens à aller là-bas, c'est moi qui t'y emmènerai.

Sa compagne soupira mais glissa tout de même sur le siège passager. Il grimpa à son tour et démarra sur les chapeaux de roues. Direction, Main Street. Dans son rétroviseur, deux véhicules de police le suivaient, toutes sirènes hurlantes.

— Ignore-les, fit Breanna sans se retourner.

— Tu n'imagines tout de même pas que ce cinglé attend bien sagement qu'on vienne le cueillir dans cette cabine ?

Brea soupira. Oui, il était évident qu'elle nourrissait là un espoir totalement irrationnel. L'espoir d'une mère qui s'accroche à tout ce qu'elle peut pour sauver sa fille.

Après tout, ça valait toujours la peine de vérifier, songea Adam en enfonçant l'accélérateur. Le ravisseur s'était peut-être garé à proximité ; Maggie était peut-être dans la voiture, avec lui. Et s'il tombait en panne, qu'il ne puisse plus redémarrer ? Bien sûr, ces arguments ne tenaient pas la route. Mais Adam ne tolérait pas l'idée qu'on pût impunément faire du mal à une enfant. Ils coinceraient ce type, d'une manière ou d'une autre ! Même si, pour ça, il leur fallait un peu forcer le destin.

— Là ! s'écria soudain Breanna en indiquant un carrefour.

A l'angle d'un trottoir défoncé se trouvait une cabine vétuste, couverte de graffitis. Adam se gara sur le bas-côté tandis que Breanna bondissait hors du véhicule et parcourait des yeux les alentours. Les deux policiers qui les avaient suivis se postèrent de part et d'autre du téléphone pour empêcher quiconque de s'en servir. On allait procéder au traditionnel relevé d'empreintes, en espérant qu'elles soient lisibles.

— Je savais qu'on ferait chou blanc, avoua Breanna avec amertume. Mais j'en avais assez de tourner en rond.

C'était bien compréhensible, en effet. Rester à attendre, tout en sachant Maggie aux prises avec un malade, était absolument insupportable. Mais ils avaient si peu d'éléments tangibles… Un coup de fil, une voix en partie déguisée. C'était bien maigre. Le type pouvait habiter n'importe où ; peut-être même qu'il vivait dans sa voiture et n'avait aucun point de chute. Autant dire qu'en l'état actuel des choses, le retrouver relevait de la mission impossible. Adam soupira. A l'évidence, sa compagne mesurait, elle aussi, l'étendue de leur impuissance. Et elle en souffrait, plus cruellement que lui encore.

— Tes collègues vont prendre les choses en main, ici, avança-t-il doucement. Nous n'avons plus rien à y faire. Rentrons. On ne sait jamais ; le type peut se manifester de nouveau.

Elle baissa les yeux et acquiesça lentement avant de remonter en voiture. Ils rentrèrent dans un silence pesant, tout entier nourri de leurs craintes. Adam aurait aimé offrir à la jeune femme des paroles réconfortantes, mais que pouvait-il lui dire ? Il ne savait pas où était Maggie, il n'avait donc aucun moyen de lever son angoisse. Une chose, cependant, dans ce sinistre tableau, le rassurait. Il sentait qu'au-delà de son abattement manifeste, au-delà de ses larmes, Breanna ne s'effondrerait pas. Son métier lui avait appris, sans doute, à faire face, quoi qu'il arrive. Et puis les James semblaient tous avoir reçu en naissant une incroyable force de caractère qui leur permettait d'affronter la tête froide les situations les plus critiques.

Lorsqu'ils arrivèrent, Clay était déjà parti, emportant avec lui la couverture de Maggie et les jouets qu'elle y avait disposés. Il voulait les analyser sans tarder. Deux de ses équipiers, néanmoins, sondaient encore la pelouse à la recherche d'indices.

— Lieutenant James ! tonna Cleberg dès qu'ils pénétrèrent dans la maison. Je comprends que vous soyez bouleversée mais ce n'est pas une raison pour s'asseoir sur le code de procédure !

— Je doute que vous ayez la moindre idée de ce que je ressens, répondit froidement Breanna. On a enlevé mon enfant et je n'ai pas l'intention de rester assise à attendre un hypothétique coup de fil. Alors, je vous préviens, monsieur, ne vous avisez pas de vouloir me tenir à l'écart de l'enquête. Je suis flic, je vous le rappelle, et je suis tout à fait capable de faire taire mes émotions si les circonstances l'exigent ! A présent, j'aimerais qu'on me laisse seule, ajouta-t-elle à la cantonade.

Adam la considéra un instant tandis qu'elle montait à l'étage. Quelle femme admirable ! Il n'avait jamais rencontré une telle force d'âme chez un individu. Il croisa le regard de Cleberg qui tirait des bouffées nerveuses de son cigare.

— Cette affaire est devenue celle des James, maintenant, conclut l'officier d'un ton désabusé. Et même si aucun n'y a été affecté officiellement. Après tout, ils ont sûrement raison : qu'importe la procédure ! Quand on est acharnés comme ils le sont, on obtient des résultats, et c'est bien ça qui compte. Ça n'est pas pour rien que je les considère comme les meilleurs éléments de ma brigade.

Il resta silencieux quelques instants et poussa un profond soupir.

— Je n'aurais jamais imaginé qu'une enfant ne soit plus en sécurité chez elle à Cherokee Corners, reprit-il.

— Il suffit d'un cinglé pour terroriser toute une ville, répondit Adam, en fixant de nouveau l'escalier, l'esprit tout entier occupé de Breanna.

— Je ne vous cache pas, monsieur Spencer, que ce gars-là m'inquiète. Nous ne disposons d'aucune piste. Pas le moindre élément qui nous permette de progresser. Et pas de témoins. C'est comme si la petite s'était volatilisée !

— Clay trouvera peut-être des traces sur la couverture, suggéra évasivement le jeune homme.

— Possible…, répondit Cleberg sans grande conviction. Il faudrait pour cela que le ravisseur se soit avancé jusque-là. Parce que s'il a enlevé la gamine à l'endroit où on a retrouvé le pendentif, tout est fichu ! On n'aura rien.

— Et Michael Rivers ?

— On a vérifié, il a travaillé toute la journée. J'ai parlé avec son patron et un flic s'est rendu sur place. Il est *clean*.

J'avoue que j'aurais bien aimé que ce soit aussi simple. C'était le coupable idéal !

L'officier s'éloigna vers la cuisine sans plus de formalités. Adam, ne sachant que faire, alla s'installer sur le canapé, près du téléphone, et attendit. Brea avait besoin d'être seule. Quant à la police, elle n'avait manifestement pas besoin de lui.

Les minutes s'écoulèrent, rythmées par le va-et-vient incessant des enquêteurs et les sonneries régulières du téléphone. Chaque fois, Adam croyait qu'un miracle allait se produire, que le ravisseur allait formuler des exigences plus concrètes, chaque fois il ravalait sa déception quand il comprenait qu'il s'agissait d'un voisin ou d'un proche.

Une odeur de hamburgers emplit bientôt la pièce. Rita s'affairait dans la cuisine pour nourrir tout le monde. Et Breanna qui n'avait rien avalé depuis des heures… Il fallait pourtant qu'elle reprenne des forces. Adam se leva et gagna le premier étage. Evidemment, elle avait souhaité qu'on ne la dérange pas. Mais c'était plus fort que lui : il ne pouvait pas la laisser seule sans s'être assuré qu'elle n'avait besoin de rien. Il jeta un œil dans sa chambre mais ne l'y trouva pas ; seuls les vêtements qu'elle portait tout à l'heure étaient étalés sur le lit. Il revenait sur ses pas, perplexe, quand il avisa la porte entrebâillée de la chambre de Maggie. Sa compagne était là, assise sur le lit de sa fille, un lapin en peluche sur les genoux. Elle avait revêtu son uniforme réglementaire, ce qui ajoutait à sa dignité sans rien estomper de ses charmes.

— Ta mère a préparé à manger, articula-t-il enfin. Tu devrais descendre, histoire d'avaler quelque chose.

— Je n'ai pas faim, répondit-elle juste avant que son portable se mette à sonner. James, fit-elle en décrochant. Oui, Clay, je t'écoute. OK, je vois…

Elle raccrocha et leva les yeux vers Adam.

— Il a fini d'examiner la couverture, expliqua-t-elle. On a peut-être quelque chose. D'abord, il a trouvé des cheveux de Maggie, des brins d'herbe, tout ce à quoi on devait s'attendre. Mais ce n'est pas tout : il y avait sur le tissu plusieurs traces de goudron et des poils d'origine féline. Des poils de chat…

Elle resta un long moment songeuse, avant que son regard ne s'illumine brusquement.

— Non, ce n'est pas possible ! s'écria-t-elle en se levant d'un bond. Il n'a pas pu…

— Que se passe-t-il ? s'enquit Adam tandis qu'elle s'engouffrait dans le couloir.

— Suis-moi ! Je crois que je sais où se trouve Maggie !

— Là, tourne à gauche ! ordonna Breanna, l'esprit en feu.

Elle se sentait fébrile, comme électrisée. Et si elle s'était trompée ? La conclusion à laquelle elle avait abouti était si incroyable… Mais la situation était encore plus terrible si elle avait vu juste.

Adam et elle avaient quitté la maison le plus discrètement possible, profitant de ce que ses collègues se sustentaient dans la cuisine pour s'éclipser. Nul doute que si Cleberg avait su où elle avait l'intention d'aller, il l'en aurait immédiatement empêchée ! D'autant qu'elle embarquait un civil dans l'affaire… C'était une entorse absolue au règlement mais elle n'avait guère le choix. Seule la voiture d'Adam était accessible. Et puis, de toute façon, ce dernier aurait refusé de la laisser partir seule.

— Tu veux bien me dire où on va, à la fin ? demanda le jeune homme avec impatience.

— Chez Abe Salomon, répondit-elle. Mon coéquipier.

— Hein ?! Tu crois que c'est lui le coupable ?

— Eh bien… oui… enfin, non… Disons, probablement. Je ne suis sûre de rien, Adam. Je veux juste vérifier.

— Tu pourrais être un peu plus claire ?

— Abe prend sa retraite et l'autre jour, il m'a dit qu'il souhaitait partir sur un gros coup. A droite à la prochaine intersection…

— Et alors ? Je ne suis pas certain de te suivre, Brea.

— Je sais, ça paraît absurde, avoua-t-elle en soupirant. Mais je me dis qu'il a très bien pu enlever Maggie juste pour être celui qui la ramènera saine et sauve à sa mère, tu comprends ? Terminer en beauté, avec les honneurs. Faire la une des journaux, passer pour un héros, tous ces trucs dont rêve un flic et qui n'arrivent jamais…

— C'est complètement dingue !

— Je sais.

Elle se mordit la lèvre inférieure et regarda par la vitre. Evidemment, le portrait qu'elle venait de brosser ne collait guère avec Abe. Et pourtant… Peut-être s'était-elle trompée sur lui, toutes ces années ? Peut-être ne lui avait-il pas révélé toutes les facettes de sa personnalité ? Elle refusait en tout cas d'exclure a priori cette éventualité, juste au prétexte qu'elle aimait bien Salomon. La vie de sa fille était en jeu, il fallait qu'elle en ait le cœur net.

— Abe a un chat, ajouta-t-elle. L'autre fois, le revers de sa veste était couvert de poils… Franchement, Adam, j'espère de tout cœur me tromper, mais je dois savoir.

Elle vérifia machinalement que son revolver était bien à sa place, dans son holster. Pourvu qu'elle n'ait pas à s'en servir. L'idée de tenir en joue son partenaire, celui qui, pour ainsi dire, lui avait servi de mentor pendant toutes ces années, lui paraissait totalement surréaliste. Et pourtant…

— Ralentis, fit-elle alors qu'ils arrivaient dans le quartier résidentiel où habitait Salomon. La prochaine à droite, le petit chemin de terre. La maison d'Abe est au fond.

À la vue de ces lieux familiers, elle crut qu'elle allait prier Adam de faire demi-tour. Elle était si souvent venue rendre visite à son ami, boire un verre après le service… Comment aurait-il pu lui faire *ça* ?

— Si j'allais frapper à sa porte, histoire de voir sa réaction ? suggéra Adam en se garant sur le bas-côté. Je pourrais me faire passer pour un nouveau voisin…

— Pas question, tu restes dans la voiture, ordonna Breanna. J'aurai de sérieux ennuis si on apprend que j'ai impliqué un civil dans une intervention. Et si, pour couronner le tout, le civil en question venait à être blessé, c'est mon insigne que je risque !

— Je ne te laisserai pas aller là-bas toute seule, déclara Adam avec une autorité qu'elle ne lui connaissait pas.

— Je t'en prie, Adam. Sois gentil… Je n'ai vraiment pas le temps de me disputer avec toi !

— N'empêche que si tu comptes m'empêcher de sortir de cette voiture, il faudra que tu uses de ton arme.

— Ok, ok ! concéda-t-elle enfin. Viens, puisque tu y tiens. Je n'ai jamais vu un type aussi têtu ! Eteins le contact. Nous allons marcher jusqu'à la maison.

— Tu as un plan ? demanda Adam tandis qu'ils s'élançaient sur le chemin.

— Aucun, admit-elle. Je veux juste entrer chez lui et vérifier si, oui ou non, ma fille s'y trouve.

Ouais, pas très professionnel, tout ça. C'était certainement ce que devait se dire Adam, parce qu'il ne fit plus une remarque jusqu'à ce que la maison soit en vue. Breanna sortit son arme. Elle connaissait bien la demeure. Le grand salon, les deux chambres… Elle saurait où aller regarder si elle flairait quoi que ce soit de louche. En attendant, le mieux à faire était encore de frapper à la porte. Ils verraient bien ce qui arriverait.

Un coup d'œil à son compagnon suffit à la rassurer : quoi qu'elle entreprenne, il était derrière elle. Confiant. Et cette présence, indéniablement, lui faisait du bien. C'est lui qui se chargea de cogner contre la lourde porte de bois. Il y eut un long silence, et il frappa de nouveau.

— Deux secondes, j'arrive ! entendirent-ils tonner.

On y était. Plus moyen de reculer, maintenant. Breanna sentit son pouls s'accélérer ; Maggie était peut-être derrière cette porte. Abe ouvrit et son visage, en la voyant, s'illumina d'un sourire.

— Pocahontas ! s'exclama-t-il avant de remarquer son uniforme. Mais… qu'est-ce que tu fais là ? Je me suis gouré dans le planning ? On était censés bosser, ce soir ?

— On peut entrer, Abe ? se contenta-t-elle de répondre.

— Mais… qu'est-ce qui se passe ? fit-il en fronçant les sourcils.

Evidemment, Salomon était un vieux de la vieille. On ne la lui faisait pas comme ça.

— Nous voudrions simplement vous poser quelques questions, intervint Adam.

— Vous êtes qui, vous ? interrogea le policier avec un regard suspicieux. Ecoute, Breanna, tu sais que je t'aime bien. Mais j'ai l'impression que tu te paies ma tête. Alors non, vous n'entrerez pas chez moi avant de m'avoir dit ce que vous cherchez !

Breanna baissa sa garde. La surprise qu'elle lisait dans les yeux de son partenaire ne lui laissait aucun doute. Elle s'était trompée. D'ailleurs, maintenant qu'il se tenait là, devant elle, elle se demandait comment elle avait pu être assez folle pour le soupçonner. Abe était absolument incapable de faire du mal à une enfant, c'était une évidence. Encore moins à sa fille.

— Maggie a disparu, articula-t-elle enfin en baissant les yeux.

— Disparu ? Comment ça, disparu ?

— Ce matin, elle jouait dans le jardin. Et puis, quand j'ai voulu la rejoindre, elle n'était plus là. On a cherché partout mais on ne l'a pas retrouvée…

— Qu'est-ce que je peux faire ? répliqua immédiatement Abe, visiblement choqué. Tu veux que je vienne au bureau ? Que je consulte les fichiers ?

— Merci, Abe… Pour l'instant, nous vérifions tous les endroits où elle aurait pu…

Elle ne put achever sa phrase. Déjà, les yeux de son partenaire s'étaient assombris. De toute évidence, il avait compris où elle voulait en venir.

— C'est pas vrai, Brea ! s'insurgea-t-il. Tu as pensé que j'y étais pour quelque chose ? Que Maggie était chez moi ?

— Nous avons retrouvé des poils de chat sur sa couverture et…

— Et je suis le seul habitant de Cherokee Corners qui ait un chat, bien sûr ! coupa Abe, hors de lui. Mais je t'en prie, ne te gêne pas ! Entre, fouille la maison, regarde dans les placards ! C'est vrai, ça, tu n'es pas censée me croire, après tout ! Une chose quand même : quand tu auras fini, fous le camp !

Breanna jeta à Salomon un regard désespéré et éclata en sanglots. Non seulement elle ne trouverait pas Maggie ici, mais elle venait de perdre un ami !

15.

Quelque chose s'était brisé en elle, c'était évident. Abe Salomon s'était pourtant employé à la consoler, il lui avait assuré qu'il ne lui en voulait pas, qu'il comprenait, mais il n'y avait rien eu à faire. Son abattement était trop profond, sans doute. Adam conduisait en silence, jetant de temps à autre vers sa compagne des regards inquiets. En ce moment, il ne restait plus grande trace de la brillante policière, vaillante et sûre d'elle-même. Breanna avait tombé tous les masques et n'était plus qu'une mère éplorée, désemparée, vulnérable. La nuit recouvrait la ville, maintenant, ajoutant encore à leur malaise.

— C'est forcément quelqu'un que je connais, murmura-t-elle soudain en se redressant.

Adam se tourna vers elle, surpris. Il croyait sa compagne à bout de forces, mais, selon toute apparence, il lui restait encore quelques ressources. Comme si son esprit, malgré son désarroi, continuait à œuvrer en elle de manière autonome.

— *Maintenant, nous voilà quittes*, c'est bien ce qu'il a dit, n'est-ce pas ? poursuivit-elle, comme au sortir d'un rêve. Ce type me connaît, et il a quelque chose à me reprocher. C'est une vengeance, Adam. Œil pour œil !

— Tu as raison… Comment se fait-il que nous n'ayons pas d'emblée prêté plus d'attention à ses paroles ? Si je comprends bien le principe du talion, cela signifierait que tu as, toi aussi, enlevé un enfant à ses parents…

— C'est possible. Tu sais, dans le cadre des procédures de protection civile, il arrive que nous retirions le droit de garde à certains parents, ou même, dans les cas les plus urgents, que nous enlevions un enfant à sa famille, si nous jugeons qu'il est en danger. Je ne prends pas directement ce genre de décision ; cependant, mon avis fait souvent pencher la balance, tout simplement parce que c'est moi qui reçois les plaintes. Dépose-moi au bureau. Il faut que je consulte mes dossiers.

Il se gara devant le poste de police et suivit Breanna à l'intérieur. Ils longèrent des couloirs, traversèrent plusieurs salles, et tous les agents qu'ils croisaient, sans exception, adressaient à la jeune femme des mots d'encouragement. Le lieutenant James était apprécié ici, ça ne faisait aucun doute. L'un d'eux leur apprit même que des avis de recherche avaient été diffusés dans toute la ville et que Jacob Kincaid offrait une prime de cent mille dollars à quiconque donnerait une information décisive pour l'issu de l'enquête. Breanna se contenta de hocher la tête en signe de remerciement et alla s'enfermer dans la salle des archives. Dix minutes plus tard, elle en ressortait avec une pile de dossiers sur les bras, le regard brillant d'impatience. Ils tenaient peut-être enfin quelque chose de solide.

— Voilà, fit-elle à l'adresse d'Adam. Toutes les affaires familiales dont j'ai eu à m'occuper depuis que je suis aux Mœurs. Je suis de plus en plus convaincue que le ravisseur de Maggie, le cinglé à la berceuse, se trouve là-dedans.

— OK, on ramène ces dossiers chez toi et on se met au boulot, déclara Adam en se frottant les mains.

La maison était entièrement éclairée lorsqu'ils arrivèrent, et deux des voitures de patrouille étaient encore garées dans l'allée.

— Vous avez du nouveau ? demanda Breanna à Brutmeyer, toujours rivé à son terminal d'écoute.

— Rien pour le moment. Mais le chef était furieux quand on lui a dit que vous aviez disparu.

La jeune femme ne cacha pas son agacement et fit signe à Adam de la suivre dans la cuisine. La table était couverte de salades, de restes de sandwichs et de bouteilles de soda ; deux agents en uniforme étaient en train de dîner, sous l'œil maternel de Rita. Thomas James, le visage impassible, faisait la vaisselle. Quand ils virent leur fille, tous deux abandonnèrent leurs occupations pour venir l'embrasser. C'est le moment que choisit Cleberg pour faire son entrée. Contrairement à ce qu'avait suggéré Brutmeyer, le stentor n'avait pas l'air le moins du monde en colère. En fait, il arborait une mine passablement désabusée. Il demanda tout de même à Breanna où elle était passée, plus pour la forme que pour autre chose, d'ailleurs.

— Ça n'a aucune importance, répliqua celle-ci, comme pour confirmer son supérieur dans l'idée qu'elle s'asseyait sur la procédure et que, compte tenu de l'urgence de la situation, elle se moquait pas mal d'avoir ou non son assentiment.

Ce dernier remarqua cependant les dossiers que portait Adam et fronça les sourcils.

— Ces chemises ne viendraient-elles pas tout droit de nos services, lieutenant James ?

— On ne peut rien vous cacher, confirma cette dernière avec aplomb. Je sais que je n'ai pas le droit de sortir ce genre de documents, mais le temps presse et… Enfin, ce sont des cas sur lesquels j'ai travaillé depuis que je suis entrée aux Mœurs. Je pense que Maggie a été kidnappée par un type auquel j'ai eu affaire. Quelqu'un que j'ai coffré, ou bien qui a été déchu de ses droits parentaux après une plainte que j'aurais suivie… J'ai fait un tri rapide, mais il reste pas mal de dossiers à éplucher.

— En effet, fit Cleberg. Je crois même qu'il vous faut de l'aide. Je peux mettre deux hommes à votre disposition... Quant à moi, je rentre au poste. Si vous avez du nouveau, contactez-moi.

— Je vais l'aider, intervint Savannah, qui venait d'apparaître sur le seuil.

— Je ne sais pas de quoi vous parlez mais j'en suis aussi, continua Abe en pénétrant à son tour dans la pièce d'un pas décidé.

Même pour Adam qui ne le connaissait pas, la façon dont il venait de s'adresser à Breanna était sans équivoque : il lui avait pardonné. La jeune femme lui sourit, les yeux brillants de gratitude.

Ils emportèrent les dossiers dans le salon et se mirent tout de suite au travail. Abe, Savannah, Thomas James, Breanna, Adam et les deux agents réquisitionnés par Cleberg. Breanna leur demanda de s'attacher plus particulièrement aux arrestations qui s'étaient mal passées, lors desquelles le coupable s'était montré violent. L'épisode de l'ours pendu révélait chez le ravisseur un sadisme certain, dont il était vraisemblable qu'on trouve déjà des traces dans son passé.

Les rapports de Breanna étaient rédigés méticuleusement. C'était une série de formulaires types, auxquels s'ajoutaient des commentaires personnels que la jeune femme avait inscrits à la main. Feuillet après feuillet, Adam découvrait de quoi était fait le travail de la jeune femme : lutte contre les violences conjugales, protection des mineurs, réinsertion, on avait l'impression que toute la misère du monde venait s'échouer dans le bureau des Mœurs. Comment Breanna faisait-elle pour préserver une telle vitalité, une telle force intérieure, une telle foi en l'être humain ? Décidément, cette femme forçait l'admiration.

Et les minutes s'égrenaient avec une régularité implacable, chacune semblant sceller davantage le sort de Maggie. Il fallait faire vite, trouver quelque chose... Adam avait du mal à garder la tête froide ; il repensait notamment à la manière dont le rôdeur l'avait brutalement assommé. S'il s'agissait bien du même homme, et il ne doutait pas que ce fût le cas, la fillette courait un grand danger. Peut-être même était-il déjà trop tard… Mais non, c'était impossible. Il ne pouvait pas admettre une chose pareille. Il ne le voulait pas !

Il était plus de minuit lorsqu'ils achevèrent leur dépouillement. Chacun avait mis de côté les affaires qui leur paraissaient correspondre, de sorte que Breanna puisse les étudier. Adam vint s'asseoir près d'elle tandis qu'elle parcourait chaque dossier avec fébrilité.

— Il y a tellement de cas, murmura-t-elle au bout d'un moment. J'en ai oublié la moitié… Je ne vais jamais m'en sortir.

— Les coups de fil ont commencé il y a une dizaine de jours, suggéra Adam. Il faut peut-être mettre de côté les dossiers trop anciens et ne se concentrer que sur les affaires récentes. D'après ma lecture, il m'est apparu que les types que tu as envoyés en prison n'y ont fait que de brefs séjours dans l'ensemble. Un à deux ans en moyenne.

La jeune femme acquiesça et tria soigneusement les documents. Lorsqu'elle eut terminé, il restait dix cas. Dix suspects potentiels.

— Très bien, déclara Adam. A présent, parle-nous de ces dix arrestations, une par une. N'omets aucun détail. Tout peut être utile.

Breanna s'exécuta. Apparemment, la mémoire lui revenait avec une acuité surprenante. Il lui suffisait de parcourir sommairement un rapport pour être capable d'évoquer avec précision les circonstances dans lesquelles tel ou tel type avait été inculpé. Et quand elle avait un trou, Abe Salomon complétait.

— Je me souviens très bien de celui-là, fit-elle en étudiant un nouveau formulaire. Il était tout jeune marié. Depuis deux semaines, je crois. Et il traînait sur le boulevard en quête d'une prostituée. Quand on l'a arrêté, il s'est mis à hurler, nous suppliant de le laisser partir, de ne rien dire à sa femme. Il nous insultait même en disant qu'on allait ruiner son mariage.

— Il risquait gros ? demanda Adam.

— Non, pas du tout. La loi de l'Oklahoma, pour endiguer la prostitution, a décidé de punir les clients autant que les filles. Mais il s'agit plutôt de peines symboliques ; on considère que c'est un délit mineur. On embarque les types au poste, on prend leur photo et leurs empreintes digitales, puis on leur lit leurs droits et on les relâche. Ils sont ensuite convoqués par un juge. Dans la plupart des cas, s'il n'y a pas récidive, ils ne prennent pas lourd.

— Ce qui signifie qu'ils n'ont pas grand-chose à perdre, à part peut-être leur tranquillité conjugale, conclut Adam, songeur.

— Ouais, seulement on ne suit pas le dossier, intervint Abe. Quand un type est condamné pour violence, il reste dans le collimateur de la police, ne serait-ce que parce que, dans bien des cas, il est libéré sur parole et soumis à un contrôle judiciaire. Mais si bobonne met son mari volage à la porte, personne ne nous prévient !

— Imaginons que notre homme se trouve bien parmi ces dix dossiers, reprit Breanna. Il faudrait pouvoir faire le point sur leur vie personnelle actuelle, savoir s'ils se sont retrouvés seuls, si leur femme leur a refusé la garde de leurs enfants, ce genre de choses…

— Parmi tes fichiers, seuls six d'entre eux étaient pères de famille au moment des faits, précisa Savannah.

— OK, conclut Adam. Passe-moi ton téléphone.

Chaque dossier contenait les coordonnées téléphoniques du type appréhendé. Evidemment, le gars avait pu déménager depuis, mais ça valait le coup d'essayer. Il composa le numéro indiqué sur le premier document.

— Pourrais-je parler à Mme Jennings ? fit-il d'un ton aimable.

— Ça va pas ou quoi ? Vous avez vu l'heure ? Elle dort, figurez-vous ! Et d'abord, qu'est-ce que vous lui voulez, à ma femme ?

Adam raccrocha immédiatement et mit le dossier de côté.

— La petite dame est chez elle, informa-t-il en composant un second numéro. Et le mari avec.

Il passa ainsi quatre nouveaux coups de fil sans que rien paraisse suspect. Il se faisait mal recevoir, mais ce qu'il comprenait de la situation collait avec la description portée sur la fiche d'arrestation. Le sixième client, par contre, s'avéra plus intéressant.

— J'aimerais parler à Mme Duncan, demanda Adam à la voix bourrue qui venait marmonner un *allô* mal aimable.

— Cette garce n'habite plus ici. Qui êtes-vous, d'abord ?

Adam raccrocha et se tourna vers l'agent Marconi, un des officiers qui avaient participé à la consultation des dossiers.

— Trouvez-nous des informations sur Eddie Duncan, déclara-t-il. Lorsqu'il a été arrêté, il était au chômage. Marié, père d'une petite fille. Il faut que nous sachions quelle est sa situation actuelle.

— Je me souviens de lui, murmura Breanna tandis que le policier allait consulter la base de données sur l'ordinateur portable de Brutmeyer. Un homme plutôt trapu. Une tête patibulaire. Encore un qui est devenu fou quand on l'a épinglé. Il m'a traitée de tous les noms et m'a dit que si sa femme apprenait ce qui s'était passé, c'en serait fini de son couple et qu'il m'en tiendrait personnellement pour responsable.

— Je me rappelle, ajouta Abe. On n'a pas relevé, d'ailleurs, parce que ce n'était pas le premier à proférer ce genre de menaces, mais maintenant que j'y repense, ça fait froid dans le dos… Il y avait un truc pas normal chez ce mec.

226

L'agent reparut bientôt, un papier à la main.

— Eddie Duncan, lut-il. Adresse : 5981, Cypress Road. Employé comme ouvrier chez Smithson et Cie. Pour sa situation familiale, il va falloir attendre un peu. On se renseigne.

— Smithson ? reprit Thomas James. C'est une société de travaux publics, non ? Ils s'occupent surtout de la voirie et de l'aménagement des routes.

Breanna fronça les sourcils.

— Le goudron ! s'exclama-t-elle en se levant d'un bond. Clay m'a dit qu'il en avait trouvé sur la couverture de Maggie. Je suis certaine qu'il n'y en avait pas avant ce matin ; la couverture navigue entre la maison et le jardin, il y a donc peu de chance qu'elle se salisse. S'il y avait des traces, c'est donc que quelqu'un a marché dessus. Quelqu'un qui avait du goudron collé sous ses semelles ! Ça ne peut pas être une coïncidence. On fonce !

— Calme-toi, dit Adam en la retenant par le bras. Si Duncan est notre homme, souviens-toi qu'il n'a pas hésité à m'assommer avec une brique. Il est capable de tout, et il tient Maggie. Il ne faut pas se lancer tête baissée, cette fois.

— Tu as raison…

La jeune femme appela Cleberg et l'informa en deux mots de leurs soupçons. Elle avait besoin de son aval pour déclencher une opération. Son supérieur avait déjà reçu la demande de renseignements de Marconi et était sur le pied de guerre.

— Allez-y, James. Vous avez mon accord. Tenez-moi au courant de votre plan d'attaque pour que je vous envoie du renfort sur place.

Dans le salon, tout le monde attendait les ordres de Breanna. Non seulement elle était la première concernée, mais elle avait déjà pris l'ascendant dans la conduite de l'enquête ; aussi un accord tacite avait-il fait d'elle le chef naturel des opérations.

— Je crois que je vois à peu près où se situe la maison de Duncan, dit-elle. Si c'est bien la rue à laquelle je pense, on ne devrait pas avoir de mal à se déployer. En fait, Cypress Road se trouve en bordure de l'autoroute 65, dans un quartier plus ou moins dévasté de l'est de la ville. Il y a peu de maisons dans ce coin-là et toutes sont entourées d'arbres. On laissera les voitures à la sortie de la bretelle et on approchera à pied. Inutile de vous dire qu'il va falloir agir vite et discrètement. Je ne veux pas prendre le moindre risque. Il suffirait que le mec nous repère et panique pour qu'il s'en prenne à ma fille. C'est clair ? Personne ne fait rien sans mon feu vert.

Tout le monde gagna en silence les voitures. Adam suivit Breanna jusqu'à sa Chrysler et se dirigea vers la portière passager.

— Cette fois, je t'interdis de venir, Adam, déclara-t-elle avec fermeté. C'est une opération officielle, dangereuse qui plus est. Pas de civil dans le coup.

— Tu peux invoquer tous les règlements de la terre, répondit-il en soutenant son regard, je viens. Et tant pis si tu ne me laisses pas monter avec toi. Je prendrai ma voiture.

Elle s'apprêtait à protester mais il leva la main.

— Inutile de palabrer davantage. Nous perdons un temps précieux. Ma décision est prise, de toute façon.

La jeune femme le considéra quelques secondes avec intensité puis lui fit signe de monter. Il savait qu'il la mettait en porte-à-faux avec sa hiérarchie, mais il n'aurait pas supporté de rester à la maison à attendre que cette histoire se règle sans lui.

— Pas de sirènes, pas de gyrophares, avertit-elle dans l'émetteur radio.

Ils n'échangèrent pas un mot jusqu'à ce qu'ils soient arrivés à destination. Breanna regardait droit devant elle, avec une détermination qu'Adam ne lui avait jamais vue. Elle semblait concentrée, prête à bondir sur sa proie. Six officiers en uniforme les secondaient, ainsi qu'Abe Salomon et Savannah. De quoi faire trembler le plus forcené des malfaiteurs. Adam avait bien senti que les collègues de Brea ne voyaient pas sa présence d'un bon œil, mais il s'en moquait pas mal. Il assumait. Et s'il devait en payer les frais, il aurait au moins la satisfaction d'avoir tout fait pour tirer Maggie des griffes de ce cinglé.

Et si c'était encore une fausse piste, songea Breanna en traversant le sous-bois qui jouxtait la masure de Duncan. Les hypothèses qu'ils avaient formulées pour arriver jusqu'à ce type étaient plutôt légères ; mais si Duncan n'y était pour rien, elle perdait presque toute chance de retrouver Maggie saine et sauve. Car une longue journée s'était écoulée, et le ravisseur pouvait se trouver à des centaines de kilomètres de Cherokee Corners. Puisqu'il n'avait pas demandé de rançon, on pouvait s'attendre au pire… Elle serra nerveusement son Magnum dans sa main et pressa le pas. La lune était pleine, éclairant leur route à travers les arbres sans qu'ils aient besoin d'allumer une lampe torche.

Adam était juste derrière elle, aussi déterminé que toute l'équipe. Evidemment, il n'avait rien à faire là. Son inexpérience pouvait même s'avérer problématique si les choses se corsaient. Mais elle ne s'était pas senti le courage de le repousser. Il paraissait si bouleversé, si concerné aussi. Et puis sa présence, au fond, la rassurait.

La maison fut bientôt en vue. C'était une petite bicoque de bois, entourée d'un jardin plutôt mal entretenu. Plusieurs fenêtres étaient allumées, qui projetaient une lueur orangée sur le gazon. Sans ce signe indubitable de vie, on eût pu croire que le lieu était abandonné.

— Positions ? murmura-t-elle dans son talkie-walkie.

— Unité 1, en place, lui répondit-on immédiatement.

— Unité 2, on assure, Brea.

— Unité 3, idem.

— Gardez vos postes, je tente une approche, informa-t-elle.

La maison était encerclée, il fallait voir de plus près ce à quoi on pouvait s'attendre.

— Tu restes ici, intima-t-elle à Adam.

— Sois prudente, répondit-il simplement, apparemment décidé à lui obéir, enfin.

Il la retint cependant par le bras et déposa un baiser sur ses lèvres. Un baiser rapide, mais qui donna à la jeune femme le courage dont elle avait besoin.

Elle avança prudemment vers la maison, en s'appliquant à rester dans l'ombre, et parvint bientôt près du porche. Elle ne pouvait prendre le risque de gravir les marches. Il suffisait qu'une planche craque pour qu'elle se fasse repérer. Elle longea donc le côté droit du bâtiment, jusqu'à une fenêtre d'où n'émanait qu'une faible lumière. Elle jeta prudemment un œil à l'intérieur. La cuisine. Personne. Mais son cœur fit un bond lorsqu'elle aperçut deux assiettes sur la table, posées sur un plateau. Devant elles se trouvaient une canette de bière et un verre de lait à moitié vide.

Elle poussa un soupir de soulagement. Si Maggie était bien ici, elle était encore en vie, et elle avait mangé. Mais elle se reprit tout de suite. Il y avait d'autres scénarios possibles ; Duncan avait pu recevoir un ami ou de la famille. Pas de conclusions hâtives, donc. Elle gagna l'arrière de la maison sur lequel s'ouvraient quatre fenêtres. La première était sombre, mais, la lumière du couloir aidant, elle put reconnaître une chambre, celle de Duncan, vraisemblablement. Le lit était défait, et des vêtements traînaient sur le parquet. Le chevet était encombré de bouteilles de bière et de cendriers débordant de mégots.

La fenêtre suivante était celle de la salle de bains. Elle progressa encore jusqu'à la troisième ouverture. Elle jeta un œil à l'intérieur : encore une chambre, plus petite celle-là. Elle plissa les yeux et sonda l'obscurité. Mon Dieu ! Elle mit sa main devant sa bouche pour ravaler le cri qu'elle allait pousser. C'était une chambre d'enfant, avec un cheval à bascule posé dans un coin. Le centre de la pièce était occupé par un petit lit de bois ; et sur ce lit… Maggie !

Breanna se détourna vivement de la fenêtre et s'efforça de rassembler ses esprits. Ça n'était vraiment pas le moment de craquer ! Elle regarda de nouveau à l'intérieur, le cœur battant. Sa fille était là, elle avait l'air paisible ; elle dormait, le pouce dans la bouche. Il y avait bien longtemps qu'elle n'avait pas pris son doigt comme ça pour dormir. Pauvre petite, elle avait dû passer par bien des émotions… La policière dut prendre sur elle pour ne pas briser la vitre et arracher sa fille des mains de ce Duncan de malheur !

Elle parvint toutefois à garder la tête froide, et s'évertua à évaluer objectivement la situation. Pour l'instant, elle n'avait aucune idée de l'endroit où se trouvait le ravisseur. Le temps pressait, néanmoins. Elle vérifia la dernière pièce ; un débarras, selon toute apparence. Après avoir jeté un coup d'œil au jardin, elle revint silencieusement à sa première position.

— Maggie est ici, murmura-t-elle à Adam. Elle va bien, je crois.

Le jeune homme ne dit rien mais leva les yeux au ciel en poussant un profond soupir.

Breanna informa l'équipe de l'endroit où se trouvait la fillette. Elle précisa qu'elle n'avait pas vu Duncan, probablement parce qu'il était dans le salon, dont la fenêtre devait donner sous le porche.

— Je vais essayer de récupérer Maggie en passant par la fenêtre de sa chambre, mais j'ai besoin que deux d'entre vous me couvrent, expliqua-t-elle.

— Ok, Brea, fit Abe. Compte sur nous pour faire diversion.

Une fois le plan défini, elle attendit que ses coéquipiers se mettent en position pour retourner vers la maison. Une fois devant la fenêtre de la chambre où dormait Maggie, elle dégaina son revolver et avertit ses collègues qu'elle était prête.

— Eddie Duncan ! Département de Police de Cherokee Corners ! tonna Salomon dans le mégaphone. Veuillez sortir de la maison, les mains en l'air !

Profitant du bruit, elle cogna contre la vitre, espérant tirer Maggie du sommeil.

— Ma puce, réveille-toi, je t'en supplie ! marmonna-t-elle nerveusement en frappant de nouveau.

La fillette l'avait entendue ! Elle la vit remuer, puis ouvrir les yeux en s'étirant.

— Eddie Duncan, la maison est cernée. Si vous n'opposez pas de résistance, il ne vous sera fait aucun mal !

Apparemment, il tardait à se montrer. Où pouvait-il bien être ? Dans le salon, prêt à se rendre, ou bien dans le couloir, disposé à tenter le tout pour le tout et à prendre la petite en otage ? Il fallait faire vite, quoi qu'il en soit. Breanna tenta d'ouvrir la fenêtre sans toutefois y parvenir, mais son geste attira l'attention de l'enfant. La policière lui fit signe de se taire et lui indiqua la crémone. Encore quelques secondes et sa fille serait sauve. « Allez, Maggie, c'est à toi de jouer maintenant. » Elle vit la fillette s'approcher, les yeux hagards, et put lire les deux syllabes : *ma-man* se dessiner sur ses lèvres, en signe d'impuissance. Elle était bien trop petite pour atteindre la fenêtre.

Un coup de feu retentit, sans que Breanna puisse savoir d'où il provenait. Il n'y avait plus une minute à perdre.

— Recule ! cria-t-elle à sa fille.

Elle saisit sa lampe torche et frappa violemment la vitre, qui vola en éclats ; puis elle passa son bras à l'intérieur pour déverrouiller la fenêtre.

— Viens vite, ma chérie, dit-elle en tendant les bras.

Maggie prit appui sur le rebord et se pendit à son cou. Enfin, ce cauchemar allait s'achever… Mais l'heure n'était pas

232

encore aux réjouissances. Breanna aperçut une silhouette qui se découpait dans l'encadrement de la porte de la chambre. Elle déposa sa fille sur le sol et lui ordonna de courir vers les arbres, tout en mettant le ravisseur en joue. Mais ce dernier braqua sa torche sur elle, l'aveuglant complètement. De là où elle était, elle n'avait aucune chance de l'avoir. Pire, elle risquait sa peau. Elle n'avait pas le choix ; il fallait fuir, en espérant avoir le temps d'atteindre le sous-bois.

— Sale garce ! entendit-elle prononcer derrière elle.

Elle se retourna pour voir le visage bouffi de Duncan qui se tenait devant la fenêtre, un fusil braqué sur elle. En une fraction de seconde, la jeune femme comprit qu'il allait tirer. A cette distance, il ne la raterait pas. Au moins, Maggie était sauve, songea-t-elle tout en serrant son arme dans son poing. Puis elle entendit une détonation et se retrouva projetée au sol. Il y eut un nouveau coup de feu, puis un râle, puis plus rien.

Il lui fallut quelques secondes pour comprendre qu'elle n'était pas morte. Par contre, tout portait à croire que Duncan, lui, était mal en point. Elle tenta de se redresser et sentit une masse pesante sur elle. Un corps.

— Tout va bien ? s'enquit Adam d'une voix étrange.

C'est alors qu'elle réalisa ce qui s'était passé.

— Tu m'as sauvé la vie ? dit-elle, incrédule. Mais comment… ? Tu voudrais bien te relever, s'il te plaît ? Tu es un peu lourd.

— J'aimerais… bien, mais je crains… d'avoir quelques difficultés, répondit péniblement Adam. Je m'étais toujours dit que si je prenais une balle, c'est à toi que je la devrais, mais apparemment, je me trompais…

— Adam ! hurla-t-elle en se dégageant.

Elle y parvint enfin, et prit toute la mesure de la situation. Adam était étendu sur le ventre et saignait abondamment. Il avait reçu une balle dans le dos.

— Vite ! cria-t-elle en posant ses deux mains à plat sur la plaie. Appelez les secours ! Il y a un blessé !

Elle sentait le sang refluer contre ses tempes et des larmes obstruer sa vue.

— Tiens bon, Adam. Je t'en prie, tiens bon.

Maggie était sauvée et c'était déjà beaucoup. Mais qu'Adam lui ait sacrifié sa vie, elle ne s'en remettrait jamais.

16.

Debout devant la fenêtre de sa chambre d'hôpital, Adam attendait que Breanna le ramène chez lui. Cela faisait deux semaines qu'il avait reçu la balle de Duncan et il récupérait doucement. Par chance, aucun organe vital n'avait été touché. Le chirurgien lui avait seulement enlevé la rate, en lui expliquant qu'il vivrait très bien sans elle.

Les médias, bien évidemment, s'étaient gargarisés du *sauvetage miraculeux*, comme ils l'avaient intitulé, et en quinze jours, Adam s'était transformé en héros local ! Il se serait pourtant bien passé d'un tel honneur. Il n'était jamais qu'un petit comptable sans histoire, un type ordinaire, qui s'accommodait parfaitement de sa vie rangée. S'il s'était embarqué dans cette aventure, c'était par pure inconscience ! S'il avait un instant imaginé les dangers qu'il courait, il aurait fui à toutes jambes ! Du moins se le répétait-il, histoire de garder les pieds sur terre.

Breanna et Maggie lui rendaient des visites quotidiennes, mais elles n'étaient pas les seules ! En fait, il avait l'impression que toute la ville défilait à son chevet ! La famille James au grand complet, d'abord, et puis des voisins, des amis, tous ceux que l'enlèvement de la fillette avait émus. Il croulait littéralement sous les fleurs, si bien qu'il avait fini par en offrir aux infirmières et aux aides-soignantes de tout l'hôpital, en les priant de partager les bouquets auprès des autres malades.

L'affaire Eddie Duncan, donc, avait fait couler beaucoup d'encre. Il faut dire que l'histoire du ravisseur recelait tous les ingrédients du drame moderne. Duncan avait été arrêté un peu plus d'un an auparavant par le lieutenant James alors qu'il arpentait les boulevards périphériques en quête de plaisirs faciles. Quand sa femme avait appris la chose, elle l'avait quitté en emmenant leur petite fille de quatre ans. Apparemment, elle était même allée jusqu'à l'accuser de pédophilie. D'après des voisins qui connaissaient bien le couple, la fillette était tout pour Eddie. Il l'adorait. Aussi, quand il s'était retrouvé seul, avec l'interdiction d'approcher son enfant, avait-il touché le fond. Il s'était mis à boire, il ne travaillait plus qu'occasionnellement, sortait rarement de chez lui sinon pour traîner dans les rues à toute heure de la nuit. Il était devenu sombre, renfrogné, et n'adressait plus la parole à personne. Et puis il s'était mis en tête de se venger en enlevant Maggie.

A l'heure qu'il était, il attendait dans une des chambres de l'hôpital que la blessure qu'il avait reçue à la jambe cicatrise. Abe avait visé juste, comme à son habitude. Ensuite, pour Duncan, ce serait le procès et puis la prison. Il y avait de fortes chances qu'il écope d'une lourde peine. Quel gâchis…

— Prêt ? lança une voix familière derrière Adam.

Breanna… Il se retourna, saisi, une fois encore, par son incroyable beauté. Il était plus que temps qu'il quitte Cherokee Corners ! Sa décision était prise ; il partirait aujourd'hui même. Il bouclerait ses bagages le plus vite possible et rejoindrait Kansas City. Il avait tourné le sujet dans sa tête pendant des jours et des jours et en revenait chaque fois à la même conclusion : plus il retardait le moment des adieux, plus il lui serait difficile de larguer les amarres. Ce serait même impossible.

— Oui, répondit-il en prenant son sac. Et j'espère ne pas remettre les pieds dans un hôpital de sitôt ! Courons, Brea !

— Vous plaisantez, j'espère ? intervint une infirmière en entrant avec une chaise roulante. Tous nos patients ont droit à un transport gratuit lorsqu'ils quittent nos locaux.

— Ce ne sera pas nécessaire, merci, protesta Adam. Je peux marcher, je vous assure.

— Oh, mais vous n'avez pas le choix ! Ça n'est pas une faveur, c'est le règlement. Si vous voulez bien avancer votre voiture devant l'hôpital, madame, je vous amène votre ami, ajouta-t-elle à l'adresse de Breanna.

— J'y vais, acquiesça cette dernière, riant à gorge déployée.

Adam s'assit à contrecœur dans le fauteuil et se laissa pousser.

— Vous allez nous manquer, déclara l'infirmière. Si seulement tous nos patients étaient comme vous…

— C'est moi qui dois vous remercier. Toute l'équipe a été formidable, vraiment.

Brea attendait devant l'entrée. Dès qu'elle l'aperçut, elle sauta de la voiture pour lui ouvrir la portière.

— Vous avez fini de me traiter comme si j'étais grabataire ! s'exclama Adam en éclatant de rire. Puisque je vous dis que ça va !

Il se leva, jeta son sac sur la banquette arrière et prit place au côté de la conductrice. Ils se mirent en route en silence. Adam était plongé dans ses pensées, cherchant les mots justes. Ce qu'il avait à dire n'était pas facile ; surtout, il ne voulait pas se montrer blessant. Parce qu'il n'était pas idiot : la constance avec laquelle Breanna était venue le voir, à l'hôpital, en disait long sur ses sentiments… Pourtant, il ne pouvait y répondre, et c'est bien ce qui l'irritait.

— Je pars aujourd'hui, déclara-t-il enfin.

— Ça va te faire du bien de retrouver la vraie vie. Ils ont beau être sympas, à l'hôpital, l'ambiance finit par porter sur les nerfs, répondit Breanna, comme s'il lui avait parlé du temps qu'il faisait.

— Tu n'as pas compris, Brea... Je quitte Cherokee Corners. Je rentre chez moi.

Elle ralentit son allure et tourna la tête vers lui. L'expression de son visage était absolument impénétrable. Sans doute s'était-elle préparée à cette déclaration. Peut-être trouvait-elle, elle aussi, cette solution préférable...

— Tu es sûr d'être en état ?

— Tout à fait.

Tout l'énervait depuis son réveil, et il comprenait maintenant pourquoi. La perspective d'un départ imminent le rongeait. Seulement, il ne voyait pas ce qu'il aurait pu faire d'autre. Breanna et Maggie allaient bien ; son oncle et sa tante avaient été ravis d'apprendre l'existence de leur petite-fille et projetaient de venir à Cherokee Corners dans une semaine. Il n'avait plus rien à faire ici. Mission accomplie.

— Où est Maggie ? demanda-t-il.

— Elle passe la nuit chez mes parents.

— Comment va-t-elle ?

— Bien, compte tenu de ce qu'elle a vécu. Dieu merci, Duncan l'a bien traitée. Elle a fait quelques cauchemars au début mais c'est terminé maintenant.

— Tant mieux, murmura-t-il.

La jeune femme gara la voiture devant chez lui, en sortit et sembla hésiter quelques instants.

— Je peux entrer un moment, Adam ? J'aimerais te parler avant que tu ne t'en ailles.

— Bien sûr, répondit-il en lui faisant signe d'entrer.

Il posa son sac sur le canapé et se retourna vers elle. Que pouvait-elle avoir à lui dire ? N'avaient-ils pas, l'un comme l'autre, fait le tour de la question ? Adam avait été clair dès le

238

départ ; jamais il n'avait été question qu'il s'installe ici et si rien n'était arrivé à Maggie, il serait rentré beaucoup plus tôt.

— Je t'écoute, fit-il en croisant les bras sur sa poitrine.

Elle marqua un temps avant de parler et s'approcha de lui.

— Je t'en prie, Adam, murmura-t-elle. Ne pars pas…

Il sentit sa gorge se nouer devant les yeux implorants de la jeune femme.

— Ne me dis pas ça, s'il te plaît… Ne me rends pas la tâche plus difficile qu'elle ne l'est !

— Pourquoi faudrait-il que je me taise ? Pourquoi ne puis-je pas te dire que je t'aime ? Que l'idée que tu t'en ailles me rend malade ? Quand Kurt m'a quittée, je me suis juré de ne plus jamais tomber amoureuse. L'idée de m'engager avec qui que ce soit me donnait la nausée. Mais tu es entré dans ma vie et tu as tout changé…

— Allons, Brea… Je comprends que tu me sois reconnaissante. On a vécu des moments forts, toi et moi, quand on craignait pour la vie de Maggie. Mais de là à ce que tu m'aimes… Je t'assure que tu te trompes sur les sentiments que tu éprouves pour moi.

— Comment peux-tu penser une chose pareille ? Je sais encore ce que je ressens !

— Pardonne-moi, mais je n'en suis pas certain, répliqua-t-il en passant une main nerveuse dans ses cheveux. Tu aimais mon cousin, non ? Eh bien, sache que je ne lui ressemblerai jamais. Il était drôle, flambeur, charismatique même… Avec lui, la vie promettait d'être palpitante. Une aventure permanente, quoi !

— Il y a quelque chose que tu ignores, déclara-t-elle après l'avoir considéré un moment. Lorsque j'ai rencontré Kurt, il m'a menti sur sa profession. Et tu ne devineras jamais ce qu'il a prétendu être ? Comptable ! Ainsi suis-je tombée amoureuse d'un homme que je croyais posé et responsable. D'un homme qui jouait à être toi.

Adam la dévisagea, médusé.

— C'est la vérité, reprit-elle d'une voix douce, en s'approchant de nouveau de lui au point de le frôler. Je pense que tu étais un exemple pour lui.

— Breanna, murmura-t-il, tu sais que je n'ai jamais eu l'intention de te blesser, encore moins de te manquer de respect. Mais je ne t'ai rien caché non plus. Je ne veux ni femme ni enfants. Je ne me vois pas dans ce genre de vie.

— Mais… tu as pourtant dit que tu aimais Maggie ! Et je sais que tu m'aimes aussi, tu ne peux pas le nier.

— Ça ne change rien à ma décision de quitter cette ville.

— Mais pourquoi, bon sang ?

Les yeux de la jeune femme s'étaient embués de larmes et le regardaient avec un tel désespoir qu'il détourna la tête.

— C'est comme ça, Brea. Je dois retourner à ma vie d'avant. C'est la seule qui me convienne.

Que pouvait-il dire de plus ? En fait, il n'avait aucune raison valable en dehors de celle-là. A part bien sûr la peur qui lui tordait l'estomac. Peur de s'engager. Peur d'être aimé. Peur de devoir élever une enfant, aussi adorable soit-elle.

— Je ne t'ai jamais rien promis, ajouta-t-il.

Breanna, malgré ses larmes, releva le menton avec fierté.

— Je ne te supplierai pas de rester, Adam. Je t'aime, et je sais combien Maggie t'aime, elle aussi. Nous aurions pu vivre heureux, tous les trois, j'en suis convaincue. Mais sans doute ressembles-tu davantage à ton cousin qu'il n'y paraît. Kurt fuyait les responsabilités comme la peste. Il m'a tourné le dos après m'avoir mise enceinte, et sans me fournir d'explications vraiment solides. Je ne sais pas à quoi tu essaies d'échapper, mais j'espère que ça vaut le chagrin et la déception que tu vas laisser derrière toi.

Elle n'attendit pas qu'il réponde. Lorsqu'il ouvrit les yeux, elle était sortie.

Il soupira et commença à rassembler ses affaires. Avant toute chose, ne plus penser à Breanna et à Maggie. Une fois à Kansas City, il s'absorberait dans le travail, comme toujours, et ça l'aiderait à oublier. Peut-être lâcherait-il son appartement. Il avait envie d'acheter une maison en dehors de la ville, avec un bout de terrain…

Il lui fallut à peine une heure pour boucler ses malles et charger la voiture. Il monta au volant et tourna le contact. Sans doute était-il en train de faire l'erreur de sa vie… Il hésita un moment puis, fixant le bout de la rue, il passa la première et partit.

Par la fenêtre de sa chambre, Breanna vit la voiture quitter l'allée puis disparaître. Adam était parti. Et elle était brisée, irrémédiablement.

Pourtant, chaque jour, en lui rendant visite à l'hôpital, elle s'était prise à croire qu'ils avaient une chance. Ces heures qu'ils passaient ensemble étaient si douces, ils avaient tant d'intérêts communs, des façons semblables de voir les choses… Oui, elle y avait cru. Et il venait de lui renvoyer son amour à la figure, prétendant qu'elle s'illusionnait sur la nature de ses sentiments. Evidemment qu'elle lui était reconnaissante ! Il lui avait sauvé la vie en prenant à sa place la balle de Duncan. Mais cette gratitude ne résumait pas tout. Elle se connaissait suffisamment pour savoir qu'elle aimait Adam comme jamais elle n'avait aimé.

Elle soupira. Heureusement que Maggie était chez ses grands-parents et Rachel avec David. Dans l'état où elle était, elle n'aurait pas pu soutenir la moindre conversation.

Elle n'avait pas voulu tomber amoureuse. Jusqu'à présent, elle s'était crue comblée. Sa vie avec Maggie était riche et répondait parfaitement à son besoin de tranquillité. Mais Adam avait éveillé en elle des désirs inouïs ; il avait fait naître des rêves dont elle n'aurait jamais soupçonné l'existence. Comme un zombie, elle descendit au rez-de-chaussée et se prépara un café. Elle ne pouvait même pas lui en vouloir. Il avait été honnête avec elle dès le départ : il l'avait prévenue que la vie de famille n'était pas pour lui. Si elle souffrait maintenant, elle n'avait à s'en prendre qu'à elle. Ce n'était pas la faute d'Adam si elle était tombée amoureuse de lui, si elle avait voulu croire à l'impossible. Elle avala une gorgée de café. Elle avait bien fait face à l'enlèvement de Maggie ; elle parviendrait sûrement à surmonter ce dernier coup dur. Depuis longtemps déjà, elle s'était convaincue que le bonheur n'était pas pour elle. Elle avait voulu faire comme si de rien n'était, elle s'était brûlé les ailes, voilà tout.

Pour l'heure, il fallait qu'elle trouve à s'occuper. Histoire de ne pas penser. De noyer la douleur. Et si elle se lançait dans un ménage en grand ? Après tout, la maison en avait bien besoin.

Une demi-heure plus tard, elle était dans sa chambre, un chiffon à la main et astiquait son armoire avec frénésie. Elle avait beau s'activer, rejeter les pensées amères qui l'assaillaient, elle ne parvenait pas à s'arrêter de pleurer. Elle était même au bord de l'effondrement. Soudain, elle entendit la porte d'entrée s'ouvrir violemment. Son sang ne fit qu'un tour. Duncan ! Il s'était sans doute échappé de l'hôpital et venait terminer ce qu'il avait commencé !

— Breanna ! entendit-elle appeler.

Adam… ? Elle devait rêver, c'était certain.

— Je suis en haut ! répondit-elle, hagarde, en essuyant ses larmes.

Que faisait-il là ? Pourquoi était-il revenu ? Elle l'entendit monter les marches quatre à quatre et la seconde d'après, il se tenait devant elle, essoufflé, le regard interdit.

— Il faut qu'on parle, lui dit-il en s'asseyant sur le lit.

Elle le regarda sans comprendre. Que pouvait-on ajouter à leur dernière conversation ? Les choses avaient été on ne peut plus claires.

— J'ai fait trente kilomètres sur l'autoroute quand tout à coup, j'ai réalisé que je n'avais pas répondu à une de tes questions.

— Laquelle ? Je ne te suis pas du tout, Adam.

— Tu m'as demandé un jour ce que j'avais pu retirer de mes relations avec Kurt, pourquoi je m'étais acharné ma vie durant à vouloir réparer ses erreurs. Je n'ai pas su te répondre sur le moment, mais la question ne m'a pas quitté. Je sentais qu'il y avait là quelque chose d'essentiel qu'il me fallait dénouer si je voulais avancer.

— Et aujourd'hui ?

— J'ai ma réponse. Tout m'est apparu tout à l'heure, dans la voiture, alors que je m'éloignais de Cherokee Corners. Tant que Kurt a été là, je me suis dispensé de me construire une vie à moi. Le fait d'avoir perdu mes parents très tôt a en partie ruiné ma foi en l'avenir ; surtout, j'en ai conçu une peur terrible, celle de souffrir et d'être abandonné. L'irresponsabilité de mon cousin était bien pratique : je pouvais toujours m'abriter derrière lui, et les obligations que m'imposait son attitude, pour éluder mes propres aspirations. Kurt passait d'abord. Comme ça, j'évitais, dans mes relations avec les autres, de m'impliquer émotionnellement. Comment aurais-je eu le temps d'aimer quelqu'un quand il me fallait à tout bout de champ ramasser mon cousin à la petite cuiller ? Je n'ai jamais vécu pour moi, parce que, ça me fichait la frousse, Brea.

— Et tu t'es du même coup interdit d'être heureux, intervint cette dernière, la voix tremblante.

— C'est vrai, avoua-t-il en lui prenant la main. Quant aux enfants, j'ai tellement vu mon oncle et ma tante souffrir des ingratitudes de leur fils que je n'imaginais pas une seconde avoir à subir ça un jour. Kurt était si cruel avec eux. Le pire, c'est qu'ils continuaient de l'aimer, de tendre l'autre joue !

Breanna se sentait comme magnétisée par les paroles du jeune homme, par son regard bleu plongé dans le sien. Pourtant, quelque chose en elle résistait, la convainquait de ne pas s'abandonner. Pas encore. Elle ne supporterait pas d'être éconduite une nouvelle fois.

— Les enfants n'offrent aucune garantie, Adam. On les aime, on leur donne le meilleur de nous-mêmes, et puis ils grandissent et suivent leur propre voie. On ne peut pas tout décider pour eux, on ne le doit pas, d'ailleurs, et il se peut très bien qu'un jour, ils nous déçoivent. Cependant, ce n'est là qu'une facette de la chose, la plus pessimiste sans doute. Heureusement, il y a aussi de bons moments. Des moments formidables, crois-moi ! Tu n'imagines pas tout l'amour qu'un enfant peut donner !

— J'en ai pris conscience… auprès de Maggie. J'ai eu si peur de la perdre.

Il sourit et prit le visage de la jeune femme dans ses mains.

— Je ne rentrerai pas à Kansas City, murmura-t-il. Je me trompais quand je pensais que ma vie était là-bas. C'est toi qui as donné du sens à mon existence, qui m'as donné envie de vivre pour moi-même, enfin. Tu m'as permis de croire au bonheur, Brea, et je ne t'en saurai jamais assez gré. Si tu savais combien je t'aime !

— Oh, Adam ! s'écria-t-elle en se jetant dans ses bras, des larmes de joie perlant à ses paupières.

— Si tu veux bien m'épouser, je serai le plus heureux des hommes. C'est avec toi que je veux fonder une famille. Avec toi et Maggie, bien sûr.

— Oui ! parvint-elle à prononcer, riant et pleurant à la fois. Mille fois oui, Adam Spencer !

*
* *

Alyssa finissait de recouvrir la glace de chantilly lorsque la douleur enserra son crâne comme dans un étau.

— Sarah, remplace-moi un moment, veux-tu ? parvint-elle péniblement à articuler avant de s'éclipser dans l'arrière-boutique.

Elle s'effondra dans le fauteuil de cuir usé, la tête entre les mains, et attendit. Des vagues sombres, glaciales, vertigineuses montaient en elle puis se dissipaient. Et puis une terreur sourde. Oui, il y avait cette menace. Un être démoniaque qui rôdait alentour, prêt à sauter sur sa proie…

Elle s'éveilla un quart d'heure plus tard, surprise de se retrouver dans la petite pièce carrelée, à l'arrière de sa boutique. Il lui fallut quelques instants pour recouvrer ses esprits et elle se redressa lentement, sachant que tout mouvement brusque, dans l'état post-hallucinatoire où elle se trouvait, pouvait lui être fatal.

Lorsque Maggie avait été enlevée, elle avait cru que sa vision se réalisait. Mais elle se trompait. La fillette était saine et sauve et le même pressentiment lugubre venait de la traverser.

Quelque chose était sur le point de se produire. Un événement terrible. Une catastrophe qu'Alyssa, si ses prémonitions ne se précisaient pas, serait incapable d'empêcher.

Épilogue

L'obscurité emplissait la pièce, à l'exception de quelques rayons de lune qui filtraient à travers les volets jusque sur le lit. Adam regarda sa femme, allongée près de lui, sans en croire ses yeux.

Ils s'étaient mariés une semaine plus tôt à la mairie de Cherokee Corners, en petit comité. Depuis, il s'éveillait chaque matin avec le même étonnement, n'osant croire à son bonheur. Et puis le rire de Maggie, l'amour de Breanna emportaient tous ses doutes, le remplissaient d'un espoir chaque jour renouvelé. La jeune femme ouvrit les yeux et lui sourit.

— A quoi pensez-vous, monsieur Spencer ?

Il lui rendit son sourire et caressa lentement son dos nu.

— Oh… je me disais que j'étais l'homme le plus heureux du monde.

— C'est drôle, c'est à peu près ce à quoi j'en étais arrivée, dans mon rêve !

— Dire que c'est pour la vie…

Adam se penchait vers ses lèvres lorsque le téléphone les fit tous les deux sursauter.

— Qui peut bien appeler à une heure pareille ? s'étonna Breanna avant de décrocher. Allô ? Ah, salut Clay !

Elle fronça les sourcils et s'assit sur le lit tandis qu'Adam allumait la lampe de chevet.

— On arrive tout de suite, reprit-elle, un accent d'inquiétude dans la voix.

Elle raccrocha et leva les yeux vers son mari.

— C'était Clay. Il nous attend chez mes parents.

— Qu'est-ce qui se passe ? demanda le jeune homme en enfilant son jean.

— Je ne sais pas au juste, mais à sa voix, je pense que c'est grave.

— Quoi qu'il arrive, nous ferons face ensemble, murmura Adam en l'attirant à lui.

— J'adore quand tu dis ça, répondit-elle en souriant.

— Je t'aime, Brea, dit-il en déposant un baiser sur ses lèvres.

Il ferma les yeux et remercia intérieurement son cousin. Kurt ne l'avait pas seulement envoyé réparer une de ses erreurs. Il l'avait conduit sur le chemin pour lequel, depuis toujours, il était fait. Et ce chemin s'appelait Breanna.

Le nouveau visage
de la collection Or

◆

AMOURS D'AUJOURD'HUI

Afin de mieux exprimer sa modernité et de vous séduire encore davantage, votre collection Or a changé de couverture et de nom depuis le 1er mars 1995.

Rassurez-vous, les romans, eux, ne changent pas, et vous pourrez retrouver dans la collection **Amours d'Aujourd'hui** tous vos auteurs préférés.

Comme chaque mois, en effet, vous y attendent des héros d'aujourd'hui, aux prises avec des passions fortes et des situations difficiles...

COLLECTION
AMOURS D'AUJOURD'HUI :
Quand l'amour guérit des blessures de la vie...

Chère lectrice,

Vous nous êtes fidèle depuis longtemps?
Vous venez de faire notre connaissance?

C'est pour votre plaisir que nous avons
imaginé un rendez-vous chaque mois
avec vos auteurs préférés, vos
AUTEURS VEDETTE dans les
collections Azur et Horizon.

Les AUTEURS VEDETTE vous
donneront rendez-vous pour de
nouveaux livres vedette.

Pour les reconnaître, cherchez
l'étoile ... Elle vous guidera!

Éditions Harlequin

HARLEQUIN

LE FORUM DES LECTEURS ET LECTRICES

CHERS(ES) LECTEURS ET LECTRICES,

VOUS NOUS ETES FIDÈLES DEPUIS LONGTEMPS?

VOUS VENEZ DE FAIRE NOTRE CONNAISSANCE?

SI VOUS AVEZ DES COMMENTAIRES, DES CRITIQUES À
FORMULER, DES SUGGESTIONS À OFFRIR, N'HÉSITEZ
PAS… ÉCRIVEZ-NOUS À:

LES ENTERPRISES HARLEQUIN LTÉE.
498 RUE ODILE
FABREVILLE, LAVAL, QUÉBEC.
H7R 5X1

C'EST AVEC VOS PRÉCIEUX COMMENTAIRES QUE NOUS
ALLONS POUVOIR MIEUX VOUS SERVIR.

DE PLUS, SI VOUS DÉSIREZ RECEVOIR UNE OU
PLUSIEURS DE VOS SÉRIES HARLEQUIN PRÉFÉRÉE(S)
À VOTRE DOMICILE, NE TARDEZ PAS À CONTACTER LE
SERVICE D'ABONNEMENT; EN APPELANT AU
(514) 875-4444 (RÉGION DE MONTRÉAL) OU 1-800-667-4444
(EXTÉRIEUR DE MONTRÉAL) OU TÉLÉCOPIEUR
(514) 523-4444 OU COURRIER ELECTRONIQUE:
AQCOURRIER@ABONNEMENT.QC.CA OU EN ÉCRIVANT À:

ABONNEMENT QUÉBEC
525 RUE LOUIS-PASTEUR
BOUCHERVILLE, QUÉBEC
J4B 8E7

MERCI, À L'AVANCE, DE VOTRE COOPÉRATION.

BONNE LECTURE.

HARLEQUIN.

VOTRE PASSEPORT POUR LE MONDE DE L'AMOUR.

La COLLECTION AZUR

Offre une lecture rapide et

- ☑ *stimulante*
- ☑ *poignante*
- ☑ *exotique*
- ☑ *contemporaine*
- ☑ *romantique*
- ☑ *passionnée*
- ☑ *sensationnelle!*

*COLLECTION AZUR...des histoires
d'amour traditionnelles qui vous
mènent au bout monde!
Cinq nouveaux titres chaque mois.*

<u>COLLECTION HORIZON</u>

Des histoires d'amour romantiques qui vous mènent au bout du monde!

Découvrez la passion et les vives émotions qu'apportent à la Collection Horizon des auteurs de renommée internationale!

Captivantes, voire irrésistibles, ces histoires d'amour vous iront assurément droit au coeur.

Surveillez nos trois nouveaux titres chaque mois!

GEN-H-R

ROUGE PASSION

De fiévreuses histoires d'amour sensuelles!

De provocantes histoires d'amour passionnées et romantiques qu'on lit d'une seule traite. Aventureuses, parfois humoristiques, et sensuelles, elles mettent en vedette des hommes et des femmes d'aujourd'hui.

ROUGE PASSION...
trois nouveaux titres
chaque mois.

HARLEQUIN

COLLECTION
ROUGE PASSION

- Des héroïnes émancipées.
- Des héros qui savent aimer.
- Des situations modernes et réalistes.
- Des histoires d'amour sensuelles et provocantes.

LAISSEZ-VOUS TENTER
par 3 titres irrésistibles
chaque mois.

RP-1-R

♉ Ⅱ ♋ ♌ ♍

69 L'ASTROLOGIE EN DIRECT ♏
TOUT AU LONG
DE L'ANNÉE.

(France métropolitaine uniquement)
Par téléphone 08.92.68.41.01
0,34 € la minute (Serveur SCESI).

Composé et édité par les
éditions Harlequin
Achevé d'imprimer en janvier 2005

BUSSIÈRE
GROUPE CPI

à Saint-Amand-Montrond (Cher)
Dépôt légal : février 2005
N° d'imprimeur : 45758 — N° d'éditeur : 11111

Imprimé en France